存在を抱《いだ》く

村田喜代子
Murata Kiyoko
木下 晋
Kinoshita Susumu

藤原書店

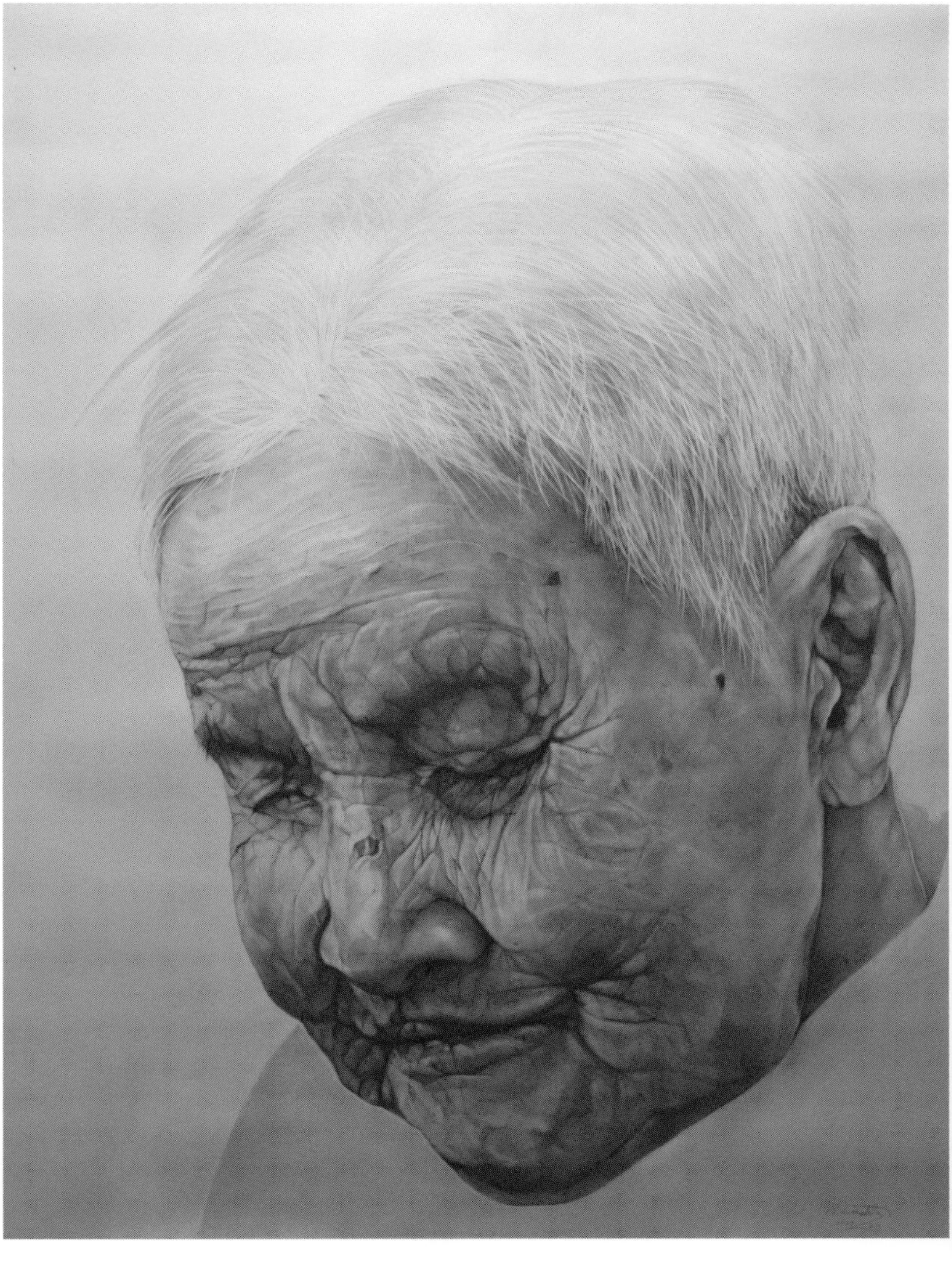

追憶

2023年3月15日　190 × 100 cm　鉛筆・ケント紙

（モデル　小林ハル）

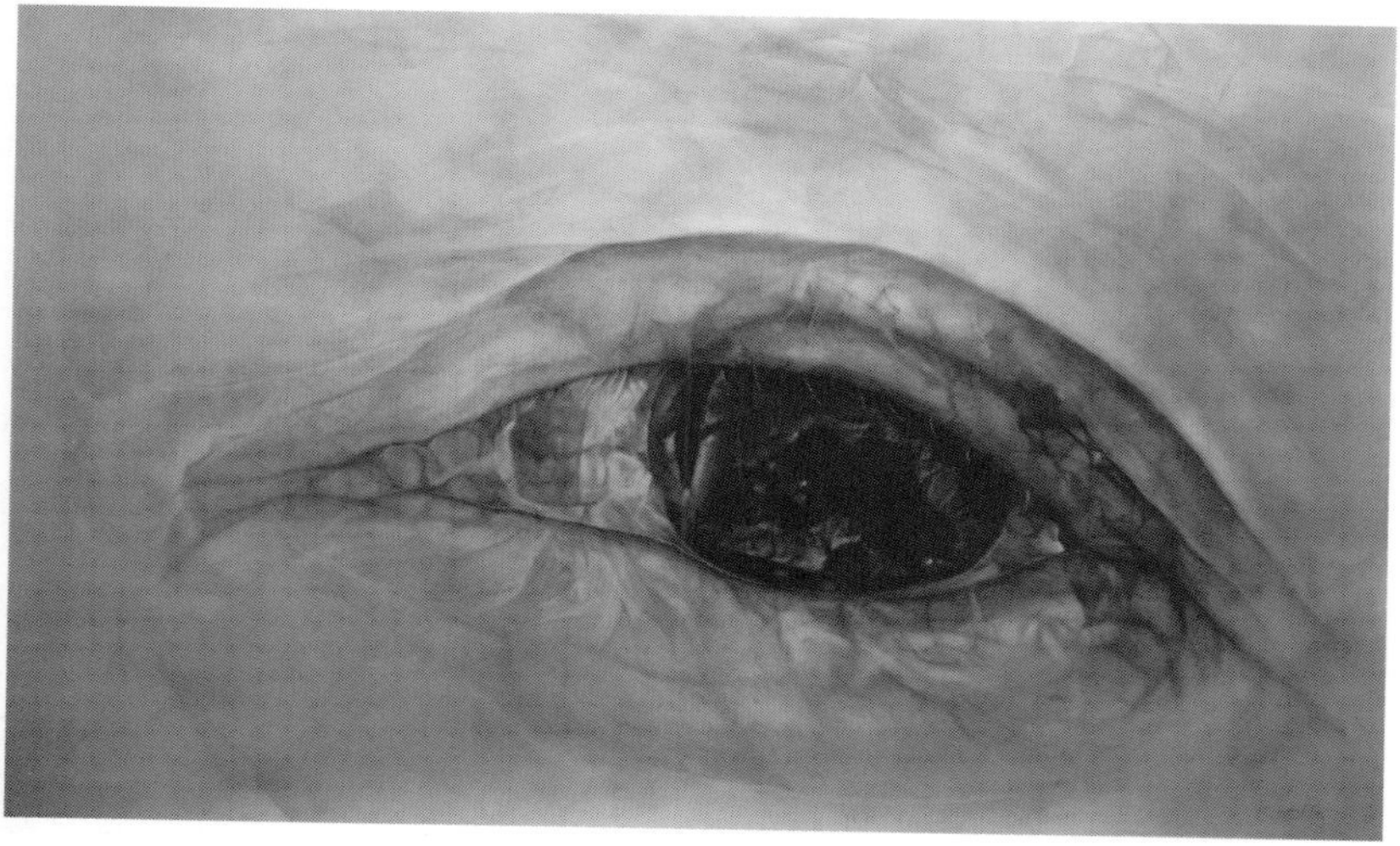

光陰

2023年1月13日　200 × 125 cm　鉛筆・ケント紙

（モデル　木下君子）

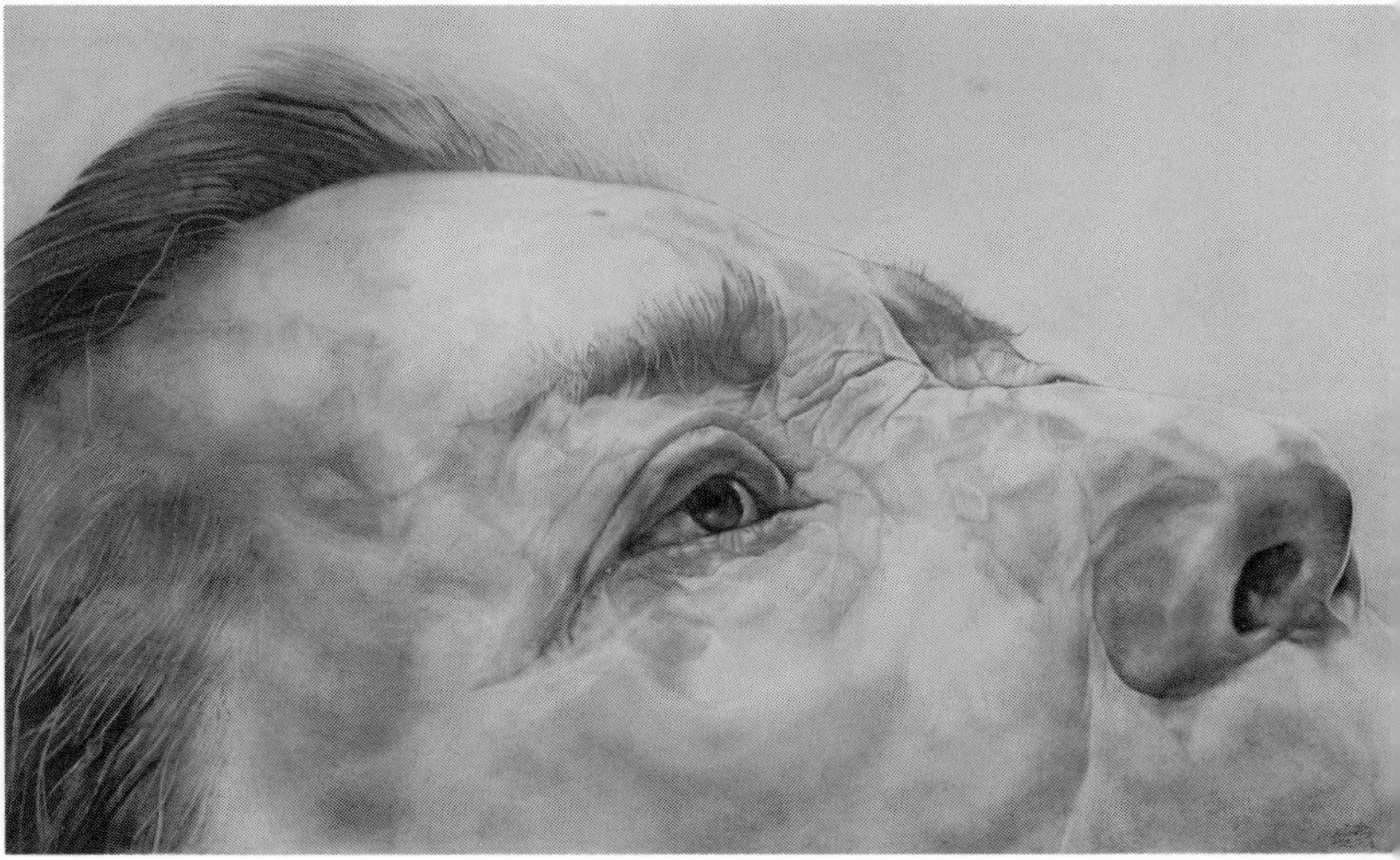

仰 臥

2020年　125 × 200 cm　鉛筆・ケント紙

（モデル　木下君子）

東京国立近代美術館蔵

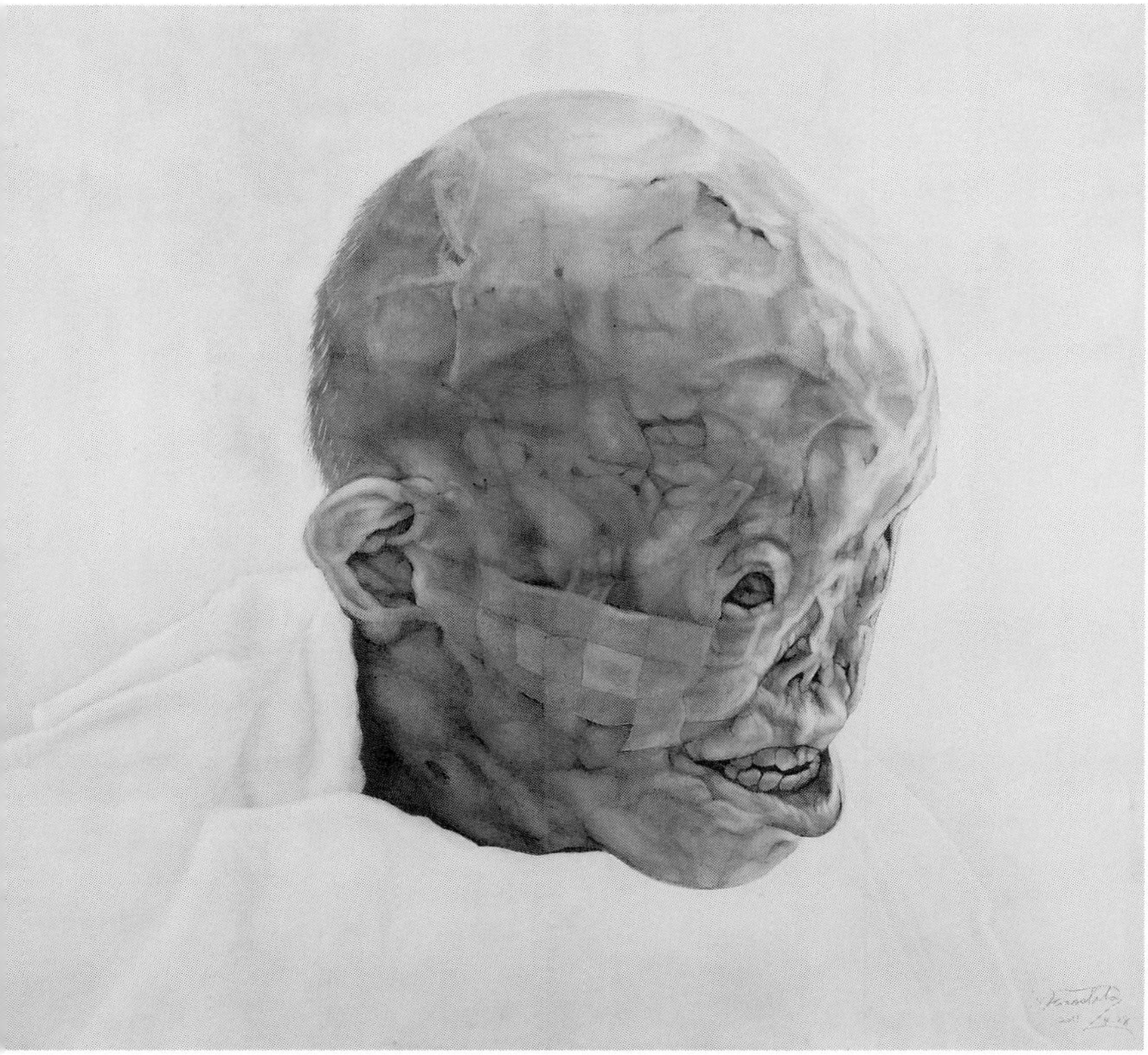

告 発

2011 年 4 月 28 日　128 × 100 cm　鉛筆・ケント紙

（モデル　桜井哲夫）

存在を抱《いだ》く　目次

一　〝存在〟ということ　9

〝存在ということ〟への執心　11
「色」を考える――私が感じているもの　19
夫婦ということ　28
性と、生と、死と　35
夫婦の「心の出し入れ」　43
病む人の苦しみ、介護する家族　52
二人とも「学歴はない」　59
土管の中で書いた六十枚　66
和文タイプライターに魅了され個人誌をつくる　70
手書きの手紙、夜中のメール　78
創作を続けるということ　83
天辺に行ったおばあさん　92
どのように、ここを乗り越えるか　96

若い人たちへ 101

二 〝人間〟とは 105

母との山中逃避行 107
理想の女性は、聖母なのか 111
建具職人だったおじいさん 118
「本を信用したら、つまらん」 124
次々に出会う〝幻影の父〟 128
八幡にあった〝共同体〟 134
〝漢字を忘れた〟夫との離婚騒動 138
差別の体験――わけもわからず土下座した 149
戦争と、人類の危機 154
農業から始まる自然破壊と戦争 158
古代日本の精神世界 162
「警報」の恐ろしさ、戦争という自然破壊 165

つながれない現代社会 169
絵を描くとは 173
本当の意味での〝アーティスト〟になる 175
「あなたの好きな木に抱きつきなさい」 179
いのちの叫び、〝目〟の恐ろしさ 186

三　未来へ 195

介護と制作 197
爆弾を抱えた夫と生きる 206
筆をおく瞬間を見きわめる 214
木下絵画は〝私小説〟 223
「姨捨て山」から考える生と死 232
病む妻を描く——体の奥にある命のエッセンス 242
変われない日本人——敗戦と占領、コロナ禍 249
人間の限界、文明のゆきづまり 257

それでも希望を未来へ　261

対談を終えて　村田喜代子　270
対談を終えて　木下　晋　271
編集後記　274

装幀　毛利一枝
装画　木下　晋

〈カバー表〉「森羅万象」一九八八年
（洲之内徹夫人・芳子）67×48cm
〈カバー裏〉「仰　臥」口絵三頁参照
〈巻頭口絵画　画像提供〉
「追憶」「光陰」　胎内市美術館
「仰臥」　埼玉画廊

存在を抱《いだ》く

二〇二二年十月十七日、十八日　於／熊本市・島田美術館
二〇二三年一月十九日　於／藤原書店催合庵

司会　藤原良雄
編集協力　柏原怜子

一　〝存在〟ということ

藤原　村田さん、木下さん、本日はありがとうございます。木下さんは、鉛筆だけを使った、モノクロームの、独自の仕事をしておられる画家です。村田さんは、芥川賞を受賞された『鍋の中』、谷崎潤一郎賞の『飛族』などのほか、『偏愛ムラタ美術館・発掘篇』（平凡社、二〇一二年）で木下さんの絵、特に合掌図についてお書きになっています。

最近の世界の状況は決して明るくはないのですが、それぞれ独自の作品と、ユニークな生き方を貫かれてきたお二人ですから、この対話が、何か新しい世界を切り拓くような予感がいたします。では、まず木下さんからお話をして頂ければと存じます。

〝存在ということ〟への執心

木下　僕は約十五、六年前、藤原さんが今おっしゃった本で村田さんに作品を取り上げてもらいました。美術評論家はごまんといますが、作家の方が本格的に、作家の視点で取り上げて下さったのは、実は村田さんが初めてでした。それも、僕の天井画（月山をのぞむ注連寺［山形県］の《天空之扉》）について、かなり的を突いておられて、ああ、おもしろい、鋭いなと思った。それで僕からも何回か連絡差し上げたりした次第です。

あの村田さんの文章を読んでいますと、これである意味、見事に完結されていると感じます。

あの天井画に出会ったことで、僕について書いた、とも言えるわけです。そんな展開はそうあるわけじゃない。その意味では、一期一会的なものじゃないかと。あとはそこから派生してくる人間関係とか、そういう事柄だと僕は思ったのです。

だから一度はお会いしてみたいなという感じはあったものの、それ以上に、お会いして何をどうするのかと考えると、僕の中でも全然見えてこなかったのです。

とはいうものの、これからの僕自身が、ある曲がり角に来ているというか、それも感じています。そう意識する一番の原因は、妻がパーキンソン病という病気になったことです。それとコロナ。コロナはそれほど僕にしてみればそんなに影響はないけれども。とにかく、そんな時だからこそ、村田さんとお会いしてお話しすることに、期待もいたしました。

今まで「最後の瞽女《ごぜ》」と言われる小林ハルさんとか、ハンセン病の詩人、桜井哲夫さんなどを描いていると、黙っていても絵になるんですよ。あまり物を考えなくても絵になる。だけど、それでいいのかという気持ちもあったのです。だから自分としてはできるだけ相手から取材をするけれど、でも取材したからといって、これは新聞記者の方もそうかもしれませんが、わかってくることって、実はそんなに多くはないのです。

僕がそう気づいたのは、ある日、小林ハルさんを描いていた時です。施設に行って、描き終わるまで彼女が必死で私に語りかける。自分の修業時代のこと。それはそれで非常におもしろいし、こっちも刺激を受けて、作品にも大きく反映して出てくる。ところがそれが終わって、何か手続きをして僕が帰る。その時に、たまたまハルさんの部屋が見えたんです。そして、あっと思ったのは、僕の前で、三十分ぐらい前に彼女が一所懸命しゃべっていた、その気配みたいなものがまったく消え失せている。

もう、何というか、ベッドの横でぐったりしている。座っているけれど、ベッドにぐったり凭れ掛かるようにして。それは、疲れたとか単なるそれだけじゃないものを、僕は感じたんです。これは一体何なのだろうかと。僕はこれまで、小林ハルという人を数十点描き続けてきたのに、何を描いていたんだろう……? そんな気持ちがしたのです。だからといって、僕は、これ以上描けるものでもないし。

そういう時に、たまたま妻の病気がわかった。その病気がわかった時点で、僕は、これはチャンスだなと思ったんです。つまり、それまでもハルさんやハンセン病の桜井さんが亡くなった後、別にモデル探しをしていたわけじゃなくて、出会うべくして出会うみたいな気持ちではいたのですが、でも、出会ったとしても一体、僕は何を描けばいいんだと思っていた。その答えとして、妻を目の当たりにしたというわけです。

人を描いていても、今まで僕は、たとえば皺一本だけでも、あの皺のことを描くと、自分の取材した以上に感覚的な説得力がある。だから先ほども言ったように、あまり考えなくても、その皺の線というか、それを追っているだけで絵になってくる、それにすごく僕は助けられていたのです。そこに自分の何かある種の限界というか、このままではだめなのではないかと思った時に、妻が病気になったのです。

僕はもともと彫塑《ちょうそ》をやっていたので、彫塑って毎日手入れしないとだめなんです。まず霧かなんか吹いて、そうっと濡れタオルで包んで、上から水分が逃げないようにビニールをかける。一日でもそれを欠かすと、もう次に仕事にならない。相手は粘土の彫像だから。そうしてやっていた時に、ちょっとそれを忘れてしまったこともあって、すると、もう何か干上がった田んぼみたいな感じになってました。

村田　ちょっと、話を止めていただいてもいいですか。お話をいろいろと聞いていて、一つずつ、ああ、そこおもしろい、いま木下さんがおっしゃったこと、おもしろいと思って自分が反応しているんですけど、ずっと話されているので、先ほど何を思ったか忘れてしまいそうだから、ちょっと待って。今、いいことをいろいろおっしゃったのに。

今、彫塑と言われた時に、あっと思ったの。私は、そういうこと全然知らないで、初めて木下さんの絵を見たわけですよ、出会ったのね。その時に、あっ、この方が描く影、陰影、白いところと黒いところって、この凹凸感というのはすごいなと思ったんです。だから、この絵は何か彫刻みたいだと思った。

木下 ああ、なるほど。そうでしたか。

村田 そこで、その影こそ引っ込んだ襞襞《ひだひだ》の中のそれだなというふうに、えっと思ったんです。それを思い出して、なかなか私はいい線いってる、何かキャッチしたのが、自分の気に入ったようにキャッチしたんですよ。

木下 なるほどね、ええ。わかりますよ。

村田 それともう一つは先におっしゃった、一回限りの出会いで、木下さんのお寺の天井画と、それから別の絵を見たんですね。あの絵を見た時に私、こういうつながりができるとは思わなかったの。つまりあの文章は、毎月の連載なわけです。連載で一回ずつ、毎月どなたに会うか、どなたの絵に出会うかということで、これは私が勝手に決めていいわけですよ。古い埴輪《はにわ》から、現代の絵まで、会田誠さんみたいな、今やっている人たちの絵まで。つまり、すごい長い歴史時間を全部もらって、どれでもいいですよ、村田さんの好きなので、好きなものを見つけてくれたらいいですよ、というわけです。

その時に、木下さんのあの絵を見た時に、何というのかな、白いところと黒いところ、影と日向とそれだけでできている絵、それが私はすごくおもしろかったんです。今までそんなこと考えたことなかったんですよ。影と日向ということを思ったことがなかったの。自分をこうして見て、夜、自分の手を見たら、ああ、そうだよって思うんですよ。夜の電灯の下でね。そうしたら、ちょっとこれもすごいよねと思って、自分の手に見惚れたりしたんです。

木下 そうでしたか、いいですねえ。いや、嬉しいですよ。

村田 だから、それで、木下晋というのを私の中にインプットしたんです。

でも私、小説を書く人間がそんなふうに、まじまじと夜の電灯の下で自分の手を見て、木下さんの絵を見て、うーんと思ったのはなぜかというと、小説家にもいろいろあるんですね。物語性に満ちた小説家とか、それから自己、自分とは何かみたいなことを考える小説家とか、作品に歴史があるとか。でも私という人間は、物事を哲学的に考えたいんです。それで、ある種の存在論というのが自分の小説の最初にある、出発点に。実在とは何か、非在とは何か、存在とは何かということなんです。それを一番に私が感じたのは、稲垣足穂という小説家です。昔、やっぱり彼も存在論ということを極めようとした人です。稲垣も特異な短篇を残しています。

しかしあまり極め過ぎると小説が書けなくなる。小説には自由度というか、余裕がいるんです。シロウトの私が言うのも何ですが、絵にもそんなところがあるのではないかと思います。自分の中に存在とは何かという思いがあって、ぴたっとはまったのが木下さんの絵だった。あ、この人って、存在ということに非常に執心があるんじゃないかなと思った。

今までいろんな絵、古今東西の絵を見てきて、いろいろ選んで書かせてもらったけれど、その中で木下さんのこの「手の絵」というのは、自分の問いに対する応えのボリュームがすごかったんです。そういう出会いがあったんですよ。だから、やっぱり木下さんの絵とは、モノの非在とは何か、実在とは何か、存在するとはどういうことかという、自身の究極に求めている答えが、まざまざと私に響くような絵、まさにそれです。

もちろん、木下さんが描かれる絵の中でも、やっぱりいろいろある。それでちょうど奥さんの背中と、そのあたりとかは、あれは私にもすごいインパクトがあった。だからそういうふうに、自分にとっての幾つか重量級の絵があるわけです。これは私が求めているものに対する、重量級の答えです。というようないきさつで、木下晋という、特別な印象ができちゃったわけです。

木下 僕はあなたのあの文章を読んで、やっぱりある種、完結されていると感じたわけで、じゃあそれ以上ああだ、こうだなんて言えないと思ったのですが、今、何となく腑に落ちたというか。哲学的な思考で書かれているということが、つまりそういうことだったかという感じですね。

僕が救いだと思ったのは「哲学ばかりやってると、小説は書けない」とおっしゃったこと。本当にそうなんですよね。それは絵でも同じです。僕自身の一つの動きもあるのだけれど、瞽女さんとかそういう人たちの生き方というのは、もうそれしかない、絶対的な生き方なんです。逆に言えば、自分が入り込む余地がない。ただただ忠実に再現すればいいわけですよ。でも、それだけじゃおもしろくないわけです。それと、あまりそういういいかげんさを許さない、あの人たちは。

村田　あの方たちも、自分で選んでこの道に入ったわけじゃないんですよね。運命的にそうなったんですよね。まったく自由度がなかった人生。

木下　そうそう、そういうことです。選んで入ったなんていうのはつまらないものですよ、逆に言えば。大したことじゃないと思ってるんです。

もうそうならざるを得ない状況の中で、はっと自分自身が気づいた時にそこに入ってしまったみたいな。好むと好まざるにかかわらず、結果的に自分のその時その時の状態があるということが、僕はより本物じゃないかなと思っています。

村田　私も、それはすごく思います。たとえば題材を選ぶとか、自分のこの世に、この世界に対するアプローチの仕方、方法を選ぶとかいう時は、自分が一番やりやすいものを選ぶということですね。

木下　ああ、それもわかります。

村田　私は言葉が仕事だから、私は子どものころ、叔父の吃音がうつってすごく吃っていたので、結構大変でした。だから言葉は話すより書く方が早い、文章だって。そういうふうに自分が得意な部分で選ぶと、これはいいことばかりなんですよ。

文章なんて好きなように出てきます。そうすると悩みが無いから、わりと艱難辛苦も無いのです。自分で選んだわけではなかった、でも、いつの間にか知らないうちに運命に選ばされた、見つけさせられたという、そういう価値もあるんですよね。

だから盲目のハルさんたち、あの方たちにとっては、あれがあの方たちの生き方なんですね。その中で一番自分にふさわしい生き方を、やっぱり選んだのだとは思うんですよね。あの状況でも。

木下 そういうことです。これは普遍性につながってくるのかもしれない。僕の先生は、全盲の小林ハルなんですよ。あの人は別に、大上段に絵はこうだとか、そんなことは一切なくて、ひょっとしたら「絵」なんてもの知らないかもしれない。何しろ、生後百日目で失明したのだから。それなのにあの人の話を聞いていると全部映像になって見えてきたりしてね。不思議なくらいです。

「色」を考える――私が感じているもの

木下 ちょうど僕はハルさんに出会ったころ、色の問題でものすごく悩んでいたのです。本当はゴッホみたいに、絵を色と色で散りばめてやりたかった。なぜなら、自分の生活がそう分の生理状態と一体になって描くでしょう。

うわあ、色ってこんなに人間を活気づける、そういうものがあるのかという憧れが、まず入ってきた。でもそこにはギャップがあるというか。ゴッホの場合は才能がそうさせている。決して勉強してできたものとか、そういうものじゃない、あの人の場合は。逆に絵を無理に描かせたらたぶんアマチュアでしょうね。アマチュアなんだけど、何かスポンとその風景の中にはまり込んだり、人間の中にはまり込むと、彼自身が蠢《うごめ》いて、その中に無理やりでもいいから入っていこうとするあの力。あれがゴッホなのだと思う。

ゴッホはこういう絵の具の使い方をするといって、美術大学などで馬鹿なことを教えていますが、そんなくだらんことじゃない。そこで、はたと自分との違いに気づかされる。すごい存在というのは、自分との違いに気づかされる最も手本となるものじゃないかと僕は思う。大好きだし、そこに憧れるけど、でも入っていけない。何が入らせないかというと、技術的に彼にはかなわないとかそんなくだらんことじゃない。そうであるならそれだけ、彼の世界と僕の世界は違うぞということを見せつけられるからです。

しかし、じゃあ自分はどうすればいいのかということになる。今まで意識的に風景がきれいだから絵を描きましょうなんて言っていた。そこからだんだん、そういうつまらんことじゃない、と気づく。その目の前にある風景が、一体、自分にとって何なのか。そういうことに直結しないと絵にはならないし、色もまた同じなのです。

小林ハルさんの眼を見た時に、驚きました。あの人は生後百日目、もう本当に色の概念なんてできる間もなく、視力が失われて、色の存在すら知らないのです。実際、色彩はわからなかった。でも、これまたすごいのは、視覚的な情報で判断して色を見るというプロセスはまったくないけれど、色そのものに触れてしまうみたいなものがある。いわばＤＮＡ的にね。だからハルさんの話を聞いていると、淡々とした話し方なのに、大変な修業中の話とか、そこに映像が見えてきたり、あるいは色が間違いなく見えてくるんです。それは決してテレビとかカメラとか、あんな人工的な色じゃなくてね。

自分の日常を振り返って、その時、同じように友人から、「いやあ、ハワイに観光してね、空のコバルト色が美しかった」って言われた。まあそれは美しかったでしょう。体感しているわけだし。でもその人は何の才能もない、何の表現力もないわけだから、美しかったなんて言ったって、それは後に習った言葉であって、本当に魂というか、感性そのもので感じ取る美しさ、言葉になる前の言葉ではないと思う。それを感じさせるのは何かというと、人間の持っている五感みたいなものが一つの形になることだと。

村田　ただ、私、表現って非常に制約があるなって思うの。自由に書きなさいとかいうけれども、私たちなんか日本語で文章を書くわけだけど、この日本語の言葉っていうのは、結局、私たちが在るものから選んでいるんですよね。だから「木下さん、今日はどこに、行きますか？」と言ったら、これは全部言葉の意味が一つずつある。それを組み立てている。これで自分が思っていることを、言葉の中から選ばなければいけないということ。でも、どこかでそこから漏れる思いがいっぱいあるわけです。

木下　あるでしょうね、はい。当然ね。

村田　そうすると絵描きさんの絵だって、もっと言葉よりは自由に描けるんじゃないかと思うけれども、やはり何というのかな、絵の具の色、それは作られたものですよね。作られたもの、これだけの数、種類しかないわけね。まあこれは私たち作家が使う言葉という種類の材料も同じわけですが。

そして、作られたものでそこから選ぶわけでしょう。しかも私ね、この作られたもので選ぶという時にいつも一番に思うのは、物を見る目。目というのは、物がそのまま、私の手がこのまま入ってくるわけではない。だから木下さんの目に、小林ハルさんの体がそのまま入るわけではないですよね。

木下　ええ、もちろん、そうそう。そうなんですよ。

村田 そしたら、それは人の神経の電気信号によって、その映像を見て、その映像が倒立して、この脳に入るわけでしょう。そこのところで、もう既に違うんですよね。ということは、ある種の電気仕掛けのような人間の体で選んだものでしかない、とも言えるのですよ。

つまり、私たちは全部皮膚から感じるもの、耳から感じるもの、舌から感じるもの、目から感じるもの、ある自然の状況の中で、全部そのようにして感じる。

たとえば脳科学者の池谷裕二《いけがやゆうじ》さんなどが、何かの本で言っているのは、「脳は深海の、すごく深いところに沈んでいる潜水艦の中にいる王様のようなものだ」というわけです。

木下 ほう。なるほどね。――非常におもしろい。

村田 つまり、何一つ素の自分で感じることはできない。ただ、潜望鏡という不思議なものがあって、その潜望鏡の中で視覚、嗅覚、触覚、人間の体で触れ得る、認識できるもの全て、その潜望鏡の力によって情報が入ってくるというわけ。それを私たちは感じているんだと。だから、ものすごい深海の潜水艦の中にいる裸の王様だと、彼は言うのです。

私は、それは本当にそうだなと思うんですね。結局、そういうもので見た情報が、なんで私たちを感動させ、あるいは泣かせて、涙をぼろぼろ流すのか。そうかと思ったら、口笛吹きたくなるほどうれしさがこみ上げてくるのか。そういう人間の感情というのは、全部、電気信号としての、人間の感覚から得た情報から入ってくるんです。

そうすると、へえ、やっぱり私たちが文章を書くのでも、絵を描くのでも、彫刻をやるにしても何かうまくいかない、もどかしいというのは、それはそうだなと思いますよね。つまりは、そもそも一〇〇パーセント、二〇〇パーセント得られる情報ではないわけですよ。

木下 もちろん、そういうことですよね。

村田 だから、やっぱり感度のいい人はその分だけ、つまり私よりもっともっと感度のいい人は、もっともっと情報を鋭敏にキャッチしているのではないかと思うんです。

木下 それは、感じたことが、たとえば村田さんだったら小説としての形をとるかもしれないけれども、ある作品に落とし込む、そのプロセスというか――

村田 はい、それがもう大変です。そのプロセスが、さっき言った電気仕掛けというような、目にも見えない、音も聞こえない、そこにあるかないかわからないようなものです。それは私たちが感度、キャッチする能力、そういうもので摑もうとしても、容易《たやす》く訪れるものじゃない。もう、しまいには消えてしまいかねない。あるいは、すぐに変わってしまうかもしれない。

木下 まあ言ってしまえばそういうことなんだけど。そうなんだけど、ただ――。

村田 言ってしまえば、そこなんですよ。それをそこまで受け止めるのに、どういうプロセスをとるかということが難しいんです。

木下 問題は、形になって表現されなければ、第三者に絶対、伝わらないということです。

いつもそこで感じるのは、大体いま言われたようなことが、ある種、普遍的に人間の中にあると思うんです。どんな人の中にも。それを形にして相手に伝える、もちろんその感じたものから次に展開していくものであることは確かなんだけど、ただ、それができる人間とできない人間がいるわけですよね。

村田 それとね、最大公約数的なものと、やっぱり無理だというものとあると思いますけどね。だって、いま私が見ている庭と木下さんが見ている庭は、同じ庭でも受け止め方、感じ方は違うと思います。

木下 当然ながら、違いますね。それは違うでしょう。

村田 それはもうどうしようもないです。目が違うからね。全然違うのかもわからない。緑色と思ったって、木下さんの緑色は違う色かもわからないでしょう。

木下 問題はそこなんですよ。村田さんが見ているこの光景、庭の光景と、僕が見ている光景、感じ取っているものは絶対違うはずです。違うけど、今、目の前に展開しているのは共通した、同じ庭の光景ですよね。

これを何らかの形で、たとえば小説とか、何か作品にした時に初めてわかることが出てくるわけでしょう。あっ、そうか、村田さんが見ている風景ってこれなのか、と。言葉を通じてね。それはつまり、村田さんが感じている五感ですよね。それを駆使して、小説という一つの言葉の表現の形にした時に、第三者がそれを見た時、初めてわかるわけですよ。そこですよね。読む人間と村田さんが見ている光景とは、絶対ずれがあるでしょう。たとえば村田さんがこれをどう読むか、それこそ川端康成みたいに、「トンネルを抜けたら雪国だった」というフレーズが入ってくると、何か一見そこにあるように見えるけれど、実はみんな違うんですよね、雪の風景も。つまりそういう光景を選びに選んで、それで村田さんの感性とより近い形で言葉として表現した時、それはだれしも何か感ずるものであると、そうなるわけです。

村田 だから表現っておもしろいですよね。選択の個性ですか。自分が思いもよらないことを書く人がいるじゃないですか。で、またこんな絵を描く人もいるでしょう。びっくりしますよね、何じゃ、これはと思います。私の頭の中では、一生そんなものは出てこない。そのおもしろさですよね。

木下 そう、それ。僕はこの光景を見て、小説にしなくても、たとえば緑を赤にしてもいいわけです。もし、そう見えたんだったら、感じたんだったら。

村田 そうです。『偏愛ムラタ美術館』にも書きましたが、白い太陽と黒い太陽がある。あれは後藤愛彦の描いた、サハラ砂漠の「白い太陽」の絵、すごく奇妙。切れた電球みたい！　それから香月泰男が描いた「黒い太陽」がある、こちらは抑留地シベリアの太陽です。それも、どっちもその人たちそれぞれの太陽なんですよね。

やっぱり表現というのは、もうやるしかない。おまえさんが好きなだけやるがいい。そして驚かせてくれと。あきれさせてくれと言いたい。私、それでいいと思うんです。

木下 なるほど。それを観た人、読んだ人がどう感じようと、私の知ったことではないと。そういうことなんですね。

村田 そうそう、それを見て何かもう興奮しましたとか言ってくる人がいるけど、ほう、そうですか、ありがとうさんねと思う。もういやに興奮する人もいるのね。

木下 それ、僕の絵だって同じですよ。それでね、これまた変なことがあるんだけど、たとえば個展なんかに人が来るでしょう。中には涙ながらにこうやって見ている人がいるわけですよ。

村田 そう、確かにいる。大感動しているんですよね。

木下 言葉の語彙とか、文章は全然できていないけど、ただすごいとか、平凡なつまらない表現の言葉だけど、でもその人は、私これだけ興奮して感動しました、と全身で表している。ただし、その人が、たとえば次に、何年か置いて個展があると、全然違うんです。あのときの興奮はどこへ行っちゃったの?と思うほど。また人間というのはおもしろいもので、いつもそこに留まっておるわけじゃないから。そういうふうにエキセントリックになる人ほど信用できない気もする。感動しましたって、何を感動しているんだ?って感じで。

村田 しかしね、何というか、その時にその人が、それを見て震えたことは確かなんです。

木下 ああ、その時はね。確かに、その時は、そうなんですよ。

村田 でもね、一生は震えていられないと。――だから離婚もするじゃないですか。

木下 まあ、そういう話になってくるとちょっと。僕には……。急に迫られてもね。

村田 だってさ、ほら、ピカソかな? だれだったか、離婚は二、三回だったけど、女性遍歴はたくさんあったじゃないですか。そういう人も、絵描きにだっているわけですよ。ですからその時その時、それが一〇〇パーセントだったらいいわけですよ。九九パーセントだったらいいと私は思いますね。

夫婦ということ

木下 全然、話が違うけれど、僕はいま妻を描いているでしょう。正直言って、四十代前半ぐらいから六十ぐらいになってくると、夫婦は他人になりますね。一緒になった時にはすごい大恋愛をして、結婚するわけだけど。

村田 それでも他人になっていくの?

木下 他人になるというよりも、男と女の関係じゃなくなってくるみたいな。

村田　ああ、それは「他人」という言葉じゃなくて。エロスを感じなくなるわけでしょう。

木下　そう、もちろんそういうことなんだけど。いわば、〝肉親になる〟というか。

村田　ああ肉親ね。肉同士の親類。

木下　年月を経て、老いて、離婚をしてしまう人と、あるいはその人を取り巻く社会環境が離婚を許さなかったりすると、ただ耐えるだけの夫婦ということになる。――なんでこんなことを話したのか、村田さん、今年、ご主人を亡くされた時に、「仲が悪かった」なんて言っておられたでしょう。でも、それは全然、意味が違うんですよね？

村田　よく、意見がすれ違って、ケンカしてましたね。

木下　うん、それは僕もあります。だんだんエロスを感じなくなってくるから、イライラもするし、若い時は大概、エロスのせいでぐちゃぐちゃになっても、まあ、いいか、さっき何かケンカしてたけど、まあいいやということになるじゃないですか。エロスがあって、セックスでもすれば満たされる。ところがそれもできなくなってくると、だんだんお互いに耐えるほかなくなってくる。だけど、村田さんの場合は全然、違うような気がするけどな、それは。「仲が悪い」なんて言うけど、僕はそんな情報を別に聞いても、読んでもないけれど――

村田　仲が悪いというよりも、妻の私が一方的に怒ってるんですよ、一生、怒り続けてるんです。私の方を向きなさいと。あなたはどっち向いてるんだと、ね。でも考えてみると、これこそ肉親同士の、夫婦なればこその喧嘩だと、今は思いますけど。
四十を過ぎて『鍋の中』で芥川賞をもらった時に、それが決まると「芥川賞をもらうのか、どうするのか?」と怒るから、「それはくれると言うのだからもらうわよ」と言ったら、「じゃあ離婚しよう」ってこうなったわけですよ。
木下 ああ、そういうことがあったんですか。ほう。
村田 「じゃあ、ちょっと市役所行って、離婚届の紙も俺がとって来るわ」と言うのよ。それから始まったんですよ。ケ・ン・カ……。
だから、東京に授賞式に行く時、友だちは狂喜して、絵描きの友だちなんかも喜んで、何を着て付いて行こうかなんて。「私、洋服を買いに行く」とか、小説書いてる友だちも、「俺、この靴履いて行く」とか、いろいろとみんな喜んでるわけですよ。
木下 当然、仲間はふつう、それは喜ぶわね。
村田 当の私だけ、朝までもう徹夜で怒られて、「どうするんだ、まだ決まらんのか」と言うから「もらいに行くって言ってるじゃないの」と言ったら、「そうか、よし、じゃあ明日、俺が離婚届の紙をとりに行く」って、また言い出す。それから大変だったんですよ。
木下 だって、ご主人が心臓の大動脈瘤になって、村田さんは一所懸命介護して。それでもうご主人があかんということになったとき、「じゃあせめて、彼が三途の川を渡る時に、私はそれを見て後を追う」なんて言っておられたでしょう。

村田 それはずっと後。二十年後くらいの話です。そのころは、たしか、そうでしたね。

木下 ところが、そのご主人が三途の川を渡らずに戻ってきたと。

村田 なぜか、それが生き返ったのです、病人が。

木下 生き返った。するとあなたの立場がなくなっちゃったわけだね。

村田 そうね。自分でもう命が助かったと思ったら、歩行器で、しゃっ、しゃっ、しゃっと私の前を歩いていくの。〝あなた、一言お礼言ったらどうなの〟と思うわけ。

木下 いや、ふつうはさ、二年間も、そうやって介護して、やっと助かったんだから、ふつうの奥さんだったら、とにかく喜ぶじゃないですか。

村田 だって、一緒に死のうと思ったのに、あなた、自分だけ生きて返るつもり、私はまだ三途の川の前でどうしようと、立ってるのに。どうするんだよ、これは、って。

木下 それに対しては、ご主人はどう答えたんですか。

村田 複雑なことはあまり考えないたちだから。機械の設計、計算の人だから。重量計算しかやらないの。この橋はこれだけの人数で、これだけの重量で、車で通った時に保《も》つか、保たないかということを考えるのよ。だから物の、物体の重量に、耐えられるか、耐えられないかだけで、人間の心、自分の妻の心が耐えられるか、耐えられないか、というような計算はできない。

木下 でも、それって、僕から見たら、両方とも変わってるわね。ご主人も変わってるけど。

村田 だから、一生そういうふうで来たの。

「明日、明後日の締め切りなのに、シイタケ栽培の農家の様子がわからないの」と私が言うと、会社に電話かけて「ちょっとわしは今日休む。親戚が死んだから」と。それで車出して「よし、今から大分の安心院《あじむ》の田舎に行って、シイタケ農家を取材に行くぞ、はい、用意しろ」と、こうなるわけですよ。

そんなことを、ふと思い出すの。そうしたら、つい、〝ありがとう〟って、しゅんとなるわけですよ。

木下 ほら、この前、電話で話しあったけど、「ご主人のこと、どう思われてるんですか?」って僕が聞いたときに、「ベッドみたいな存在だ」とか、おっしゃらなかったですか?

何か、居心地がいいか悪いかは別として、「ベッド」みたいな存在だと。

村田 いいえ、別に。それは聞き違いよ。

木下 そう? そうかな。でも、言ったよ。確かに。

村田 まあ、家とかね、そういうような大きなもの、という意味かな。

木下 要するにニュアンスとしては、安心できる、頼れると。もしかして、「ベッド」って僕の聞き違いかもしれんけど。自分にとってのよりどころみたいなもんですよ。

村田 そうでしょう。

木下 僕ね、村田さんのご主人がどんな人だったか、会ったことないし、わからんし、今もわからないわけだけども、何だろうな、ご主人の存在というのは、今ちょっと話のはしばしを聞いただけでも、あなたには相当大きな影響力を持った人だったと思う。あなたの文学を創り上げていったり、練り上げていったりすることにおいて、それほど大きな存在ってあるのかな、他に——みたいな気がする。

村田 そりゃあ、影響力があります、ええ。やっぱり妻を怒らせるというのは、大きな存在なんですよ。大したことなかったら、腹は立たないものね。

木下 だけど、それはちょっと違う気もするんだよね。怒らせるからということじゃなくて。僕、もっと相対的に真面目に言ってるんですよ。

村田 あのね、たぶん、木下さんって、奥さんの本当の心がわからないと思う。

木下 わからない。わからないから、描くんだよ。それはそうだと思う。

村田 そう、だから永久に疑問なんだよね。疑問符よね。だけど、知りたいと思う？

木下 もちろん、知りたいから描くわけでしょう。

村田 そうかねえ。

木下 いやいや、そうかねじゃないよ。ただね、何かあると、若いときは一喝して、「おまえ、どうなんだ」と、こうなるでしょう。今は、そうは思わない。わからないなりに、その時その時、彼女はおそらくいろんな表情なり、いろんなことをするし。僕はまだ、デスマスクというのか、そんなものはまだイメージしてないんだけどね、たぶん、デスマスクでも、一表情でしかないのかなと思ったりする。でも、妻が病んだから、デスマスクまで描くつもりです。

村田 うん、それはそうです。そうでしょう。

木下 だけど、それはわかるという方が無理でしょう。無理だと思うのよ。それは何も僕だけじゃないと思う。男でも女でもそうだし、みんなそうですよ。わかるわけはないんだよ。

村田 でもね、男がわかることとわからんこと、女がわかることとわからんこと、それって違うんですよ。

木下 そこは何なの？　それを聞きたい。

村田 それは、もうそんなこと簡単にわからない人には、言う言葉がない。

木下 いや、わからない人に言うって。うーん、まあ……。

村田 あのね、直感として言えばね、結局あなたは女性のここ（おなか）から生まれてきた人間なのです。子どもよ。だから私は、あなたをここから産んだ人間になるわけ。その差は大きい。

木下 いや、それを言うなら、……まあ、それはそうでしょう。人間も生物ですし。

村田 だって、産めないでしょう。

木下 そりゃ、男は産めないんだから。

村田 でも、産ませたんだけどね。

木下 ああ、産ませる側に回ったということよね。

村田 でもね、やっぱりそのぐらい違うんですよ、根本的に。力の矢印の方向が違う。

木下 いや、それはそうでしょう。だってそうでなきゃ、存在する理由がないじゃないですか、男と女の。そうでしょう。

村田 別にそこまで思い詰めなくてもいいけど、存在理由とか。だけどね、これは知っていた方がいいと思うのは、何というのかな——。

木下 だんだん村田ペースにはまってきたんだけど。嫌だな、僕。

性と、生と、死と

村田 あのね、命っていうものには死があるでしょう。最後に行き着くところは、「死」よね。そして、最初に始まるところは「生」よね。生き物は、生命というものは、初めから「生」

もなければ「死」もなかったんですよ。それはなぜかというと、科学的にはっきりしているの。初めは単細胞の生物だったから。

「死」は「発明」という言葉になるんですって。このあたりは生物学の基礎的な分野で、木下さんがいつか対談なさった中村桂子先生とかに聞かれたらおもしろいと思いますよ。

死を発明したのはね、単細胞では、やがて行きづまるからなんです。だから生物は、「死」を創ったんです。私たち死んだら終わりみたいに言うけども、「死」は生命が発見した、種としての生き残りの手段なんですって。

単細胞は、餌がある限り、自己分裂して生き続けるから。でも、そうしたら、いずればろぼろになるでしょう。ぼろぼろになって、壊れちゃったらそれで終わり。

これではいけないということで、オスとメスの有性生殖の出番になった。つまり、「性」が生まれて、「死」も生まれた。だからいくらあなたが死にたくないと言っても、死んでもらわなきゃいけないわけね。

木下 ああ、それはそうだね。そういうことなんだね。

村田 でも、人間の男と女の関係が一番、本当はロスなんですって。なぜかと言ったら、生殖行為をする前に相手の好き嫌いがあったりする。メスが嫌だと言ったら、絶対できないじゃない。

そうやってもうすごく選ばれて、仕方なしに、〝こいつでいいか〟みたいにしてやらせて、妊娠するじゃないですか。妊娠したら、人間なら十か月間お腹の中に入れとかなきゃいけない。その間は、いくらほかのオスが寄ってきたって無理なんですよね。お乳を飲ましてるから。おっぱい飲ましてるあいだは、妊娠しにくいんですよね。

木下 人間の他の動物は、そういうのが多いんじゃないですか？　パンダもそうだったね。

だからアザラシとかトナカイの世界では、気の短いオスが赤ん坊を食い殺すんです。赤ん坊が死んだら、授乳が終了するから、それでオスはメスに受け入れてもらえるわけね。

村田 そう、多いんですって。だから結局、ものすごくロスの多い、一番最高のロスが、人間らしいです。そしていったん結婚しても、妻が年とってしまって魅力なくなっても、他の女にということは、なかなかできないでしょう。

でも生物学的に見たら、オスは種付けする、生物ではこれがふつうじゃない？　ただ人間は、大抵の妻が怒るからできないじゃないですか。中にはする人もいるけど。でも、面倒くさい。

木下 ははは。まあそれが、人間の本能だろうから。

村田 そう。やっぱり本能なんですよね。生物学で言うと奇妙で、おかしくなるけれど。ただ、それだから――まあそのへんは何か、よくわからない。

木下 いや、別にいやらしいとかいう意味じゃなくて、僕が小さい時、「性」についての情報がまるっきりないわけです。女性といっても、母親もそばにいないから。ふつうは女のきょうだいとか母親を生活風景の中で見て、その中で育っていって、男というのは〝ああ、女ってこういう形してるんだ〟とかを知って行く。それがまた次に行った時に、気づき、やがて言わば──種付けにはいろいろ問題が出てくるんだけど。

村田 じゃあ、実際に女の人を見たことがあまりなかった?

木下 ないですね。思春期になるまで、自分の中では何だか知らないけど、いわゆるマスターベーションの世界はあるんだけども、本能的にはね。だけど実際にそれは何なのかということは、意味もわからないのですよ。だから、女性は神秘的で──まさか女の人は、僕と同じようにトイレに行くはずもないとかさ、思ってしまっている。

村田 そうそう、そんなこと、男の人は結構、信じていたそうですね。

木下 妄想というか、まあ幻想というか。幻覚に近いのかな。

村田 でもね、私も物心ついた時には、母が再婚していたんです。母の夫が、お妾さんをつくったので、うちのおばあさんが怒って別れさせたんです。時遅し、で、もうその時に母は妊娠していて、そして私が生まれた時は、母は別の男性と再婚させられていた。

それで、うちのおばあさんが──昔のおばあさんって、五十歳で総白髪でした──八幡の市役所に行って「私が産みました」と言った。「おおっ、いつ産んだんですか?」と言われて、「さっき産みました」って。「ほう、そうですか」って言われたそうです。「じゃあお誕生日は?」「はい、四月十二日」、「ああ、今日ですね」、「はい。さっきです」。そうして、じじばばが、私の父と母になったんです。

それで母は、すぐまた再婚させられたの。そしたら、今度その夫があまりにも人が良すぎてもう嫌だと、母は今度は自分から別れたんです。そして別れた後に、また妊娠してたんです。

木下 じゃあ、父親が違うきょうだいが生まれたんですか。

村田 そう、だからまた、おばあちゃんが市役所に行って「生まれました」と。また「私がさっき産みました」って言って、「日にちは?」、「十一月の十何日」、「ほう、そうですか」と言って、でも、じっと考えてから、さすがに上司と話しながら「ばあちゃん、それは無理ですよ」って。

結局、母はその後に、また再々婚した人と、一生連れ添って。私と弟は父が違うんです。私は本当に若い父母とか、壮年期の父母とか、全然知らないの。育てられたのはおじいさんとおばあさんです。だから、じじとばばしか知らない。私の親戚は全部じじとばばばかり。おばあさんの友だちとか、もう全部、遊びに行くのもばば。そういう中で育ったから、女性の色気というものを知らないんですよ。

木下 するとたとえば、男の人の体とか、そういうのはわかるわけですか?

村田　まあ一応、おじいさんと銭湯に行きましたもの。

木下　ああ、一緒に暮らしていたからだね。

村田　いや、暮らしてたというよりも、もっと密接に抱かれて寝ていましたから。お風呂行くでしょう。おじいさんが私の髪も洗ってくれるし。育ててくれたのは、じじばばだけど、それは、すごい大事にされたのよ。

木下　じゃあまあね、何となく感覚的にわかる。そうか。僕にはそれがなかったからね。僕にはそれがなかったから、思春期まで本当に絶対、すごい美人とか、そういう人は、ウンチなんてあり得ないと思ってた。だから今でもね、その感覚はあるんですよね。

村田　あり得るでしょうね。

木下　妻にだって、最初出会ったころはそう思ってたはずなんだけど、一緒に暮らしていれば、それはいろいろ気づくわけね。そして今はもう、ウンコさしたりとか、おしめ取りかえている。妻は、排便に苦しんでるから、ほんとは摘便してやりたいんだけど、これは医療行為だそうで、危ないんですよね、下手に素人がやると。

村田　摘便は危ないですよ。病院に勤めている私の娘が言います。もう、ものすごく技術的に難しいって。触れるところが悪いと、気絶するって。

木下　やっぱりだめなんですよね。特に体の弱った人間には。だから、妻が苦しんでいても、結局、緊急看護師さんを呼んでそれをやってもらうけど。

村田　女性はね、よく、いみじくも「若い男性を見たら」、とか言っていますけど、女性は、というより私はですね、たぶん多くの女の人が、若い男性を見てもなんとも感じないですよ。それ相応の年を経た人の方に魅力を感じます。そこがね、男とは違っていて、男の人は何か女性像というと、若い娘を求めるんですよね。

私たち女性が思う男の人というのは、ある程度の年齢の人ですね。それが自分の年齢と共にだんだん後退していくけど。私が若い時は、自分が二十代だったら三十代。自分が四十になったら、五十、六十代の人がいいなと思う。今なんか自分がもう七十歳を超しているでしょう、そしたら八十代がいいかなという感じなの。ほんと不思議なんですよ。

木下　後ろは振り向かない。後ろというか、若いころの自分は振り向かないということですか？　言ってみれば、私はああいう時があったんだなとか、そんなことは思わない？

村田　ええ、あまり思わない。まあそれはね、たまには思いますよ。それなのに、儚《はかな》いもんだねとか。しかし、男の人の女性観というと、永遠の若さみたいなものに憧れるのは、何なんでしょうね。私たちはそんなこと――たぶん〝私たちは〟と言えると思うけど、思わないですね。

だから今とても若い、ぴちぴちの男性がそこにいても、どうとも思わない。どっちとるかといったら、中年以上の人。そんなもんですよ。そこが女性の好ましい男性観と、男性の女性観との違いですね。何なんでしょうね、それは。

木下 それはセックス、「性」の違いじゃないですか。男ってやっぱり何というか、いろいろ種を遺したい、子孫をつくりたいみたいな、本能的に強くあるんじゃないかな。

村田 ああ、種を遺したい、自分の遺伝子を遺し、子どもをつくりたいのね。

木下 そう。ほかの動物でもそうじゃないですか。人間の場合は、まだそこにモラルとかいろんな価値観や余計なものが入り込むということがあるけど。もし男と女の違いがあるとすれば、若い娘——と言っても限界があるけど、あまり少女みたいじゃちょっと変態になるから。やっぱり、自分の種を遺し、子どもをつくりたい、そういう思いを実現させてくれるということに、憧れるというのは、本能的にあると思います。

村田 私たち女性は、「種の保存」なんていうのはあまり考えませんね。やっぱり男性には包容力みたいな、精神的なものを感じ、求めるわけですよ。そこがさっき、あなたが誤解して言った「ベッド」の意味なのね。

木下 いや、僕の言いたいのは、別に肉体的な意味じゃなくて。言わば「村田文学のゆりかご」みたいなもの、ご主人には、そういうイメージの方が強いんですけど。

村田 ふふふ……。ありがとうございます。

夫婦の「心の出し入れ」

木下 どうなんですか、今、ご主人が亡くなって、過去の記憶の一つになってくるのかもしれませんが、ご自分の文学にとって、ご主人の存在というのは欠くべからざる存在だったんじゃないですか。

村田 その割には夫のことは書かれてないですけど。

木下 いや、書けないんじゃないですか。書いていないというよりも、書けないんじゃないですかね？　書きたくないんですか？

村田 少なくとも、何か具体的な作品の材料としては浮かばないんですよね。

木下 身近すぎたということ？　妄想の世界を働かしてくれないのでしょうか。

村田 そう。だから何か自然の、大きなベッドといえばベッドみたいなもんですよね。

木下 亡くなったご主人は、ただもう食べられる一方で、メスがオスを食うみたいな、そういう一方的なものだったと思う？　食べ尽くしたというか？

村田 すみませんが、私は肉食はだめなんですよ、年寄り育ちで、生まれてからずっとね。肉も魚も食べたことがないんです。お言葉を返すようですが。

木下 いやいや、物質的な意味で言ってるんじゃなくて、精神的な意味で言ってるんだけど。いや、そんなこと断定して言えるほど村田さんの作品を読んでもいないし、知ってもいないけれど、でもイメージ的に、すごく直感的に言うなら、あなたほどご主人を食べ尽くした人はいない、みたいなところがあるんじゃないかと。だから何も残ってない。

村田 いや、書く材料にはなっていないけど、そうかもね。正直言って、何かしみじみ惜しかったなと思ってます。まだもう少し生きていて欲しかったなと思いますよ。

木下 それって、何のために？

村田 やっぱり、そばにいてほしい。

木下 そばにいてほしい、何のためにそばにいてほしかったの？

村田 また車に乗せて、買い物とか取材に連れて行ってほしいし。

木下 じゃ、利便性？

村田 まあそれは、利便と言ったら利便かも？ そうかもしれないけど。そこに本棚が欲しいと言ったら本棚造ってくれるし。電気が切れたと言ったら、すぐに脚立を立てて、直して電気つけてくれるとか。

木下 だったら、やはり利便性かな。

村田 違うってば。私の気に入った居住空間を作ってくれる。だから安心して小説が書ける。

電球の取り替えもできない男もいますけどね。やっぱり、大きいんですよ。

木下　それはわかりますよ。言ってることはすごくわかるから。ただ、僕は少し刺激的に、わざと誇張して言うだけで。

村田　やっぱり、大きなベッドかもね。台風が来てもね、一応心配はしないですむ、心細くはないじゃないですか。

木下　そういった意味では、大樹のような人だった。利便性はもちろん……

村田　そうですね。うちの主人は、背は低かったけどね。

木下　それは、あなたの生活も含めた文学世界ですよね、そこにおいてのご主人の役割、それが何だったのかということ。

村田　確かに、やっぱりある意味で、揺るぎないものがあった。

木下　何に対して揺るぎない？

村田　私の生活が揺るぎないものだったんですよ、つまりは。

木下　それは、まあまた利便性と言うけど、そういった意味での揺るぎないものなのか、あるいはもっと精神的な何か——いろんな思いがある。人間は社会的な動物だから、いろんな目にも遭ったりするじゃないですか。そういう時に——。

村田　そういう時は、役に立たない。まったくね。

木下 それは具体的に言うと、どういうこと？

村田 役に立たない。社会的に自分が何か困った時とかに、私は夫に助けを求めたりはしないし。

木下 それはあなたが、しないんでしょう。

村田 そう、私がしない。しっかりした両親がいなくて育ったからか、祖父母にも何も頼ったことがないんです。

木下 さっきの話だけど、だったら離婚だなんて言いながら、でも何かちょっと、その風景を見たいといったら、ご主人が車を出してくれる。それってふつう、離婚なんて口走っている人間が、やる行為じゃないよね。

村田 そうですね、そう言われれば。やっぱり、そういう生活なのよね。

木下 うん、そう、生活ですよ、もちろん生活ですよ。

村田 何か非常に落ちついた生活というもの。落ちついた生活というのがあって初めて、馬鹿が言えるというか、馬鹿が書けるというのか、とんでもない話が書けるというか。

木下 結局は、「ゆりかご」みたいなものに近い存在だったんでしょうね。

村田 そうでしょうね。でも、木下さん、しつこくないですか？　さっきから（笑）。

木下 もし離婚なんかしていたら、大変だったよね。どう？

村田　それでも時々「もう、離婚しようか」って言ったら「ああ、いいよ」とか言っていた。

木下　それは売り言葉に買い言葉で。そんな程度で、本当に離婚するつもりじゃないし。

村田　確かに。なんであんな一所懸命に離婚しよう、離婚しようと、二人で言い合ったのかもわからないですね。今となっては、不思議。

木下　でもまあ何というか、ご主人も、一方でご自分の会社を持たれたわけでしょう。それであなたは、別にそれに協力したわけでもないですよね。主婦としては協力してたか。

村田　男の仕事に私が協力などできないですよ。結婚当時はアラスカの石油積み出し港の巨大桟橋の設計などに夫は参加してまして、私はそばでワタワタしていただけですもの。ただ、ちゃんと御飯つくって、会社にやって。それはちゃんとしていたですね。

木下　それはもちろんあっただろうけど。ぎりぎりと言えるかどうかわからないけど、お互いに力を出し合える部分で、支え合ったみたいなことはあるんじゃないですか。長い間には、いろいろあったでしょう。

村田　だから大動脈瘤になって、手術までその間の一年間とか、やっぱり食事療法とかね。このぐらいの鯉《こい》を、山の中のダム湖に買いに行って、鍋に入れて持って帰って、流しにあけたとたんにギャアッてなって。鯉のこんな大きな鱗《うろこ》、一つずつが全部目玉みたいですもんね。ものすごく恐ろしいんですよ。もう、ぎざぎざ、ぎざぎざ。どうするの、冗談でしょうみたいな感じ。「これ、鍋に入れて」って頼んで。一番大きな鍋に、夫が恐る恐る鍋に入れて。「水入れて」とまた頼んで。「醤油入れるのよ」とか言って、やってもらうの。

木下 それでご主人の動脈瘤破裂したらどうするんですか。ご主人のためにやってるのに。

村田 「お茶の葉っぱ入れて」と言って、お茶の葉を入れて五時間炊いて。そんな時は、だれも来なかったですね、鯉は臭いから。すごく臭うのよ。

木下 そんなに臭いものなんですか。それを、ご主人は飲むわけ？

村田 いや、食べさせます。鱗も全部、骨も、目玉も。

木下 鱗も食べるの？　全部ですか？

村田 食べられるように煮るまで五時間かかる。病気のとき、鯉が一番なんです。

木下 まあ、よく言われるけど、鯉はね。

村田 鯛とか、あんなもの目じゃないですよ。鯉ですよ。よくほら、亀のあれね、田舎の、安心院の田舎とか、スッポンがいます。でも、それより鯉です。鯉が最高。

木下 鯉ね。そうやりながら、いよいよご主人があかんということになったわけでしょう、結果的に。そしてじゃあもうしょうがないかと、ご主人が先に三途の川を渡ったら、自分もまた後追いで行こう、とまで思ったわけですよね。それはつまり、それまで日常的に夢中で介護というか、それによって与えられた、そのエネルギーですかね。絆というか。

村田　たぶん、そうですね。あのときは女友だちがみんな、「村田さん、もうそろそろ、私たちともちょっとつき合おうよ」って電話かかってきたの、いろいろ。寂しいからって。

木下　もうあなたがご主人にかかりきりになっているから、心配で。それで?

村田　なにしろ、鯉を煮るのに忙しいから、無理だって言ってたの。

木下　なるほど。そのお友だちは、どういう人たちなんですか?　みんな優しいですね。

村田　それは、たとえば、装丁家の毛利一枝さんとか、詩人の友だちとか、俳句仲間の人たちとか。みんな、彼女たちも夫がいるからね。気持ちはわかるのよ。

木下　自分の力で仕事をしたり、いろんなことができている人だ。そういうことでしょう。それができない人たちもいるわけだから。それができない人が友だちであるということと、そういうことができる人たちが友だちというのは違うでしょう、状況がね。

村田　違うかもね。でもとにかく、一所懸命やりましたね。やりがいがあることだから。

木下　やっぱり、ご主人のこと、つまりは好きだったんじゃないですか。

村田　好きとかいうことは、あまり考えなかったね。感じなかったと言うよりは。

木下　すると、それは好き嫌いを超越したものだと?

村田　だって自分の父親とか、好きとか嫌いとかありますか。私には父親いないけど。

木下　いや、ありません。でも、僕の言いたいのは、つまり僕もよく愛妻家とかなんとか言われるけど、冗談じゃないと。決して愛妻家でもなんでもない。そうじゃなくて、傍らで死にかかってる人間をほっておいて、平気でいられるわけないじゃない。

村田　ああ、私は、そういうのでもないですね。やっぱり切実な運命共同体みたいな感じ。

木下　ああ、もちろん自分の運命にも関わってくるわけだけど。

村田　そうそう。何か運命共同体という思いはもう、どうしようもなく強いですね。

木下　僕の場合はちょっと特殊かもしれないけども、僕にとっては、介護もまた生殖行為であると思う。つまり、病気や老いでむき出しになって行く相手と向き合いながら、己の心のうちを見つめる行為だし、僕と妻の場合は、描き、描かれるということで、二人で作品という子どもを創る生殖行為のようなものだと。

村田　ああ、なるほどね。何となくそれは、うん、わかる気がする。

木下　だから直接セックスによって人間が生まれてくる、自分の遺伝子を次の時代に伝える、という行為ではないですよ、もはや。でも、精神的な意味ではそういうことになってくるね。精神的なＤＮＡを伝える、というか。

まあ、実際は夫婦であっても、世間一般的に言えばだいたい四十代前半ぐらいからお互いに肉体的な変化、社会的な変化で、それまで一緒に寝ていたのが別々のベッドで寝る。別々の部屋で寝たりさ。そういうふうにして、だんだん物理的、空間的にも離れていく。

村田　そうですね。だけど、「心の出し入れ」というのはずっと続きますものね。

木下　それ、何なの？　「心の出し入れ」って。

村田　つまり、こっちが何かこう言ったら、向こうがこう返す。この前ちょっと文句言ったら、昨日ふくれていたとか。そういう心のやりとり、出し入れというのが、なかなかこっちの方がおもしろいです。やっていると、ある充実感がある。

木下　ああ、なるほど。いや、それはすごく解る。ただ、うちの場合は、妻があまりしゃべれないんですよ。だから僕はいつも言ってるんだけど、「しゃべらないと相手に絶対伝わらないよ」と。それは別の隠し治療、療法で、会話する、つまりしゃべることによって飲み込む力が出てくるとか、それで次に繋いでいくみたいなことなんです。

村田　なるほどね、まあ、それはそうですよね。

木下　そういうことを言うんだけど。彼女は、無理すればしゃべれるんだけど、でもやっぱり面倒くさいから、黙ってしまい……そんな感じになってしまう。

村田　それはそうよ。でもね、いつだったか木下さんがＮＨＫテレビかなんかに出ていたでしょう。あれね、何かテレビで見た時に、ああ、この奥さん何も言わないけど、何かいろんなことを心の中で言っているな、というのはすごく感じたね。

言葉ではしゃべらないけど。だけどその彼女の反応と、木下さんが受け取る、それこそ「心の出し入れ」というのかな、ある意味の情交、情けが交わるというのかな、それはなかなかのもんだろうなと思いました。

木下 僕の妻が、まだ今よりしゃべれたころに、あるインタビューで、「他人に見られたくない姿をむき出しにされるようで、嫌だと思うこともあります。でも、私は木下の絵が好きです。彼の描く黒には、奥深さがあり、彼自身の内面の奥深さも感じます」と、言っていました。それは忘れられない言葉で、僕は今でも、口では言わないけど、そう思ってくれていると思っています。

病む人の苦しみ、介護する家族

木下 今、妻の状態がここまで来ると、どうしても死をイメージしてしまうんです。今でもまだ体が動き、脚も上がり下がりできるけど、それだって、やがてできなくなる。今住んでいるのは団地ですからね、三階ぐらいにいると、ベランダからこう、いつもリハビリ散歩と称して回るんですけど、団地の敷地内を、五百メートルぐらいの距離しか動けない。それで中にベンチが一つあって、そこで一休みするわけですよ。

その時は、ベンチは自分らが座っているから、そこから住んでいる家を見上げたりする。ところが彼女が入院した時には、それができなくなるわけですよね。そうすると、こうやってベンチの位置から見上げた家と、「あそこ、僕らが住んでる部屋だよ」とか言って他愛のない話をしていたのが、今、彼女が入院しちゃうと家にはいないわけですから、ベンチにもいない。

そうすると僕がたまたま洗濯物なんか干すのでベランダに出ると、そのベンチが見えてくるわけですよ。そのだれもいないベンチが、何とも、寂しいんですね。

村田 そうね、おそらく「死」とはそういうものですよ。そうでしょう?

木下 そう、そこなんです。だから僕は、さっき言ったその彼女とのやりとりね、それも物理的には近い将来なくなってくると同時に——何だろう、自分がイメージして、今どんどん彼女を描いているのが追いつかなくなっている——、そんな苛立ちや葛藤があるんです。

村田 私は娘の仕事でしか知らないけど、娘は大学病院に勤めていて相当な年齢だから、もう五十歳ですが。聞くところでは、パーキンソン病というのは進行が遅いそうですね。だから、結構、長生きするとか? ケースバイケースでしょうが。

木下 ふつうだったらね、ふつうの寿命ぐらいは長生きできるとか言われていますね。ただ、僕の妻がなった時は、発病した時には気づかなかったわけですよ。それで症状がだんだん表れてきた時に、初めて、これはおかしいぞということになって。今から六〜七年前に。

村田 病気の発見と、治療の開始が遅かったのかな。

木下 遅かった。遅かったというよりも、わからないまま、治療にかかる前に、どんどん進行が早まっていったんですよね。だからもうみるみる進行して、以前、あなたが観たテレビで放映された時より、今は、もっとひどい状態になっています。

僕が感じているようなことは――、もっと前の時代には、治療薬も治療法も今ほどなかったと思うし、その患者さんたちは、もっと大変だったろうと思う。もう亡くなられた人たちもいるだろうし――。僕にしてみれば、その人たちは大先輩です。そのご家族もね。

村田 うちの夫はほんと早かったんですよ、頸椎だから。大分回復して、少し立てるようにリハビリしてたら、間質性肺炎になったからです。それで、一週間で亡くなってしまった。だから、死因と病状とは一緒じゃなかったんですよ。死因は全然別の病気だったわけです。

木下 あのころ、倒れられたころ?

村田 倒れたころはね、ほんともう何というか、体が利かないということは、どういうことなんだろうと、そればかり考えてましたね。夜中に、ばたんと床に落ちたんですよ、ベッドから。体が利かないなんて、どうしてだ、どうしてだ?と思ってるうちに、ベッドから落ちたんです。

そのころ、私たちそれぞれセミダブルに寝てたんですね。そしたら、夫がいきなり落ちたんですよ。落ちるっていってもベッドの幅は、結構、広いんですよ。もうびっくりして、でも三月ですから寒い。床も冷たいし寒いの。このままでここに置いとくわけにいかないので、ベッドに上げてやろうと思うんですけど、これがもう絶対、上がらない。

木下　だめですよ、がっしりしたご主人でしょう、それは無理ですね。

村田　だからバスタオルを持ってきて、掛けて、そして何とか引き上げようと思うんだけど、やっと上半身を上げれば、足が上がらないんですよ。まったくもうどうしても動かないんです。これではだめだと思って、仕方がないから、床に薄い布団を持ってきて、その布団に移そうと思うんだけど、これがまた移らない、転がそうとしても、ピタッとして動かないんです。

男の人の体っていうのは、がちがちになってるから、それでもうビタッと床に張りついて、体の下に手を入れようとしても入らないのですよ、手が。手を少しでも差し込んで、その先に何かシーツの端をこうやって引き入れて、それを引っ張って布団の方に持っていこうと思うんだけど、それも動かないんですよね。もう、梃子でも動かない。びくともしない。

そうしたら夫が、そのままで三十分ぐらいしたら気が付いて、「きつい、向きを変えてくれ」と言うんですね。向き変えるなんてそんなことはできないよと思うんですけど、それでも何とかしようと思って、また枕元へ行くと、「こっちを動かしてくれ、こっちに向けてくれ」と言う。命令形で言われても、結局、動かせずにそのままなんですよ。なんでそこで救急車を呼ぶ知恵がなかったのかということですけど、後で思えば。

木下　目の前で展開していることだけで、精いっぱいだった。

村田　どうしようもなく、「だって動かないもん」と言う、そうしたら「俺、このままだったら地獄や」と言う。とにかく「動かしてくれ」と。それでもう、あ、そうか、地獄なんだ。体が動かないということは地獄なんだと思った。それで、もう飛び上がるほど驚いて、その地獄を何とかしなきゃいけないと思って、必死でこう動かしてみる。

それでもどうしようもない、動かない。仕方がないから時間を見て、夜中の三時半に倒れたんだけど、五時まで待って何とか娘の家に電話して、実はこうこう、とかいつまんで言ったら、「なんで救急車呼ばないの！」と言う。「だって救急車呼んだらピーポーピーポーで来るじゃない」と言えば、「ばか言わないの！」と言われ、「とにかく、今から私たちが行くから――」と言うんで、ただもう、そのまま待っていた。

それから、駆けつけてくれた娘婿が頑張っても動かない。そうしているうちに救急車が来て、やっと救急車の人が三人がかりで、二階から運び出してくれて。これがまた、家のエレベーターには乗らないんですよ、夫を乗せたストレッチャーが。それで階段、外階段から下りていった。

その時に、体が動かないということが、寝返りせずに三十分もいると痛いということ。動かしてくれという時に「地獄や、このまま動かんと地獄！」と言った。

その時、私、ものすごく恐怖を感じたの。体が動かないという恐怖。そして、初めてわかったんです。友人、知り合いにＡＬＳ（筋萎縮性側索硬化症）の人がいるんですよ。その人のことがぱっと浮かんだんです。ああ、彼も苦しいだろうなって。

そして、その時、体が動かないということの、これからどうするかみたいな、そこから私の悩みが始まった。

今までに自分は一度、癌になったけど、癌なんて知れてますよね、身体は動くんだから。もう動かないことを考えたらね。何が一番怖いって、拘束ですよ。体が動かないこと。自分の意思に反して体が動かないということほど、恐ろしいことはないですよ。

木下　いや、何かこう、身体が床に吸いついとるんじゃないかという感じですね。

村田　まさにそれ、吸いついている。私が癌で鹿児島の放射線治療に行った時に、放射線治療というのは簡単なんです。服のまま、四次元照射だからこのまま。「はい、行きますよ」と言って、はい、もうそのまま、すぐぱっと移って、もう一分ですよ。音が鳴って、一分もからない。それで終わり、もうそれでいいんです。すごく簡単な治療なんだけど、ただ、放射線酔いする、放射線宿酔というのですが、酔うんですよね。

で、気分が悪くなって、いつも船酔いしているみたいな気分になる。その時に、だんだんその船酔いが厳しくなった時に、自分がこう座って周囲の動きを見ていたら、大きな人が、すっと立って歩くんですよ。うわあ、体が重たいだろうなと思うんです。不思議なんですよね。自分はもうそのころ四二キロぐらいしかない、痩せて。四二キロぐらいしかないのに、八十キロぐらいの大きな体の人がぱっと立って、さささっと横断歩道の信号を渡って行く。

それを見た時に、苦しいだろうな、重たいだろうに、一生この体で生きていくのねって思ったんですよ。あの時の引力というのか、重力というのか、何か絶望的な重力を感じる時の悲しみは、忘れることができません。だから未だに思います。もう大きな人を見たら、ご苦労さまと思う。

でも、木下さんを見たら、動きやすいだろうな、と思う。

木下 今の僕? えっ?

村田 うん。スリムだから。でも不思議に、自分が体重ぎりぎりになっても、きつい、重たいという時の、あの周囲の世界を見た時の絶望感、なぜか、それを夫が倒れた時に感じたんですよね。さぞ、きついだろうねと思った。なのに、動かないということをどうしてやりようもない。私は何もできなかった。

だから、男友だちの同級生が、「俺、パーキンソンになった」って言った。その時も、もう愕然としましたね。どうして助けてやろうかと。自分の体の重みを自分で処理できない病気の人の苦しみというのは、ものすごく感じるんですよ。だから、その人にずっと付いて面倒を見る、介護する家族の苦しみというのは、ものすごく私にもわかるのです。とにかく、大変なことですよね。

二人とも「学歴はない」

藤原　ところで、お二人は優れた画家であり、作家ですが、失礼ながら、お二人ともいわゆる〝学歴〟はありませんね。木下さんは十代の半ば過ぎぐらいに、「天才少年現る」等と新聞に出ましたね。自伝『いのちを刻む』にもありますが、御苦労されたと思います。が、芸術的才能については早熟で、むしろ大学で学ばなかったからこそ、枠にはまらず、オリジナルな世界を持ち、自由にその才能を育むことができたのではないかと思うのです。

村田さんも、だれにも教わらず、自分でこつこつと作品を書かれ、四十二歳の時に芥川賞を受賞されました。美術大学を卒業して画家になるとか、大学で文学を学んで作家になるのではなくて、お二人に共通するのは、〝学歴での学びでない力〟の大切さなんです。学歴があると、先生から教えられ、型に嵌められ、自分の「オリジナリティ」を発揮できない、生み出せないのではと。村田さん、どう思われますでしょうか。

村田　ちょうど昨日、金時鐘さんと木下さんの対談（『機』藤原書店ＰＲ誌、二〇二一年七月）を読んで、いま思い出して思わず笑ったのですが。お二人とも大学へ行ってない人たちですが、大学の先生になっている。私も実際そうなのです。もう、たぶん二十年も教えていた。

それを思い出し、おもしろいと思いましたね。

私は学校に行かなくて好きなことをやったという、その幸福感はあります。なぜ学校に行かなかったかといえば、おじいさん、おばあさんの子どもとして育ち、母は再婚したことが一つ。おじいさん、おばあさんは、大学とか思いもしないのですよ。

「娘っ子は裁縫ができにゃいけん」と。だから「お寺に行って住み込みで、和尚さんの奥さんに裁縫ば習わせよう」と、こうなるんです。もう裁縫箱買ってくれているんですよ。しかもそれがすごい裁縫箱だったのです、今も覚えてるけど。漆塗りの朱色の裁縫箱でした。それで、「これ持って行くんよ、卒業したら」と。これはやばいと思って、もう、お寺って聞くだけで恐ろしい。とにかく絶対に行きたくない――。

木下 それで、文学をやろうとされたのは、いつごろからなんですか？

村田 中学の一年の時ですね、映画のシナリオを勉強したくなったんですよ。

木下 それのきっかけは何だったんですか？

村田 当時映画が流行っていたからですね。映画の雑誌とかには、必ず映画の脚本が載ってた。外国映画の脚本なんかも載っているんです。おもしろい、ネオリアリズムが流行ってた。「無防備都市ローマ（無防備都市）」とか、いいじゃないとか思って。それで、映画のシナリオを書こうかなと。小説は全然興味がなかった。ぐだぐだ書いて、うるさいねという感じしかなかったですよ。

だからもうすぐに、映画のシナリオをやるためにはそれなりにちょっとお金も要るだろうということで、考えたら、近所の子たちが新聞配達少年になっている。「私も連れて行って」と言ったら、「うん、キヨちゃん、連れていくよ」と言って、地元の西日本新聞の販売店に連れていってくれて、「この子がなるち言いよります」とか言ってくれて、私も「なります」と言って、それで雇われたんです。そしたら、お金をちゃんともらえるでしょう。

それで通信教育も受けられるじゃないですか。で、それから、せっせとやりました。私の頭の中に祖父母に相談するという選択肢がまったく無かったのです。

木下 でもやっぱり、シナリオを書くにしても、シナリオという形というかルールというか、書き方があると思うんですけども。具体的に、どうしたんですか?

村田 そんなの、脚本読んだらすぐわかります。それとね、外国映画を見に行くでしょう。ノートを持っていくんですよ。それで、大きな字で書くんですよ。映画見終わると、シナリオが一冊できるんです。日本の映画と違うから、台詞があまりないですよね、スクリーンの字幕だから。最低限の台詞しかないでしょう。「家が燃えている」と書けば、それでもう家が燃えてることになるんですよね。

木下 それは世間的には流行しているってことかもしれんけども、でもまあ映画のシナリオを書くっていう発想は、そんな簡単にすっと出てくるもんでもないでしょう？

村田 でも、すぐ出たんですよ。すぐ出た。だって、本屋で映画雑誌を立ち読みしてて、ああ、映画のシナリオっておもしろい、やってみようって思ったんだもの。

木下 それは幾つの時だったんですか。その前には何か、前段としてあった？

村田 十一歳の時。その前は、前段としてはそうね、弟に宮沢賢治を読んでやったりとか、いろいろしてましたけどね。

木下 それは、宮沢賢治が好きだったからですか。それとも周りが「これいいから読め」っていうことだったんですか。

村田 いや、叔父の家があって、本がいっぱいあったんです。他にも、ずっと前に種村季弘さんと会った時に『グラディーヴァ』（W・イェンゼン）を訳されたの、種村さんでしたね。うわあ、もうすてきです」とか言って。昔の話で興奮したから喜ばれた。そんなので、本も好きだったんですよね。

勉強なんて興味がないけれど、国語とか社会は勉強しなくったって、ほとんどいい点とれる。問題は理科、算数。それはもうだめでしたね。中学になったら英語もあるでしょう。やらないし、もうできない。しないでも点がとれるものはいいんです。だから六百人ぐらいの中で百番ぐらいには入ってました。掲示板に貼り出すんです、あの当時は。かわいそうですよね、子どもたちは。

藤原　中学三年生の進路指導のようなことでは、担当の先生から進学のことではどう言われたのですか。

村田　進路指導なんてないですよ、私たちのころは。一クラスに六十人生徒がいる、八幡市はもうとにかく製鉄所の町だから、一学年一六組とか一八組とか、一クラスが六十何人なんですよ。だからそんな、一人一人進路指導なんかしない。「何月何日に、どこそこの鉄工所に行きたいやつがあったら、みんなついてこい、並べ」、とか言って連れて行くんです。で、「私、ここが気に入った。ここがいいと思った」。溶接とかする工場で、溶接の火花、きれいで勢いがあって。見とれた。

当時は、クラスで六十何人いて、三人か四人ですよ、高校に進学するなんてのは。そんなものです。だから全然違和感はなかったですよ。高校に行く方が珍しいんですから。あのころ八幡ではそうでしたね。

だからどうということもないんです。町工場をのぞいたら、おじさんたちが溶接をやっているんですね。それで火花をかぶって目がやられるから、色のついた眼鏡かけて、鉄の火が見えたんです。あ、私、ここがいいと思ったの。

で、次の日に、早とちりして、おばあさんに「弁当つくってね」と言ったら「弁当要る?」、「うん、弁当要る。それから電車賃〇〇円」って言ったの。そうしたらそれもくれた。それをもらって、朝、昨日の町工場に、行ったんです。

「おはようございます」と言ったら、みんなが「おはようさん」と言うんですよ。それで中へ入ってからぼうっとしてたら、「何してんの、こっちよ。これをあっちに運びなさい、さっさと運びなさい」、「はい、はい」、「溶接のアカを落としなさい」。これをあっちに運びなさい、アカというのは鉄と鉄を溶接した時に出る滓《カス》です。「はい、わかりました」、それをカンカンと叩いて剥がして、「はい、落としました」。そうしたら、みんな「はい、昼御飯食べるよ」という。みんなで昼御飯食べて、楽しく一日過ごすんですよ。おもしろかった。それが、半月ぐらいしてたら――

木下 半月ぐらい、そういった仕事の準備期間みたいな感じで？

村田 そしたら、ある日、学校のクラス担任が工場に来たんですよ。「すみません、貴田という子が来てないですか？」、「ああ、何か来てますよ。毎日来てますよ」、「まだ、こちらに入社してないんですよ」とか言って。それはそうですよね、卒業式もしてないんだから。そうしたら社長さんが「卒業式済んでからおいで。入れてあげるから」と優しく言うんで「はい」と言って。それで先生からは叱られまくってから、学校に連れて帰られると、またぐだぐだ説教された。で、卒業式の日が済むと、その工場へ行きました。

木下 それ何年ぐらいやったんですか？

村田　職人さんが、「溶接を覚えなさい。教えるから」というので。

木下　溶接を覚えたんですか。

村田　ある程度覚えたの。そしたら、そのうち、女の子は、電気溶接は不妊症になるからやってはだめだと言われて。それでもうがっくりきてね。しかたなく職替えで、じゃあどこに勤めるか。またぐずぐずしてたらおばあさんにお寺に住み込みで裁縫を習いに行かされると思って、これは大変だと慌てました。で、そうだ、映画館に勤めようと思い、映画の封切館に行ったんです。

封切館に行くと、雇ってくれて、あれはいいんですよね、仕事が済んだらパス券がもらえるから。仕事が終わると、パス券で毎日、市内の好きな映画館で映画をただで見られる。だからノートを持って行って字幕を書き写すことを再開したの。これ、最高だと思ったんですよ。

でもだんだん危なくなってきたのはね、ここに勤めていて、私、いいんだろうかと思い始めた。だってね、お客さんがいないんです。ある時、たまたま呼び出しがあるんです。映写室のすぐそばで、マイクなしで「何々さん、呼び出しでございます」みたいなことを言ったら、一人、ふと立ち上がるんですよ。ところが気づくと、その人だけ、お客は。

しょうがないよね、だって篠田正浩監督の「乾いた湖」だもん。「青春残酷物語」とか、「武士道残酷物語」とか上映されてまして。観ない、だれも。お客さんも全然入ってない。これはやっぱりもうシナリオライターは無理かなと思って。じゃあ、どうやって鞍替えしようかなと。仕方がないから、小説家にでもなるかと。

木下 その、篠田正浩や大島渚、今井正の映画、つまんなかったですか。これじゃ人が入らないなという感じ？ いや、僕は大島渚とは、つき合いがあったから。

村田 そう？ でも、十四、五歳の少女が、つまるか、つまらないかなんてわかりますか？ とにかく、それで諦めたの、シナリオライターも。残念だけどね。

土管の中で書いた六十枚

村田 よく思い出してみたら、小学校の六年か何年の時に、中学入ってたかな？ ちょっと暇だったから夏休みに——八幡は焼け跡だから土管がいっぱいあるんですよ、大きな土管が、焼け跡の空き地に。——その土管の中に入って、これはいい、居心地がいいやと思った。ここで、ちょっと何か書くかと思い、そのころ、西日本新聞の配達をしてたから、結構お金は持ってたんですよ。だから土管の中で何か書いてみようと思って、原稿用紙を買いに行ったの。

私が新聞配達少女になったんで、知れわたってしまった。八幡で女の子の新聞配達第一号だったんです。それで、なぜかおじいさんが怒ってね、「そんなの辞めろ、辞めないなら、もう家に入れない」と言うから、「いいよ」と、土管があるから、と思った。

何ともないんですよ、土管でも。おじいさんは、そのうち寂しがって帰ってくるだろうと思ったろうけど、飼い犬のペスを呼んだら、ちゃんとついて来てくれた。それで全然寂しくもないし、何ともないんです。だからちょっと土管の中で、六十枚の原稿書きました。

木下 土管の中で？　六十枚！

村田 ええ。内容は何というのか、吃音の叔父が当時の八幡製鉄所の職工さんだったの。私がその口真似していたら、見事に私もどもるようになった。学校が嫌なのは、それも一つあったんですよね。その吃音というのをテーマにして私小説を書こうかと思って、六十枚書いたの。いま考えたら、六十枚書くって、子どもにとって並大抵ではないんです。

だけどそのころは、別に起承転結なども考えないでしょう。表現なんてどうでもいいわけで。とにかく書いて、どこに送ればいいのかなと思ったの。送るところがわからない。あんまり学校にも行ってないから、ろくにね。

たった一つ思いついたのは、自分が配達してるから西日本新聞社。そこに送ったんです。「西日本新聞様。貴田喜代子」と書いて、「小説を書きました、読んでみてください」とね。

そしたら、西日本新聞の文化部が、当時、有名な『無法松の一生』の原作を書いた岩下俊作氏に、仕方がないから回したんですね、きっと。そしたら岩下俊作氏から返事が来たんです。

「とにかく一所懸命学校の勉強をして、卒業しなさい。ちゃんと学校に行って、立派な作家になりなさい」と、激励の手紙もらったのです。

木下 それはやっぱり不思議な出会いですよね。ふつうはないですもの、そういうことあり得ないでしょう？

村田 でも、私は「学校に行って勉強しなさい」なんて言われて、「何言ってんの、あんた」と思ったんですよね。もうそれっきり小説はやめたんです。勉強しないとだめ、学校へ行かないとだめだったら、小説書くのやめた、とね。

それでまた、やっぱり映画のシナリオがいいや、となったわけです。ところがその映画のシナリオも、もうだめでしょう。映画館にお客さんが入らないんですから。それで、仕方なく小説に戻るかなと思って、また小説をしこしこ書き始めた。その後、西日本新聞社が九州芸術祭文学賞というものを創設しましてね。

木下 ああ、それに応募して、賞をとったわけね。だけどご主人は、あまり文学に理解がなかったわけでしょう。

村田 理解どころか、全然興味がない。

木下 要するに結婚したいから結婚しようみたいな感じで。結婚したけど、どっこい奥様は物書きやったと。

村田　結婚する方が難事業でした。御飯は作る、子どもは産む、産んだら育てる。もう大変で。

木下　一応定番どおり、きちんとそれをやってきたわけですか。

村田　はい。そりゃあ、もう舅、姑はいるでしょう。夫の実家は建築請負業で、その敷地の中に暮らしていたんです。仕事で山のように出る鉋屑を燃やして片付ける。さあ、一体いつ書くの？という話ですよ。それで、もうしばらくは書けなかったです。

やっと子ども二人目を産んで、少し手も離れて、二十七歳ころかな、九州芸術祭文学賞の六十枚ぐらいだったら、ずっと前に一度、土管の中で書いたことがあるから、書こうと思って六十枚書いたんですよ。

木下　土管時代の六十枚はどこにあるの。残っている？　しつこいようだけど。

村田　それがね、四、五年前かな、北九州のＮＨＫの局長さんが定年退職されて、「村田さん、自分の父は岩下俊作です」とおっしゃるの。それで「父が村田さんの作品残してくれていたので、これをあなたにお返ししましょう」と。送ってくださったの。

木下　それ、当然読まれたでしょう。その六十枚返してもらったの。

村田　読みません。

木下　捨てた？　それをほかしちゃったわけ。読まずに？　ふうん。まったく興味なかった？

村田 だって大した作品じゃないもの。まだ、十代の作品で、もう過去のものです。

木下 過去のものに対しては、そういう思いがあるんですか。どれでも？　たとえばいいものを書いた、で、世間にも評価された、それでも？

村田 一枚も残ってないです。これまで書いて来た古い原稿は、一つの作品もない。ある時、文芸家協会から「ちょっと記念に展示するので、何か古い直筆原稿を」と言われて、仕方がないから自分の本を見て、書き写して出しました。

木下 たとえ本になっても、関係ないわけだ。見事だね。

村田 今は、もうワープロだから、本になったら、その原稿は、ワープロからプリントして出しますけど、それも残してはおきません。

和文タイプライターに魅了され個人誌をつくる

村田 そのころ、すぐに手書きはやめて、私はタイプライターを買ったんです。

木下 そこなんだけど、今までいろいろこだわって原稿用紙に書いてたものが、タイプライターで書く、それって違うじゃないですか。

村田 タイプライターがおもしろいんですよ。もうわくわくする。

木下 何がおもしろいんですか? どこが。

村田 タイプライター買ってみて、使ってみて。ワープロとは全然違う。

木下 僕は、スマホもやってないから。自分の考えていることが、いきなり完成した活字になるから?

村田 そう、そうなのです、活字になります。

藤原 和文タイプライターですか?

村田 和文タイプです。このぐらいの文字盤があって、二千字ぐらいの文字が、一つずつ入ってるんです。ワープロの出始めたころだけど、まだタイプライターがあったんですよ。一つの文字が小指の爪の先ほどの大きさです。それでここに、逆さの字で彫ってある。鏡文字でね。文字そのものが全部、箱に入ってるわけ。で、そこからピンセットで、一つずつ抓《つま》んで出す。予備の文字、活字の箱がまたあるんですよ。それを一式、十万円ぐらいで買ったの。予備とか、貯蔵用の箱がある。その中にまた、文字、活字がびっしり入ってます。

そして、自分が持ってない活字は、一個何十円かで買いに行くんです、タイプライター屋さんに。タイプライターのおもしろさはね、たとえば、「犬」はあるけど「猫」はないんですよ、漢字が。「月」はあるけど、「星」はないんですよ。

木下 え？　なんで。どういうことなの、それ。理由は？

村田 タイプライターは、もともと商業用の文書のための機械なんですよ。だから何月何日があるから「月」は要るんです。「星」なんか、そんな字は要らない、「猫」なんてのも、必要ない。でも「犬猿の仲」とは言うから、「犬」は要るんですよ。「馬齢を重ねる」とも言うから、「馬」は要るんです。だけど「牛」は要らない。だからね、それを貯蔵と予備の箱の活字を買い足して、文字盤に入れ直していくんですよ。

木下 それはわかる。それは楽しいわ。すごい楽しかったでしょう。

村田 自分だけの文字盤を作ります。ピンセットで抓み出すの、箱から選んで。でもそれを、初めのうちはなかなかわからないんですよ、見つけるのが大変。それで、お化粧用の小さな鏡に映すんですよ、逆さ文字だから。その鏡に映したら、読めるんですね。まさに鏡文字。

木下 なるほどね。そういう感じでやっていくと、だんだんイメージが出てくるわけだ。

村田 やっぱり、それできれいな字を打ちたいんです。そしてね、ギリシャ文字とかもある。ちょっと化学用語とか。そのギリシャ文字を使いたくなるんですよ。

木下 そう言う文字が出てくると、ご自分のイメージがわっと増幅してくるんだ。

村田 そうなの。だから、もう一番最初にしたのは、ギリシャ文字が出なくちゃいけないので、出したい、使いたいから、そういう小説を書いたんです。

藤原　おもしろいですね。発想がユニークです。

村田　一つの活字盤と貯蔵と予備の活字箱、それをバチン、バチンと打つものが全部一そろいで、結構値段が高いんです。それを、筑波学園の内職をしていた人がうちの団地に帰ってきて、もう要らないからというので、特別に一式十万円で売ってくれたんですよ。

木下　そうなってくると、いわゆる作家が一所懸命書いたり、ワープロで打ったり、いろいろしてるわけだけれども、そういうことだけじゃなくて。タイプライターそのものがおもしろいわけだ。

村田　私はタイプライターが好きで、タイプライターが打ちたい。だから、文学賞とかは、目じゃないの。文学賞は百枚以上です。だから個人誌を出すことにしました。個人誌のタイトルを付ければいいわけでしょう。それでもう自分の作品が活字にできる。タイトルを打って、「発表社」と打って、絵描きの友だちに絵をもらう。それで表紙ができるでしょう。

それでとにかくイロハニホヘトの場所、位置をやっと覚えたぐらいだから、短い小説じゃないと書けない。だから、オートバイの小説、「熱愛」、あれが四十枚ぐらい。もうバチバチ打つのね。タイプライターで打って、そして日曜日に夫の設計会社が休みだから、娘二人を連れていって、会社でコピー機を借りて。まだコンビニもない時代で、コピー機もめったにないから。それで六冊分作ってホッチキスで止める。製本完成。

木下　ああ、自家製作でやるんだ、製本まで。

村田　そう、自家製の個人誌。なぜ、六冊要るかといったら、その当時、個人誌の一年間のベスト五の評を作って載せるのに、『文學界』は選者の評論家の先生たちが五人いたんです。だからその五人用の、五冊が要るのね。あと一冊は自分用です。それで送ったら、年間のベスト五に入ったんです。

それで編集長が「これを芥川賞の候補作の中に入れるけど、まず通ると思わないでください。無名の作者で、こんなに短いの、通ると思わないでね。期待かけちゃだめだよ」と。「はい、わかりました」って。でも私がそのとき言ったのは「原稿用紙で出さなければならないんだったら、私はもうしません」。タイプライターで直打ちした原稿しかないんです。手書きの原稿がないとだめだったら、もういいんですって。別に作家にならなくてもいいんだと、本当に思いました。

木下　それをやっていると、より自分のイメージがわっと広がってくるわけだ。いや、これはふつう作家って、僕は素人だからだけど、原稿用紙にこだわってね、それで書いて、自分の書いた文字が、文体がつながらないとそこを切り取って、また違ったと、のり貼りしたもんだけど、そういうこととは真反対ですよね。

村田　原稿用紙だと切り貼りするんですよ。あっちのをこっちに持ってきたり、切り貼りをする。そうしたらね、ファクスで送るとき全部剝げてしまうの。めりめり、ばりばりって。あれ、一枚の薄い紙じゃないと、原稿口に入らないのよね。

木下 そうか。いや、そういう、原稿で書くことの、手で原稿を書くこだわりというか、あるじゃないですか、ふつう、他の作家には。特に高齢だったり、古い作家だとね。

村田 とにかく私は、もうタイプライターだった。

藤原 タイプライターで原稿を書くなんていう人は希有だと思います。

村田 書くというか、打つ、という感じ。

藤原 ふつうはタイプライターというのは、印刷屋でやってもらうもので、自分で打つものじゃないですから。

村田 だから、「村田印刷所」。それがもう楽しくて、バチバチ打つから、うちの犬も庭で寝てられないの。子どもも子ども部屋で寝てられないの。「もう、上に行け、二階に行って打て！」と言われる。

でも、それは一番最初に司馬遼太郎を読んだ時に、あ、タイプライターしかないと思ったの。司馬遼太郎が、有名な『空海の風景』を書く時にね、自分がいま大きな海のどこを泳いでいるのかがわからないって。原稿用紙だと迷子になるそうです。手書きの万年筆で書くと、一枚にたった四百字しか書けない。『空海の風景』は何百枚あるかわからない。一字一字を埋めていったら、自分が溺れそうになってわからなくなるという。それで、原稿用紙の一マスに四つの字を入れたそうです。だから一マスに、縦に二字、横に二字入れた。ものすごく小さな文字で。そうか、それなら方眼紙でできるな、と思った。私も方眼紙に書いたの。そうしたらなるほどね、わかりやすい。でもね、大変。もう読むのも書くのも大変。私の下手な字でね。だからこれ何とかしたいなと思ってたら、そのころワープロが出始めたの。でもワープロは、全部その当時、まだ横打ちだけだったのよ。そうするとまた変わった人がいます。横打ちで、一字ずつ行替えをして縦書きの文章を作っていくわけです。そんな大変な思いするんだったら、方眼紙でいいやと思ってたら、タイプライターを売りますっていう人が現れた。それが日経のタイプライター、何とかの名機種。

藤原　一マスに四字入れるということは、二百字詰の原稿用紙の場合、八百字になる。八百字というのは、本にすると一ページぐらいの文章です。たぶんそういうことを、司馬さんは言っておられたんじゃないかなと思います。

村田　それをぴたっと活字で打つ。しかも日経の、私がゆずり受けた機種って、すごい字がきれいなんですよ。今のワープロの字じゃない。ほんとの活版印刷所の活字ですから。

ある日、一所懸命それを打ってたらね、玄関でピンポンと鳴ってお客さんが来て、出ると、博多の佐藤ビジネス専門学校、事務員さんを養成する学校の方が二人見えたんです。「表で、わかりました、打つ音で。日経の何々という機種ですね」と言う。「日経の名機ですよ」——名機って言ったもの。へえ、と思った。「上手ですね」って言って、音だけでわかるそうです。

下手が打つとね、点を打ち抜いてしまう。丸も打ち抜いてしまう。だから打ち抜かないでできるのは、上手ですねって。それも、家の外に響く音でわかるらしいのです。それからね、自由自在に動かしながら、字で絵が描けます。絵を打つのね。「犬」っていう字だけで犬の形を打てたりできるんです。

木下 それ、楽しくてしょうがないわね。確かに。はまるのわかりますよ。

村田 もう、作家もどうでも別にいいですという感じ。手書きの生原稿でなきゃだめなら、もう私いいですって言った。私、タイプライターと心中するからいいです、みたいなもんですよ。それで一所懸命やってて、楽しかったですね、あのころ。

木下 なんで手で字を書く原稿から離れたかというのは、おもしろくなかったから、楽しくなかったから?

村田 ビジュアル人間だから、ビジュアルに見えないとおもしろくない。だから本の体裁で出したかったの。自分で本を創りたかった。印刷所にやってもらわなくてもできるので。

木下 そうか、自分で本を創るという感覚なんだね。ふつうだったらそこから——

藤原　村田さんの作品は、〝イメージ〟なんですね。映画のシナリオですから、イメージが描けるんだと思うんです。木下さんの絵を見て心が動くこととも、つながるんじゃないかと思います。

村田 そうですね。だから、映画のシナリオを書いてる時は、字で読む映画と思っていました。

手書きの手紙、夜中のメール

村田 私の何回か後で九州芸術祭の最優秀をとった人がいるんです。その人は男性で、私よりちょっと若いぐらいだけど、友だちになったの。彼もやっぱり相当の文章家だった。その彼もタイプライターで書いていたわけ。それで何となく思い出して、ふつうの友だちだけど、彼が何かのお祝いか、お誕生日かに、「おめでとうございます。村田さんの好きな字を贈りますね」って言って、便箋に草冠の「茎」、きれいな字が打ってある。これはルビ用の小さい活字を組み合わせます。草冠に「又」を打って「土」を打つ。

「ありがとう、私、この字好きなの」と言ったら、「そうだと思いました」と言うから、私もじゃあお返しにというので、彼が好きそうな字、活字を選んで贈りました。そういうのって、マニアじゃないとわからないんですね。活字の美しさですよ。

木下　なるほど、そうか。大概ね、たとえば原稿用紙に書くじゃないですか、試行錯誤しながら。それで文章の下手な人が活字でやると、何かうまくなったような気分になる。

村田　うん、そうですね。それはあります。

木下　大概みんなマイナス面として捉えるよね。だからやっぱり手で、自筆で書くことにこだわる。――というところがあるけど、あなたの場合はまったく逆だったわけだ。

村田　それとね、活字とかタイプライターとかワープロというのは、「永遠の修正機」なんです。永遠に修正する機械なんですよ。手書きだと面倒なので、何回も書き直すことはしない。でも、タイプとかワープロではどんどん打ち直せます。永遠に書き直す機械なんですよ。だから、ワープロを軽蔑する人を、私は好きじゃないです。ワープロを敬遠する人たち、手書きの人たちは、修正は自分たちの方ができると思ってる。ワープロの修正の仕方、タイプライターの修正の仕方って、実はもう猛烈です。しかも、早打ちでしょう。たとえば、ここがだめと思ったら、修正液で消して、ぱぱぱっと打ち直すんですよ。ワープロもそうですよね、削除も、貼り付けも簡単にできるんです。

木下　ちょっと矛盾してません？　さっき、メールは嫌いだと言ってたでしょう。だって、メールも一種の活字でしょう。なんで？

村田　メールは嫌い。あのね、ワープロだけどね、ワープロを打つということは、ほんとはものすごく考えて大変なことなんですよ。メールの文字でも、そうなんだけど、単に手紙ごときで、そんな苦労をしたくないです。

木下 ああ、そうか、書く文章の種類が違うから、そんなメールなんて軽いものは、やってられないと。手紙だったら文字を手で便箋にでも書くわけだ。

村田 そうそう。だから手紙はパパッと書いて。あ、字を間違った、もう知らない、みたいなものでいいですよね。書いた手紙は、パッとファックスで送って、あとは知らない。字が間違えてても、読めなくても知りません、そんなものですよ。だって手が踊るもの。もう速いから、手が踊ってまともに書けないんですよ。

木下 それはワープロで培った手の速さがあるから、この字で。

村田 だから、もうそんな苦労までしない。ファックスは、パパパッと書いて送った方が早い、思うように書けて。だけどワープロで書いた何かを、メールしようなんて思うと、またいろいろ文章を考えたりして、ああ、面倒くさい、となるわけですよ。

木下 いや僕は、今ね、メールに嵌ってるんですよね。

村田 お願いだから、私にはメールは下さらないでね。

木下 ひょっとしたら同じかなと思って。こう手書きで書くのは、何か面倒くさいわけですよ。──というか、いま僕は、横で妻を介護してるでしょう。そうすると、部屋を明るくできないんですよ。でも、メールだと、携帯電話の明かりだけ見ていればいい。たとえば夜中に起きて、ああ眠れないなと思った時に、なんでもいいからメールで文章を作るうちに、また眠くなってくることもある。今の僕はメールでやった方がいろんなことが書ける。

村田　でも、私は縦横無尽に、思いのたけは手書きの方がいいです。思いのたけではない、制約されて、抑制されて、文章としてきちっと書かなければいけない、こういう字を書かなければいけない小説の文章とかエッセイの文章、評論の文章は、きちんとワープロで打つ。思いのたけをばっと書くのは手書き。友だちになんか、メールなんてあんなものしません。

木下　手書きなら、文体が、違ってようと関係ないというわけ？

村田　そうです。もっと、一番いいのは電話。だから私は電話魔。すぐ電話する。電話が一番早い。だって、声も聞こえるし、声だけでも相手の表情がわかる。

木下　僕も電話魔ですよ。電話だといろんな話ができる。相手も、すぐ反応するしね。

村田　電話じゃないと、そうはいかないね。

木下　ただ、これの問題は、一時間も電話するというのは、ふつうあり得ないでしょう。向こうの相手の方が、いいかげんにしろという感じになる。

藤原　私がよくつきあっていた作家の野間宏さんもそうでしたね。

村田　そうか、電話魔？　あの方も。

木下 なるほどね。僕は、そういう事情があって部屋を明るくしたらだめだから、暗くしているけど。ショートメールはできる。

村田 私、ショートメールは返事できないからね。アイパッドだったらできるよ、メールも。返事は出すけどね。ショートメールはできない。だってガラケーだけど、一応これ、ショートメールもできるのよ。三年前に買ったばかりだから。

木下 僕もガラケーですよ。スマホは使ってない。だからメールいっぱい入っていますよ。

村田 そう。私のにもいっぱい入っているけど、開くことができない。開く方法を知らないから、もうそのまま切る。知りません。

藤原　先ほど、和文タイプの話をされたけれど、今も和文タイプで原稿をお書きになるんですか。

村田 和文タイプで長いものを書き始めると、「村田さん、締め切りっていうのがありますからね。村田さんがタイプライターで書いた原稿は、あれを打ち直すわけですから、ふつうのワープロで出してくださった作家の人よりは、締め切りが四、五日早くなります」と言われたの。何しろ、全部打ち直さないとだめでしょう。それはいたしますけど、いまだに手書きの作家もいるわけで。だからそれはいいですけど、その分だけ他の人たちよりは締め切りが早くなりますよ、というわけ。夫のご飯は作らねばならない、子どもの弁当は作らねばならない、もう大変です。

木下 そういう事情が絡んだわけだ。

村田 はい。鉋屑《かんなくず》も燃やさねばならない。だからそれは、もうしょうがないですよね。それでもう泣く泣くワープロにしたんです。だからもう新聞社は、喜んでね。それまで私の原稿も、ずっと打ち直してるでしょう。だから担当者が、「村田さんがワープロに切りかえるんだったら、自分が毎日パソコン教えに行くから」ですって。

それでもう残念ながら、タイプライターはないんですよ。重くて、床がめり込むので、家を建て直した時に。重いんですよ。あれ、一セット持つと大変です。全部金属ですもん。

木下 そうか、そんなに重いんだ。活字盤でしょう、そこから活字を拾って。でもそれ、ふつうだったら面倒くさいですよね。だけどあなたの場合は、それが楽しいわけだ。

創作を続けるということ

藤原　村田さん、芥川賞を受賞された四十二歳までのあいだ、作品を書くということについてはどうだったのですか。

村田 やっぱり最初のうちは、結婚して、子どもを産んで育てないといけないということがあって、夫の面倒と出産、育児だけで、そう簡単には、書くなんてことはできなかったですね。

木下 それと、たとえば作家の人がね、僕の知ってるかぎりでも――芥川賞をとるまでは、むしろ、いいんですよね。ところが、そこで息切れしちゃうわけですよ、たいてい、みんな。で、もう作品も書けなくなっちゃう。簡単なエッセイかなんかで、一時的には人気者になるから、なんとかやっていくかもしれないけど、結局、ちゃんとした作品が書けなくなっちゃって、それで消えていくというか、そのまま地方の名士かなんかになっている。でも、あなたの場合は違いますよね。それで、思い出す友人がいるんです。

この前八十五歳で亡くなった、映画「おくりびと」の作者で、青木新門。彼なんか、僕は十五、六歳からのつき合いなんです。彼の文章をものすごく好きで、それでいろんな話をしていたんですよ。彼は残留孤児だったんですね。幸い、自分の力で逃避行して、その間に連れていた妹と弟を途中、荼毘に付したと。そのことを書きたいと言っていたんです。

彼は、『納棺夫日記』というのを書いた。それまで三千体の遺体を納棺するために拭き清めて、抱き続けたと。それだけでも尋常じゃない経験だし、彼の文章力があればそれなりの形になるはずで。ところが、どうしても納棺夫という、遺体を処理する仕事だから、つい宗教にのめり込んでいくんですよね。それで、第三章に、宗教が入ってきた。

村田 ああ、そうなんですか。そこまでは読んでない、私。

木下 それを読むと、いわゆる宗教評論家と同じなんです。こんなものを書き入れるよりはと思ったんだけど、でも彼はその背景として、葬儀会社をやめて、それを記念して、『納棺夫日記』を書いて親戚中に配った。

もともと彼は作家志望で、吉村昭の弟子なんです。それでなまじ『納棺夫日記』が当たって、しかもそれが映画化されたら、もう彼がいくら書きたいと言っても、できなくなってしまうんです。講演から講演で追われて。年に二百回も講演をこなした。本当は、それは単なる通過点だったのに。

村田 書くべき材料がいっぱいあるのにね。彼しか書けないものがいっぱいあったのに。

木下 そうなのよ。文体も持ってるんですよ、彼なりの。なのに、書けない。残念です。

村田 死者とそれまで、せっかくつき合ってきたのに。惜しいですね。

木下 愚かと言えばそれまでですけど……。だからいくら本が売れても、結局それは一通過点、たとえヒットしても通過点に過ぎないと。年間二百回も講演やったら、書きたいと思っても書けないですよね。

『長崎ぶらぶら節』を書いて直木賞をもらった作詞家のなかにし礼が残留孤児のことを書いていますが、読んでみたら、僕にはつまらないんです。僕は青木新門に書いてほしかった。だから、悔しいと言うか。

村田　青木さんのことだけど、そんな、年に二百回も講演したら、作家がだめになるよりもね、忙しさで人間的にだめになります、口も軽くなります。厳しいことを言うけど。

木下　僕は彼とつき合いがあったから、最初に彼が僕に持ってきたのは、何か挿絵を――絵本を描いてくれと。その原稿を見たら、これは絵本にならないと思った。だから断った。結局それを絵本屋に持ち込んでもだめで、写真かなんかにして出版したんだろうと思う。まあそれはどうでもいいんだけど。

その後は、これはもう彼の書いたものが、全然だめなんですよね。でもしょうがないから、僕はそれまでのいきさつがあったので、挿絵というか、それを描いた。

村田　私は『納棺夫日記』を読んだけどね、その宗教のことを書いている三章までは読まなかったの。漁船が遭難したりすると、イカがすごくとれるんですって。人肉を食べてね。そこは覚えている。

木下　僕が言い出したんだけど、彼の話はここまでにします。

それに似たような話をするけど、桜井哲夫。ハンセン病のあの人は北海道の大きないリンゴ園の息子だったんです。ハンセン病になったから完全に家から追い出されて、名前も桜井哲夫じゃないんです、本当は。あれは国からつけられた名前でね。

それで、彼が言うんです。最晩年になった時、「先生、俺が死んだら一番いいとこ、高台に近い、いい所に、リンゴ園の、そこにうちの墓があるんだ」って。昔は土葬で埋められるでしょう。すると一年ぐらいリンゴがものすごくおいしいんだそうです。だから、自分をそこに埋めて、そこのリンゴを食べてくれと言うんですよ。

「それはいいけどさ、でも、あんた火葬されるのよ。だから、だめだよ、火葬じゃだめなんですよ」と話したんです。やりきれん気がしてね。

村田 灰でもいいんじゃないかしら。化学変化じゃないんだから栄養は残ってるかも。

木下 つまり、本題に戻すと、僕はそういう所を潜《くぐ》ってきてはいないけど、村田さん、あなたは潜ってきているわけですよ。その時に、どう対処できたのか。その対処を間違うと、作家として、生き残れないですよね。それを言いたかった。辛いけど、青木新門の話を出したというわけです。あなたは、間違わなかった、書き続けたでしょう。素晴らしいです。

村田 それは、私はタイプライター愛があったから。タイプライター愛のおかげで、何かまっすぐに創作ができたと言えますね。変なお答えですが……。

木下 それはよかった。だけど、芥川賞をもらったら、もみくちゃにされるでしょう、もまれて。いろんな依頼も来るし、どうでもいいことでも依頼が来るじゃないですか。それをどう切り抜けて、今日の作家としての村田喜代子があるのかと思います。

村田 でも、地方にいると、東京ほどはうるさくないです。それと、私は、自分ができないことは断るから、はっきりとね。

木下 いや、それもわかります。それもわかるけど。だから、そこをどう切り抜けるのか。切り抜け方を聞きたい。もう一度。

村田 簡単にできますよ。「それはできません」、と言えばいいだけよ。

木下 まあそれは、言ってしまえばそれまでだけど。

村田 もうできませんと言ってしまえば、二度と言ってこないとこもあるの。

木下 だけど、そこで潰されていく者と、そうでなく生き残っていく者がいる、でしょう。

村田 でも私ね、その意味では、たぶん、あの夫と結婚してなかったらね、わからない。

木下 そうそう、そこを聞きたいの。そこが本質なの。

村田 それはすごく思ったんですよ。彼と結婚してなかったら……。私、結構不良少女で遊びまくってたからね。それに映画館へ行くでしょう、新聞販売店に「私を入れてください」とか言って行くでしょう、そのころの私、もうめちゃくちゃなんですよ。おじいさんが「もう出ていけ」って言ったら「いいよ、土管があるから。ペス、おいで」とか言って。平気でね、そんなんだったから。

だけど結婚したら、夫がいるでしょう。そしたら結局おばあさんが言ってた、結婚したからには、「結婚したら子どもをつくらないけん」、「はい、わかりました」、「長男と結婚したんやけ、産まないけん」、「はい、わかりました」――それで二人産んだでしょう。

そうしたらね、もうやっぱり年寄りっ子なのよね。おばあさんがいつも言ってたね、「正月の間は遊びに帰ってきたらならんよ」って。「ちゃんと最初に、お姑さんのとこに行って年始の挨拶して、正月の手伝いせないけんよ」って言うわけ。だからそのとおりにすると、何となく一応、嫁の仕事ができてるわけですよ。だから結局、家が、夫が――。

木下 すると家が守ってくれたんだね。

村田 ええ、家が守ってくれた。家がある、夫がある、子どもがいるでしょう。そうしたら何だかんだ、「すみません、日曜日に講演会」と言われても、「日曜日は講演会できません」、「なんでですか?」、「夫が会社休みですから、家にいるので」。こうなるわけ。

木下 なるほど。

藤原　先ほど、芥川賞が決まった時、ご主人が離婚だと言われたそうですね。それでどうされたのでしょうか。

木下 それ、聞きたいね。今日はもう村田喜代子を裸にせんと。

村田 私の場合は、生活に大地震が起きると書けない。頭が動かない、回らない。だから生活も非常にいい状態のときに、文学の話は浮かぶわけですよね。

そもそも、私は苦労談を小説にしようと思ってないわけだし、女の一生を書こうなんて思う気持ちもない。よく『文學界』の編集長が言ってたけど、「村田さんは地上から十センチぐらい離れたところで浮かんで歩いてるよね」と。そういう感覚で私は創作してるから、あくまで自分の生活というのはきちんとしとかないと、自分が飛んでいってしまうんです。浮き上がってしまう。だから生活はちゃんとして、夫は夫、子どもは子ども、ちゃんとして、文句言われないようにして、小説はもう十分に、好きなだけ書きたいと。

藤原　そういうような書き方だと、ふつうはあまりおもしろくないし、売れない。でも、村田さんの本はけっこう読まれてますよね。

木下　そうだよね。そこで、なぜ、どうつながるのか、みたいな話だね。

村田　だから何ていうのかな、限りなく自分の作品は表現としてファンタジックというか、やっぱり、本質的には大もとの哲学みたいなのがあるわけかな？　実在とは何か……とか。

藤原　なるほど、そこなんだ、違うのは。そして大事なのは。村田さんの作品『屋根屋』や、『人の樹』を思い浮かべました。

木下　少し茶々入れるけど、この間「おばあさんて、どういう人だった？」と言ったら「おばあさんは私を自由にしてくれてた」と、そんなこと言ったよね。違った？

村田　ええ。たしか、言ったと思う。

木下　だけど、自由にしてくれたという割にはさ、全然自由じゃないわけだよ。おばあさんは嫁に行ったらこうしなさい、ああしなさい。ただただ縛るばかりの古い女の、それが考えなわけだ。そこで村田喜代子との関係性はどうなるか。しかもあなたの場合は、ある意味すごくいろんなことで矛盾してる、言葉尻だけ摑まえるならね。ところが、矛盾しているかのように見えるけど、本人にとっては実は矛盾してない。そこのところの意味は何だろう？

村田 そう言われると、矛盾してない気もしますね……。だから、むしろ一見、良妻賢母をまねてるように思われると、正直のところ、私にはちょっと違っている感じがする。夫がいて、子どもがいて、食事もちゃんと作るといったら、まあ良妻賢母みたいでしょう、ふつうは。だけど、実は全然違う。

木下 うん、良妻賢母であるわけない。そうだと言っても、そんなことは信用しない。

村田 いや、それは本当に、そのように実際にやってるわけですけど、現実には。

藤原 良妻賢母であってもなくても、それは大変ですよ。

木下 いや、そうだと思うよ。でないと——

村田 うちの夫が亡くなった時に、私が彼の弟に知らせたらね、「今までありがとう」って、言うんですよね。「アンタがいたから、兄貴が今まで生きてこられた」って。「大動脈瘤の時に、もう死んだと思う」と。「あんな臭い鯉コクまで作って、煮て、食べさせてくれて、ありがとう」と言われた。だからもう、その彼の話の中では、私は良妻賢母になってるわけですよね。だけど、私の中では違う。

木下 だと思う。そこなんだよ。僕ね、それを聞きたいの。

村田 確かに違う。何と言うんか、一方でそういうところがあるのも事実だけど、一方では、私には心の自由というのはものすごくあるわけです。鯉コクを作って治せるなら、それを作ってみたい！と。心の自由っていうのにも、いろいろあるんです。

木下 そうなんですよ。いや、僕もそういう体験というか、あなたとはちょっと形が違うけど。してるんだという気がする。それは共感できる。

天辺に行ったおばあさん

村田 うちのおばあさんは、何か小さな鐘を持ってね、ズダ袋をさげて、頭に白い手拭いかぶって、モンペ履いて、ばばさん連中みんなでお寺に行ってチリン、チリンと鐘鳴らしながら、御詠歌とかやるんです。うちの近くに帆柱山という山があって、そこにあるお寺に、みんなで行くわけ、年寄り連中が全部そろってね。

そのばばさんたちがみんな出て行った後、町の中がなぜかすっとするのよね。ばばさんがいなくなったから。もう空気がさわやかになるのよ。澄みきったチリン、チリン、の音が消えるようにね。
お経の後などで「白骨となる」とか詠むじゃない（蓮如の「白骨の御文」）。生きものは全部、やがて白骨になる。ばばさんたちがその帆柱山に行くのに、そこはケーブルカーが通っているんですよ。昔からね、私が中学二年のころからケーブルカーがあった。

木下 相当、昔だよね。そのころから、あったの？

村田 ええ。それに乗って、おばあさんたちが行くのよ。ある時、学校の窓から見ていたらね、〝ああ、おばあさん上って行きよる〟と思う。〝朝、行ってくると言いよったから、上って行ったのね〟と。見ていたら、ケーブルカーが帆柱山の天辺に着くのがわかる、はっきり。〝ああ、今、おばあさん天辺に上ったね〟って、そう思う。で、家に帰ったら、帰ってるんですよ、おばあさんが。「わっ、帰ってる！」と驚きました。それで、〝ああ、地上におりてきたのね〟って思うのよ。
おばあさんが死んだ時に、私、ちょっと死に目には間に合わなくて、母の家に行ったら、「ばあちゃんいま死んだよ」と言われて、「ああ、おばあちゃん！」と言って、ほんとにみんな泣いたわけよね。泣いた時に、ふと見ると窓の向こうに、帆柱山のケーブルカーが天辺に止まってたんです。それが夕焼けの中で見えたの。〝ああ、おばあちゃん、とうとう天辺に行ったね〟と思ったものです。

木下 それで、解放されたという感じになった？　結局、おばあちゃんはあなたを縛っとったわけだ。

村田 そう、解放されたと思った。ああ、おばあちゃん天辺に行ったんやね、とうとう、ほんとの天辺に、と思ったのよ。でも、いや、縛ってはない。私を縛ってはいなかったけど。

木下 でも解放感があったんでしょう、それは。情ももちろんあるけど。

村田 でもね、やっぱり、「お疲れさま」という気持ちもあるんです。そんな気持ちに行き着いた……。

木下 うん、わかる、わかる。それはわかる。

村田 「正月は帰ってきたらならんよ、嫁さんやからね」、そう言われたりした人が、天国に行った、みたいな感じよ。

木下 だから、そこである種の解放感を、あなたは感じて。

村田 でもそれは解放感というんじゃないみたい。天国駅に着いたねと思うんですよ。ケーブルカーが帆柱山の山頂に止まったということは、おばあさんが山の天辺に行き着いた、つまりそこから空へ行き着いたね、ということです。

木下 それからの、あなた自身はまた、変わったわけ？

村田 それからもあまり変わらない。で、いま、夫は亡くなったけど、私の文学としての本質は何も変わらない。自分が持っている、何というのかな、独特の世界は変わらない。

木下 いや、もちろんそうだと思うよ。何も変わらないと。じゃあご主人が亡くなった時も、〝ばあちゃんが、ああ、天国に行った〟という感じと同じようなもの?

村田 うん、やっぱりね、ああ、行ったんやねえ、と。

木下 死んじゃったんだ、という感じ。

村田 それよりも終着駅に着いたという感じがある。とうとう行ったねという感じ。

木下 いずれ自分もそこに行くんだみたいな。そういうところとつながってると。

村田 朝になるたびに、ねえ、ほんとに行ってしまったの、帰ってこないの? と、こうなるわけ。帰らんの? 冗談でしょう、えっ、それでいいの? という感じはある。

木下 それって、村田喜代子の文学の一つの礎石というか。でも、自分もそこに行くんだと。そこにつながってるんだと。その死者ともつながってる、目に見えないきずなというか、そこが村田喜代子の文学の世界なわけでしょう。

村田 ええ、まあ。そうですね。それがつながってない人は、再婚したりとか、いろいろするんでしょうけどね。でも、私は思うね。やっぱりまた、一緒になってもいいわ。

木下 「いいわ」って、どうでもいいということじゃなくて、また同じご主人と一緒になりたいという意味ですよね?

村田 そう、やっぱり懐が広いというのかな、それが夫らしい。他にはあまりいなかった人だと思う。

木下 いや、それは僕もすごくわかるな、その感じ。まだ妻は死んでないけど、いずれ近い将来そうなるんだろうと思う。そうした時に、僕はどうなのかな、みたいな思いはありますね。

どのように、ここを乗り越えるか

村田 そうなってみないとわからない、ということは人生にありますね。想像とは、全然違う思いがする。何かもう癌で一度、死を想ったから、そのときに私もわかってるはずなんですよ。でも、今度はやっぱり違ってた。実際に死んでみないとわからない。その場にならないとわからない。だから小説など、いかにいいかげんかというのがわかりますね。人間の想像力の限界かも？

木下 いや、そこが逆にいいんでしょう。それを否定するわけじゃないでしょう？

村田 ええ、否定するんじゃない。そうよ。そのとおりね。

木下 だからやるんだ、私は書くんだということでしょう。これがそうでなかったら、冗談じゃないよ、小説なんて書きたくないや、ということになるでしょう?

村田　そうね。まあ、だからこそ、ちょっと、人間の心っておもしろいと思いますね。

木下　そのいいかげんさというのがおもしろいよね。いいかげんさと言っても、ふつうそういう言葉では言わないけど、そのいいかげんさって、何かこう——なるほどおもしろいね。

村田　ええ。本当にそうですよね。

木下　言うまでもないけど、一般的に言われてる「いいかげんさ」とは、ちょっと言ってることは違うと思う。

村田　まあ、人生もどこかに行くわね。作品もどこか思いがけないところに、連れて行かれるという魅力はある。

木下　だから、少なくとも自分の方向性に関しては、自分の手で——。

村田　それは、そうしたいけど、でも決められない。

木下　ただ、自分で選択肢は持ちたいね。こっちへ行く、あっちへ行く。みんながこっち行ったら、「だめじゃない」とかさ、「こっちに行った方がいいんじゃないの」と言われても、冗談じゃない、そこじゃなくてここだとか、そういう選択肢と決定権は自分の側にあると。

村田　たしかに自分の側にある。でも自分の側にあるけども、やっぱりわからない。行ってみないとわからない。どこに着くかもわからないですね。

木下 そう、行ってみないとわからない。それは確かに。だから、いいかげんとも言うし、おもしろいとも言えるし。それが決まってたら、おもしろくもなきゃ、いいかげんでもないでしょう。

村田 そうだとして、ところで今度のこの対談の本は、木下さんの絵が入るんでしょうね、いっぱい。どんな絵が入るのか楽しみだけど。何かこう、人間の身体についてとかね……。おもしろそうですね。

木下 それは、僕が決めることじゃない。僕はとにかく、今回、本を出すとか出さないとかというよりも、いま自分がだんだん、最終コースとは言わないけど、少なくとも妻との生活としては最終コースに入ってきてるなという感じはある。そうした時に、この妻とのことをどう乗り越えたら、次があるのか。そのヒントを、やっぱり少しでも得たいと思うんですよ。

村田 今の自分では全然わからないよね。私もですけど、今、どのように、ここから、この乗り越え方を見つけるか。あるいは摑むか。

木下 突然だけど、幾つまで生きたいですか。年齢のこと。今は、あなたは七十七だけど、幾つぐらいまで生きたいと思います？

村田 いつまで生きたいと思うったって、わからない。どうしようもないしね。

木下 明日のことはわからないからね。

村田 だって、ほら、身体次第だから。身体がきつくては、生きてもしょうがないでしょう。やっぱり、創作しないとつまらないし。だから、あとどのぐらい創作できるか。今の一番の問題は認知症よね。さしあたっては。

木下 まあそうだよね。そう、それはある。身体が元気でも、それは問題です。

村田 私は認知症が一番心配。だってうちの母、認知症になったもの。

木下 いや、この年になってくると、それはだれでも、やっぱり部分的に出てくるじゃないですか。僕は今だってもう少し出てきてるからね。

村田 夫の家系にはだれ一人、認知症の人がいないんですよ。家系の中では、うちの夫はちょっと早死にした、八十三歳だったから。だって姑は九十九でしょう、舅の方も癌になったのが八十四か八十五だったんじゃないかなと思うんですよ。もう全然、頭はばっちり。それで、みんな長命だからね。

木下 中村桂子さん、あの人も今も明快だよね。たしか、八十六歳。詩人の長谷川龍生は変わってて、もともと、性格が何か認知症みたいなところがあったから、よくわからんが。作家って、僕は、認知症になること自体がおかしいと思ってんだよね。

村田 いや、なる。だって、ならないという保証はない。だれでもよ。

木下 やっぱり、なるんですか、認知症に。ほんとに、それは恐怖だね。いや、みんな僕の周りが認知症とか、脳溢血で死んでいったからさ。

村田 だから脳を働かせれば、ならないということでもないみたいよ。

木下 でしょうね。僕もそれはそうだと思う。

村田 わりに、絵描きは、寿命が長いよね。

木下 いや、絵描きだって、長生きしてるのは、認知症になったような画家ばっかりよ。

村田 でも、野見山暁治さん、百二歳よ。*

＊野見山暁治さんは二〇二三年六月二十二日、百二歳で逝去された。

木下 あの人の強さは、ちょっと特別だよね。

村田 いつかもね、お風呂でずるずると沈みかけて、もうどうしようもないんで手が触れると栓があったから、ひっこ抜いたって。それで助かったって言っておられた。運がいいと言うか、すごいわよね。

木下 僕は、銀座で二年か三年ごとに展覧会をやっていた時に、別に案内状も出さないいんだけど、毎回、野見山さんが来てくれてたんですよ。まあ最近のことじゃないですけれど。

若い人たちへ

藤原　では、このあたりで、後の世代、若い人たちに何を伝えたいか、自分が何を残したいか、お話をお願いします。

木下　そうね、後の世代。村田さんは若い人との接触はあまりないですか？

村田　もう今は大学で教えるのも終わったから。若い人のことなど、あまり考えたことがないけど。ただ、今の若い人たちは核家族で生まれ育っているせいか、少し狭いという気はするね。優しくて、でも無気力な感じで。

木下　村田さんをリスペクトしている学生や若い子、けっこういるんじゃないですか？

村田　いや、いませんよ。

木下　それは、いないんじゃなくて、「あんたは相手にしないよ」とか言うんでは？

村田　いやいや、そんなことない。私ほど公平な人間いないから。

木下　自分で言ったら世話ないよ（笑）。

村田　いや、そう言われたばかりだから。でも何か、今の若い人たちってほんと、ちょっとかわいそうなぐらい優しくて、博愛主義で、欲がなくて。それなのに何か世界が狭くて。

木下 世界が狭いのはそうかも。でも、求めているよ、何かを。

村田 やっぱり経済が行き詰まったころに生まれているでしょう。だから小さく、貧しく、そして競争がなくて育っているから。何か見ていてもかわいそうねと思うことも。だって意欲的に海外へ行こうとも思わないでしょう、全然、まるっきり。

木下 行かないね、確かに。スマホとか、ああいう世界も、実は内向きなんだよね。

村田 あれだけよ。あれはよく、やっているね。

木下 僕はいま美術大学で教えているでしょう。たとえば洋画家で詩人の村山槐多《かいた》について言うと、ある学生が村山槐多風に描いているわけよ。それも、わりといいんだよ。それで「ああ、村山槐多が好きなの?」って言うと、「えっ、だれですか? それ」と言うんだよ。いや、逆に言えば、村山槐多を知らずにそれ風に描いているということは非常にいいわけよ、作品としては。

だけど、あまりにも無知なんだよ。だから「じゃあ君、村山槐多をちょっと勉強してみ」と。少なくともスマホに村山槐多と打てば出るから。すると「ああ、これですか」とか。「えっ、そうなんだ」みたいな感じなのよ。それで終り。なんでしょうね、ある意味、その子にとって一番大事な情報であったはずなのに、自分の狭い世界、そこで隣にいてもわからないわけよ。

つまり、現代社会にはその怖さがあるんです。情報は多いはずなのに。

隣ではだれかが、何か万能の、スマホでちょっとやれば出てくる。それはいいんだよ。自分の興味の赴くままにやっているから。でも、狭いから、大したものは出てこないわけ。むしろ大事なものはすぐ隣にあったはずなのに。だから、出会いなんだろうなと思うよ。

今日、個展に来ていた子なんかでも、そういうところがあるんだけどね。たまたま自分が悩んでいて、それで、僕の絵を見に来た、という感じがある。

村田 何というかね、優しいのは、ほんとすごく優しいけど、怒ることを知らないし、――めったに怒らないね。

木下 いや、怒ると怖いんじゃない？　怒るのも怖いんだと思う。

藤原　村田さんの作品を読んでいると、相当、勉強しておられる方だと感じます。木下さんにしても、そうです。お二人にもそのあたりも、もう少しお聞きしたいのですが。

村田 それは勉強じゃないんです。ただ好きなんですよ。好きだから、のめり込んでいるんですよ。いろんなものに、興味があるだけですよ。

木下 たぶん。僕もそうですよ。それは言える。最後に言いたかったのは、スマホだと一応、勉強なんです。だけど若い人は本当に自分の好きなものに出会ってないから、たとえば、ひょっとしてその村山槐多風に描いた学生が、もっと先になってでも自分の強い思いから自然に村山槐多と出会っていれば、あるいはもっと広がりがあったと思う。だから、この問題というのは、現代社会の一つの課題です。

だって勉強というのは、ある意味で狭い、限られたものでしょう。その自分から、どこにでも好奇心を向けられる柔軟さと大きさって大切で、そういう教育が全然なされてなかったというのが、これこそが由々しき問題なんであってね。

藤原　明日もどうぞよろしくお願いいたします。

二　〝人間〟とは

母との山中逃避行

藤原　今、人類が立たされている現状はかなり厳しく思われます。表現の世界でもますます困難な状況になっているのではないかと感じます。そのような中で、これから生きていこうとする人たちへの励ましとして、村田さん、木下さんがこれまで何をしてこられたか、これからどうしていきたいと思われるのか、お伺いしたいです。作家、画家というように、お二人の表現の世界は違いますが、その違いについての対話も楽しみです。まず、木下さん、どうですか。

木下　もともと僕は、自分の知らないものに対しての好奇心から始まっている。それは幼児期の体験が独特というか、親に放っておかれたというか、弟が餓死したり、兄貴が精神病になったりするような状況ではあったけど、ただ、放っておかれたことが幸いもしたのですね。幼いころ、母との山ん中の逃避行生活もあったから、さみしい半面、自分のやることにだれも干渉してこないという自由さがあったね。

今、子どもたちは微に入り細に入り、親から、学校から、社会から干渉されて、揚げ句にいじめで自殺するとか、いろんな問題が起きている。当時もそうだったんだろうとは思うんですよ。そんなに変わらないだろうと思うけど。

ただ、我が家は結果的に火事が起き、火元で類焼したということで、逃避行生活をやる。赤貧で弟が餓死し、母親がそれに嫌気が差して、一人では怖いから兄貴を連れて家出たりしたんですよね。ほとんど、あの当時は旅の路銀を持って出るなんて、そんな用意周到ではなく、またそんな金もない。そんな金があったら別な形を取っただろうと思うけども、ほとんど衝動的に小学校高学年近くになってた兄貴を連れて、母は家出をするわけですね。

お金を持って出ているわけじゃないから、むしろ、無いから出たようなところがあって、ちょうど山下清が八幡学園を出る時に、お金が無いから、当時は電車道があって、汽車の線路ですね、国鉄の。それ沿いに行くと大体、間違いなく、いろんな所に行けるっていうのを、彼はよく知っていた。行った先で、たとえば何か手伝ったりすると、おにぎりをもらったりした。

うちの母親もそれに近いことをやったんですね。たとえば町へ行くと、女の仕事で、飲み屋とか、皿洗いとか、そういうことをやりながら。それもなかったら、おそらく仕方なく体を売ったこともあるんじゃないかなって感じもあるんですよ。兄貴はそういうことを見てるから、しだいに、精神に異常を来すことにもなったんだろうと思うんです。僕の想像だけど。

僕はたった一度だけ、小学校五年の時だったと思っていたけど、母親が言うには、兄貴がちょうど少年鑑別所に入ったから、僕が代わりに連れ出されたそうです。一か月間、似たようなことを経験しているわけですよ。歩きながら野宿したりして、町へ行くと、母親が一時的に飲み屋さんに行って、勤めて。母はいろんなことして働いている。

最初のうちはすごく楽しかった、つまり自分の行ったことのない所へ母と行けるわけだから。だけど、だんだん実態がわかってくる。それは子どもの足で歩いて、富山から石川、ずっと行って滋賀県を通って、京都を通って奈良に行くわけだから。なんで奈良へ行ったかというと、母親が最初に結婚した相手が一番良かったらしいんですが、その相手の墓参りです。母親は三度ぐらい結婚していて、僕は三度目の相手との息子だけど、母親はつらいことがあると、最初に結婚した相手の墓参りに行くんです……。

村田 振り出しに戻って、気を持ち直そうとしたのでしょうね。

木下 うん。そこへ墓参りに行くんですよ。母親自身がそこに住んどったらしいんですよね。最初に結婚した相手っていうのは、神戸で一緒だったらしいけど、病気して、転地療養みたいな感じで奈良へ。吉野地区の吉野川の渓流地区に段々畑みたいなのがあって、そこに部落が点々としてたんです。その部落の一つにお墓参りに行く。もともと落ち武者の家系の人だったのかもね。とにかく、そこまで富山から、ずっと歩いて行くんですよね。

村田 大変よね、それは。そのころに、食いつなぎながら、歩いて行くんだもんね。

木下 そう。兄貴に聞くと、母親もまだ四十前後でしょうから、途中で犯されたりして、あるいは客でも取ったんじゃないかと思ったそうで。そういうのを目の当たりにしたこともあったらしく、そのショックなのか、しだいに兄貴は精神を病んでね。
　僕の場合は幸いにも、そういうことはなかったんですよね。ただ、そうはいっても飲み屋さんで働いて、橋の下とかお寺さんの境内みたいな所で寝泊まりしとるわけですよ。とても宿なんて泊まれんから。母親が帰ってくるのは遅い、夜中ですよね。酔いつぶれると、だれかに野宿先に担いでもらって来るとか。そんなふうにして一か月間ほど過ごす。あんまりひどい体験だったせいか、僕には逆にそれほど記憶に残らなかったんですよ。
　ところが、実は松本清張の原作の『砂の器』って映画を三、四十年前かな、見た時、みんな、あれを見て泣いたりしてるようだけど、もちろん僕も哀しい気持ちもあったけど、むしろ、非常に懐かしい感じがしたんですよね。

村田　私も去年観ました、北九州市で。松本清張の映画祭で。

木下　あれを観た時、光景とかは記憶にはそれほどないんだけど、ハンセン病の父と子が巡礼というか、放浪の旅先でいじめられたりしているところね。

村田　流浪の旅ですよね、あれも。

木下　とにかくあれを観て、僕は、懐かしい、まず風景の美しさに懐かしさを覚えた。そんな感じで、フラッシュバックしたみたいに思い出して、ぐっときたんですよね。
　それを自分でも不思議に思って、母親に聞いたんですよ。〝当時は貧乏だから隣町へ行くのさえできんのに、遠くの他の県へ行ったりできる経験なんてしたことないはずなのに、何だろう〟と思ってね。そしたら、母親が言ったんですよ。「おまえを五、六歳のころに一回、連れ出して、一緒に奈良まで行ったんだよ」と。驚いて、蘇ったんです。そのことを『はじめての旅』(福音館書店刊)という絵本に書いたんです。松居直《ただし》さんに熱心に声をかけられてね。

村田 五、六歳のころの記憶なのね。それを基に描いたわけね。

木下 そういう経験を経て、それが僕の原点なんですよね。後に、まだ記憶が蘇らないころ、そんなことと関係なしにハンセン病の桜井さんを描いたっていうのも、無意識のうちにですけど、どこかで繋がってるものがあるのかな。そういう感じで描いてきて、今日に至ったというわけです。

理想の女性は、聖母なのか

木下 二十歳前後、二十歳から三十歳ぐらいまでというのは、僕は、ある意味、一番いいかげんな生き方してたんですよ。そのころ、今の女房と出会って、欲望を満たすことしか考えてなかったですね、今になって思えば。その相手と結婚を決めたきっかけが何だったかと言ったら、当時、「土壌の会」っていうのを作ったんですよ。

村田 何？　それ、どんな会なの、初めて聞きますが。

木下 学生運動、華やかなりしころ、僕らもそれに巻き込まれて。だけど学生じゃなかったら、そんなもんやる資格はない、みたいに見られたんですよね。それは違うだろうということで、僕は「土壌の会」っていうのを作って。そしたら学生も入ってきたけども。

村田 「どじょう」って何？　魚のドジョウ？

木下 違いますよ、土の土壌。土ですよ。いろんなジャンルの人間が入ってきた。僕は当時、わりと地方では有名やったから。新聞社の文化活動で、そんなの作ったりして、新聞社でそれを公募出してやるからということになったら、一気に、全国でもないんだけど、七十人ぐらい応募してきたんですよ。その中に女房がいたんです。

当時、実はもっときれいな子と交際していたんですが、だけど僕のうちへ連れていくと、やまんばみたいなばあさんの母親が出てくるわけでしょ。みんな、そこで引いちゃうわけですよ。絵描きって、意外ともてるんですよ。地方ではちょっとした有名人になって、顔がこんなんでもね。だから、こんなこと言ったら怒られちゃうけど、選り取り見取りみたいなとこがあったんです、遊ぶ分には。

でも、こっちが熱を上げて、その女の子、家に連れてくるじゃないですか。そしたらとたんに逃げられちゃう。そんな中で逃げなかったのは、女房だったんですよ。

僕が、詐欺師みたいなものだけどその会の委員長をやっていた時、本当は別な、本命の女性とデートの約束があった。ところが相手に急に用事ができて、ダメになって、こっちは手持ち無沙汰だから、事務方やっているやつを呼び出して「今、応募してきた人、僕が委員長だから、様子を見て、選んでやる」なんて言って、気がついたら日曜日だったんですよね。当時は大概みんな、勤め先の電話番号を書いていて、家の固定電話がそもそもない人もいるし、家の電話番号は書いてこない。そしたら女房がたった一人、ご丁寧に家の電話番号まで書いとった。それで、家に電話したんですよ。すると女房が出て、今から面会して決めようと思っている、なんて言ったわけですね。

村田 そのころ、家に電話のある、ちゃんとしたお家の娘さんだったんですよね。違うの？

木下 そうでもないけど。農家で、親はお百姓ですよ。だから「土壌の会」に応募したのかもね。僕にしてみれば本命がいるんだけど、本命だと言っても、うちへ連れてきたことなかったんです。別れるのは、嫌だったから。どうせ連れてきたら逃げられちゃうんだからと思って。僕にしてみれば、女房っていうのは二番手、三番手ぐらいでいい。だから待ち伏せして、ドロンしちゃった。そして女房は逃げなかったんです。朝起きると枕元にいて、もうご飯の用意していて。僕はアルバイトに行くし、彼女は仕事に行って、帰ってくる時、夜中にこっそりと女房を迎えに行くということが一、二か月続いたら、バレたんですよね。

村田 別れてほしいって、奥さんの親が頭下げに来たんでしょう？

木下 そう、土下座して言ったんですよね、母親と、女房の兄貴が二人して家に来て。「別れてくれ」って。そうなると、追い込まれて、かえって覚悟が決まってね。

村田 それはちゃんとしていると思う、あちらの親御さん。

木下 別にあんまりちゃんとしてないですよ。ただ、それなりに家風っていうのは、ありまして。

村田 夫になるあなたがひどすぎたから、どうぞ別れてくださいっていうことね。

木下 そう。バランスが悪すぎた、当時は。だって僕の家へ来たら、部屋はぐちゃぐちゃで、絵だけが置いてあるわけでしょ。びっくりするような絵が。その上、やまんばみたいなばあさんが出てきて、それは僕が親だって大反対しますよ。そんな調子やったから、結局、僕みたいの、どうせまともに結婚できるわけないしと思ってた。

村田 それなのに、しっかりしたお嫁さん、ただでもらったんだよ。

木下 それが、高くついたですよ、その後が。一生涯かけて、働いて。でもね、出すときに出さなきゃ駄目だね。出すものは、もっと人生をかけてでも。

村田 最初はいろいろお金が要るじゃないですか。よその娘さんを嫁にもらうっていうことはね。相手の親の所にも挨拶に行くし。私の時だって、お金は出したと思うよ、最初。

木下 そりゃあ、ちゃんとした家の生まれだもん、僕よりもね。大体そこまでいったらね。とにかく、そういうことで女房と今日までやって来た。この前も言ったけど、僕は、女性はトイレにも行かないと思っていたはずだったのに、一緒に暮らしてみれば、トイレにも行くし、とすぐわかる。それでもまだ小さい、幼いときに刷り込まれた感覚みたいなものがいまだに残っていますよ。ところが家で介護してりゃ、ぐちゃぐちゃでしょ。

村田 確かに、女性の理想像は聖母みたいなところもありますよね。

木下 そう。だから僕が最初に描いたのは、女房だった。最近、新潟市美術館に入った作品で、コレクターが若いとき買ってくれた。でっかい作品で、女房が聖母で、僕が小さなキリスト。そういう絵。

村田 結局、やまんばみたいなお母さんのイメージが逆にあるから、また余計に、女の本当の姿は聖母像だ、みたいに思うのかな。

木下 それが、自分でも信じられないんだけど。

村田 そうだろうね。信じられないわよねえ。

木下 僕は、父親違いもいれて、きょうだいが八人、いるんですよ。母は三度、結婚していてね。僕はその末っ子に近いんです。下に弟が一人いたけど、餓死した。そうすると相当年上の、親子くらい年の離れた従兄が「おまえの母親はすごい美人やった」って言うんですよ。

でも、僕は、信じられないんですよ。だって、物心ついたころは、母親はもう……。でも従兄によると、そうだったらしい。

村田 女の顔、変わりますもんね。年取ったら……。

木下 僕は三十四歳の時、描きためた油絵を抱えて、ニューヨークに行ったんです。画廊をまわったんですが、相手にされず、打ちのめされていたとき、瀧口修造の紹介で、当時ニューヨークにいた荒川修作と出会ったんです。彼に「君のアイデンティティは?」と問いつめられて、極貧だったこと、放浪癖のあるどうしようもない母のことまで、一気に話しました。すると荒川さんは「それは作家として最高の環境だ。その母親を、君は描くべきだ」と。そして、描くだけではなくて、母の話を聞くように言われました。「僕も会ってみたい」とまで。それで人生観が一八〇度変わりましたね。帰国して、母の話を聞き、母を一所懸命、描きはじめました。小林ハルさんも、桜井哲夫さんも、モデルから話を聞いて、絵を描くというのは、そこから始まったんです。それが始まりにあったですね。

それから、もう一つの女性像で言うと、女房と一緒になった時に、非常に甘っちょろいけど、ミケランジェロの、バチカンにある有名な彫刻……

村田 だってバチカンには聖母像だけでも相当ありますもん。

木下 ローマ、バチカンのピエタです。僕はもともと彫刻だから、あれをリスペクトしていた。今でも彫刻のほうをリスペクトしているんですよ、絵よりも。だから、そのイメージに合わせて、女房はマリアで、僕がキリストなの。僕が二十三歳の時に、そういう絵を描いたんですよ。今それが新潟市美術館にコレクションされましたけれど。

今では、女房はあんなになっちゃったけど、つぶさに五十何年間、見てきたわけだから。

――だれだったかな、僕がヒントを得た人、物理学の博士で……。

村田 もしかして、ホーキングさん?

木下 そう、ホーキング博士。名前がなかなか出てこない。そのホーキング博士の姿を見た時に、ヒントを得たんですよ。体がこんなになって、目の表情だけで特殊なコンピューターを動かす。人間はここまで来ても、おそらくホーキングさんがだれよりも宇宙のことを知っているわけですよね。この世の人類の中で?

村田 そうなんですよ。宇宙に行って帰ってくる旅程まで、そのプロジェクト、彼が創ったんじゃないです? 彼は一歩も動けないのに。

木下 人間って、すごいんですよね。ホーキング博士は、目の表情だけ。にもかかわらず、頭の中身は、今、生きているどんな人類よりも優れていると言ってもいいですよ。人間って、そういう力があるんじゃないかと。僕は今、認知症になりかかっているかもしれないけど、それは怖いけど、でもそれはそれで、まだ可能性はあるんじゃないかと思います。

つまり、命の存在の重さ。それを描きたいのだけど、僕の才能じゃ見切りをつけざるを得ないかもしれない。でも生きている以上、そう簡単には諦めるわけにはいかないから。それで、また、やるわけですよ。それが今の、僕の方向性です。

建具職人だったおじいさん

村田 木下さんの話を聞きながら思ったのは、男の人って、まず「女」だね、という感じでした。男の想いというのは、まず女から始まるのね。女から旅路が始まるんだね、人の旅路が。

木下 そりゃそうでしょう。だって女から生まれて来ているんだもん。

村田 女から始まる。私は別に、そういう思いはなかったですね。異性に対しての憧れもないし、母に対してもないし、父に対してもないんですよね。だって、初めっから、おじいさんとおばあさんだったから。世界は年寄りから始まったようなものなんですよね。

ですから、生まれた時から、ちっちゃい時から、一番昔の記憶は、うちのおじいさんが、私が朝、目が醒めたら、「ぽんぽん、ぬんだ、ぬんだ、ぬんだ」って、小さな私のおなかをなでてくれるの。それで私が「うーん」って、伸びしていたのを覚えているんですよ。「ぬんだ、

ぬんだ、ぬんだ」は、「伸びよ、伸びよ、伸びよ」という意味なのね。それをした、おじいさんの手を思い出すんですよ。

木下 そこで異性を初めて、意識したの？

村田 まさか。異性とも思わなかったですね。肉親？　親とも思わなかったけど。

木下 そのときの意識はそうだろうけど、今、思えば異性の手だとは？

村田 いいえ。――あのね、たとえばキリストを異性だと思います？　ちがう。

それから、おじいちゃんに、魚釣りに付いて行く。そして、山にメジロを捕りに行く。八幡も昔は山がいっぱいあった。本当におじいちゃん子で、父親なんていうのは、近所の友だちの家を見たら、よくお父さんから怒られているわけよね。それが八幡製鉄所の職工さんのお父さんは、気が荒いから、時々バチンと叩かれたりしているのね。〝よかった、あんな怖い男がいなくて〟って思っていた。

だから、父がいない、母がいないっていうのは、私にとっては、むしろ、すごく幸せだったの。おじいさんは襖の絵描いて、それを売るのですよ。

木下 へえ、絵描きだったんですか。

村田 いや、ただ、なんか上手かった。博多の料理屋さんとかに車で売りに行っていた。

木下 それって、立派な絵描きじゃないですか。

村田　でも、まあ言わば、襖職人、建具職人。屏風を、八双屏風とかいうのを作っていたよ。そんなことを覚えている。

木下　それはあなた、おじいさんのＤＮＡですよ。あなた、美術に対して、すごく造詣が深いじゃないですか。

村田　そして、私の弟もね、種違いの弟も美大卒だったんですよ。その後の人生では別の方面へ行きましたけど。

木下　やっぱり、そういう系列だよね、血があるんだ。

村田　それはあるんでしょうかね。だから、おじいさんが、風邪ひいて私が寝ている時なんかは、私の布団の周りを屏風で取り囲んでくれてね、〝松林の絵はやめてほしいな〟とか思って、寝てた。〝また島の絵かよ〟とかね。屏風には日本画でしょう、もう少しどうかしたの、にぎやかなのにしてくれるといいな、みたいに思っていたけど。

木下　今、その絵、屏風、残っているの？

村田　残ってるわけないじゃないですか。

木下　えっ、一枚も残ってないの？

村田　無論よ。みんな売って、何一つないわ。

木下　おじいさんのもの、何一つない。

村田　たしか懐中時計があったけど、それもどこへいったかわからない。

木下　時計はどうでもいいけど、もし絵一枚でも残っていたら、なんかおもしろかったかもしれんね。ちょっと観たかったたな。

村田　だって全部、描いた絵は屏風にして売るから。売るために描いた絵だもの。絵じゃなくて最後に残っていたのは別にあった。おじいさんが山に行って、古木の根を掘ってきて磨くんですよ。すべすべの、蛸入道みたいなのはいっぱい残っていましたね。それから竹ヒゴで作った鳥籠。奇妙な形の鳥籠とか、それも売っていましたね。建具職人だから、細かいことが上手いのよ。そんな家にいたから、父も知らず、母もいない、それに不足はないんですよ。

おじいさんが時々、話をしてくれるのね。「キヨちゃん、帆柱山に行ったら気を付けなさいよ」って。「山の上からきれいなお姉さんが下りてきたら、知らん顔してよけなさいよ。あれはキツネやから」って言うわけね。ものすごく大事なことを教えてあげるように言うわけですよ。私は、〝そうですか〟なんて思っているのよね。

そしたらまた、「キヨちゃん、帆柱山の天辺から、ポンポンポンって、蒸気船の音がする」と。それはね、「船が下りてくる音」だって言うのよ。帆柱山から山道を船が下りてくる。蒸気船がポンポン音を立てながら下りてくるって。そして「だけど、それは心配せんでいいよ。あれはタヌキやから」って言うわけ。ほう、って、私は思った。

木下　そういう民話みたいな感じで、話が残っているんですか？

村田　そんな民話というよりも、ただ、うちのおじいさんが思って語るだけです。とにかく、そういう世界で育っているの、私は。だから父も要らない、母も要らない。そして自然はおもしろいっていう中で育ってきたのね。

木下　その感じ、僕、すごくわかるのよ。わかるって、そういう民話は知らないんだけど。僕が住んでいた竹やぶの家の中で、おやじは昼間、朝は早くから夜遅くまで仕事に行っているじゃないですか。そうすると昼間、僕一人でいるわけですよ。そこで何することもないんだけど、自分で庭にお花畑を作るの、百合の。百合といったって、売っている百合じゃなくて、山百合とか鬼百合とか、自然に咲いているのを自分で掘って来て、庭に植えてやると、春になるとその花よりも、芽が出てくる感じとか、ちょっと掘ると、真っ黒な土の中に真っ白な百合の根があるとか、その感じがすごく好きだったのね。山に登ると、大伴家持が詠んだ世界があるんですよ、万葉の世界が。実に、そういう中でやっていた。

中には、お化けの話もあるわけ。お化けというか、山の裾野なんだけど、竹やぶで、ちょうど家の後ろが元火葬場だったんですね。僕があるとき、夜中の十二時近くだったかな、おやじの帰りが遅くなって、夜中の一時、二時ごろに帰ってくる前。知らないおばあさんが「こんにちは」と言って来る。こっちは人恋しいから、うれしくて、話をするわけですよね。今でも、顔を覚えているんだけど、そのうち急に、その顔がすーっと消えていくのよ。

ふつう竹やぶだと聞こえる、落ちた竹の葉の上を人が歩くときのガサガサって遠ざかっていく音が、その時は、そんな音も全然、聞こえなかったの。

村田 足がないんだね。こわーい。

木下 でもそんなこと、不自然だとは思わなかった。まだ子どもだし。近所のおばさんに、その話をしたんですよ。それだって七十年近く前だけれど、そのおばさんによると、さらにさかのぼること五〜六十年前の話、つまり今から百年以上前、その近くに、僕がよく遊んでいた六角堂だったかな、なんか庵みたいなのがあるんですよ。そこの庵を守っていたのが、おばあさんだった。その人が亡くなって、そのとき建っていた僕の家のところに、もちろん当時は家なんかなくて、その火葬場でそのおばあさんを燃やしたっていうんですよ。

その話を近所の、今では百歳以上で少し怪しくなっているけれど、そのおばさんに話したら、「それは、あそこを守っていたおばあちゃんだ」と言うのよ。それを聞いて、さすがに少し怖くなってきてね。

「本を信用したら、つまらん」

村田　うちのおばあさんで思い出すのは、私が学校へ行く時に、ランドセルを背負わせながら、「キヨちゃん、本ば信用したら、つまらんとよ」って言うんですよ。「字ば信用したら、つまらんとよ。字はうそばっかり言うとんやけんね」って。「貴田スギ語録」ね。

木下　それはまた、すごいこと言っているよ。あなたのおばあさん。

村田　それで私が、「ばあちゃん、字、読みきらんのに、なんで字がうそってわかるの？」って聞いたら、「偉そうなことばっかり書いとる、大体うそばっかりや」って言うの。「字ば勉強したら、つまらんよ」っても言う。学校行きがけに、勉強するなって言われて、学校に行くわけですよ。

木下　それって、学校にただ行くなとか、行けとかいうことじゃなくて、かなり本質を突いているんですよ。おばあさん、すごいな。

村田　まさに本質。遠足に行くとかいう時にも、私、早起きは嫌いだから「遠足、行きたくない」って言う。そしたら仕方がないから、リュックサックを私に掛けて、おばあさんが私をおんぶして、連れていくんですよ。ずっと山道、みんなの後を追って、全部、おばあさんがおんぶして。すごい強いおばあさんだったから。彼女の父親は村相撲の横綱を張った人だったそうよ。そうかと思うと、おばあさんが梯子を掛けて屋根にのぼって、カタリ、カタリって瓦を見て、雨漏りを修繕するの。

木下 おばあさんが？　それ、おじいさんがやらないんだ？

村田 屋根の上から「何とかさんの奥さん、昨日はよう降りましたな」とか言って、挨拶してるの。高い所も、平気なのよ。でも、おじいさんは、しない、そんなこと。

木下 日本画の菖蒲やらの屏風や襖を作ってるの？

村田 暇があったら絵を描いている。

木下 職人としての仕事も、あるんでしょ？

村田 職人よ。でも暇なときは絵を描いてる。それから魚釣りに行くか、メジロを捕りに行く。器用だったから、竹藪へ行って、竹を切って来て鳥籠作り。それもまた売れるんですよね。そんな生活で、お金がそんなにないっていうことだけは確か。でも、私はそんなことわからなかった。

木下 わからないよ、そりゃ。わからないからいいんだよ、逆にね。うらやましいくらい。

村田 お金なんて見たことないの。年寄り夫婦は肉も食べない、魚も食べないし、それで別に何ともないわけでしょ。だから何も不足がないんですよ。そして、さみしい家かっていったら、ちっとも、さみしくないんですよね。だから、不満もない。
すぐ道を挟んで、うちのおばあさんの妹の嫁入り先だった下宿屋がありました。そこには製鉄の職工さんたちがいたのね、いっぱい。そこに遊びに行くんです。みんな、仕事に行って留守です。そこに勝手に入って、友だちと遊びました。襖も開けっ放しだから。部屋に浅沼稲次郎の写真があったのを憶えています。
木下 そうか。当時、その時代だったでしょうね。
村田 この人、浅沼さんよねとか、私も大人から聞いているから知っている。友だちを連れてって、勝手にそこでかくれんぼしたり、押し入れで寝たり、みんなで。そして下に下りていったら、そこで博打が始まっているんですね。下宿している人たちが非番の時は、花札とかやるんですよ。
木下 職工さんたちが？
村田 それは、知りませんね。下宿屋している伯父さんは、こっち側で昼酒飲んでいましたね。時々、旅の浪曲師がきて、近所の客が集まり、にぎやかでした。
うちの母はどうしたかっていったら、もう再婚していて。近くにいたんだけど……。
木下 会えないの？　お母さんとは交流あったんですか、そのころ。
村田 近くにいるんだけど、共稼ぎで。それでも優しいんですよ。「キヨちゃん、洋服、縫ってあげるね」とか言ってね。

木下 そういう交流っていうのは、お母さんが亡くなるまであったんですか。

村田 そうですね。ミシンで服縫ってくれたり、うまかったの。娘時代に洋裁学校へ行ったから。

木下 そういうとき、たとえば、おじいさん、おばあさんなんかは、それに対して、どうのこうのはない？

村田 だって、母親夫婦は共稼ぎで、昼間は家にいないから。おばあさんがその家に行って、茶わん洗ったり、片付けたりしてね。家事は全部してあげるのよ。

木下 そうか、お母さんは、おばあさんの娘でもあるんだ。完全に離別しているわけじゃなくて、受け入れてもいるんだ。むしろ、応援していた。

村田 そうなの。そしてお母さんが買い物のメモも書いているのね。豚肉が何百グラムとか。おばあさんが読めるように、平仮名で書いてるのを持って、市場に行って、それを買って来る。

木下 お母さんにとっては非常に助かったわけだ、おばあさんの存在っていうのは。そこで繋がりはあるよね。支えてたんだもの。

村田 私の母は、実は祖父の兄という人が満洲へ事情があって行くことになり、その兄の妻が身重だったので、残されたんです。つまり、祖父の兄の残して行った妻の産んだ赤ん坊が、私の母だったわけ。それでも、祖父母は、実の娘や孫同様に育ててくれた。

木下 つまり、じいちゃん、ばあちゃんとは、厳密には血のつながりがないんだ?

村田 おじいさんとはかすかにあるわね、母は、おじいさんの兄の子だから。でもおばあさんとは繋がってない。だから、おばあさんは身体もどすん、どすんって歩く感じ。うちの母は小柄で、死ぬまで三十五キロよりも体重がなかったような人。

木下 つまり、あなたにとって、家族であり、肉親っていうのは、おじいさん、おばあさんであり、他家に嫁には行ったけど、そのエリアにいたお母さん。なんだかすごいドラマだね。

村田 そう。でも昔は、そんな、いわくのある家が結構あったんですよ。今は核家族化して、吹っ切れたので、つながりがなくなった。そのぶん、母子家庭が増えたのかも……。

次々に出会う〝幻影の父〟

木下 お母さんについては大体わかったけれど、お父さんはどうですか、あなたにとって。あなたを産ませたというか、つくらせた人。

村田 何だか家系図の話が続きますね。私の父は、私が母のお腹にいた時に、お妾をつくったからって、怒った祖父母に、強引に離別させられた。

木下　それで、その後、お父さんとの交流はあったの？

村田　いいえ。だって、私が生まれる前のことだもの、まったく知らない。名前も聞いたことがないですね。抜け落ちています。

木下　生まれる前に両親が別れたから、お父さんの顔、知らないんだ？　写真もないの？あなたにとっての、お父さんとの関係性を聞きたい。一度も会ったこともないの？　生涯、会ったことない？

村田　ええ。でも、そこがおもしろいんですよ。おばあさんの話を聞くと、学校に私が行ってる間に、私をもらいに来たって。「返してくれ、大事に育てる」と。母親が再婚したのなら、自分に渡してくれって。浮気相手の女性も連れてきて、「妻でございます。必ず大切にしますから」って。

木下　何となく風景が見えてくる。父親の気持ちもわからなくはないよな。今、あなたにとってのお父さん像って何なの？

村田　別に、父恋しい、はないのよね。祖父母の愛情で足りてる。寂しくもない。

木下　そうだろうな。顔見たこともないんだし。

村田　おじいさんとおばあさんで愛情たっぷりの暮らし、もう二〇〇パーセント満足。結局、新聞配達少女になったから、友だちもいっぱいいるのよ、悪ガキの友だちが。北九州に、ごろごろしてる。当時、どこの家にも七、八人、子どもがいるじゃない？　みんな友だちね。販売店の人も、女の子だから私にだけオートバイで、新聞積んで、要所、要所に置いてくれてるのね。だから、二人分は配達したわ。

木下　結構、稼いだわけだ。子どもながら。

村田　その時に販売店の主任が、三波春夫みたいな人だったの。今、考えても、そっくり。きれいな声で「おはよう、キヨちゃん」って言うわけですよ。とにかく、この人、なんで私を可愛がってくれるんだろう。もしかしたら、実のお父さんかな？って思っちゃうんですよ。

木下　もしや父親じゃないかと。やっぱり、どっかでお父さんを求めていたんだね。

村田　求めてはいないけど、そう思うと、そのドラマ性が楽しかったの。〝お父さんは、私のこと心配して、ここに来たんだな〟なんてね。

木下　それはあなたが幾つのとき？

村田　中学の一、二年ですよ。三年までは新聞配っていたからね。それから就職したでしょう。すると中学校を出て次は、社長がいるわけですよ。その会社の溶接工場の社長が「おはよう、貴田さん」って言うのよね。えらい愛想がいいの。それでまた、〝この人、ひょっとしてお父さんじゃないの？〟って思って楽しんだ。

木下　新聞販売店のおじさんから、今度、工場の社長になったんだ。

村田 そう。行く先行く先で、年上のよくしてくれる男の人は、次々に、みんな複製のお父さんにするのよ。

木下 やっぱり求めてるんだな、父親を。

村田 ちがうって。すぐ、そう思いたがるのよね。

木下 いや、意識の上では、求めてなくても。だけど、無意識では。

村田 友だち、女の子たちと遊ぶじゃない。そんな時なんかに、「あんたたちは知らないけど、私のお父さん、どこそこの社長なのよ」とか、言いたくなる。

木下 虚言癖もあったわけだね。

村田 もう、ちがうって! そう思うと楽しいのです。ドラマ性を楽しむの!

もう少し大きくなると、私、天皇に、会ったことがあるのよね、遠くからだけど。この人が天皇か、ほう、と思う。でも、おばあさんに言ったら、「天皇さんは、おまえが五つぐらいの時に八幡にこらしゃって、手振られたよ」と。「ばあちゃんはおまえを連れて、おんぶして見に行ったよ」って言うのね。「うちの近く?」「そうよ」。八幡製鉄所の門の所で、手を振られたそうで。「みんなで、はあって、お辞儀したんよ。覚えてない?」って言う。覚えているわけはない。天皇の八幡行幸は、私が五歳の時だもの。そこで、〝待てよ、やっぱり、会いに来たのね〟って、私《わたし》的には、また思うわけよ。

木下 えっ、天皇にも、そう思ったってこと？　そのころ、あなたが中学二年？

村田 もっと上の歳。

木下 高校生ぐらい？　あ、でも、高校は行ってないのか。

村田 でも、そう思うと、それもおもしろい話よねって思うの。結局、私の心の世界ってファンタスティックなんですよ。

木下 思いはそうなるんやね。でも、そこまでいくと——。

村田 もう少し言うと、誇大妄想狂か。だけど、大人になるとそれがなくなって、シビアにつまらない人生になりました。

木下 すごくわかるような気もするけどな。罪はないというかね。

村田 そういうふうにして、考えたりしていくうちに、映画のシナリオを書くかなって、思うようになりました。

木下 なるほどね、そこに結びついてくるわけだ。

村田 ところが、大島渚や篠田正浩の登場で、お客が入らない映画館になった。仕方がない、小説書こうか、ってなった。

木下 そこから小説に入っていくわけだね。

村田 祖父が「帆柱山の天辺から下りてくるきれいなお姉さん、気を付けたほうがいいよ。

月刊
機
2023
6
No. 375

発行所　株式会社 藤原書店©
〒一六二−〇〇四一　東京都新宿区早稲田鶴巻町五二三
電話　〇三・五二七二・〇三〇一（代）
FAX　〇三・五二七二・〇四五〇
◎本冊子表示の価格は消費税込みの価格です。
編集兼発行人　藤原良雄
頒価　100円

東京、名古屋、大阪、札幌、京都ほか、全国で続々劇場公開始まる!

映画『大地よ　アイヌとして生きる』（主演・宇梶静江）全国で好評上映中

宇梶静江氏（1933-）

宇梶静江さんの自伝『大地よ!』を原作とする映画『大地よ』が、四月二十九日東京での上映開始を皮切りに、全国で上映されている。大変好評をいただき、上映期間延長やアンコール上映が相次いでいる。

詩人であり、独自なアイヌ刺繍表現〝古《こ》布《ふ》絵《え》〟創始者、アイヌ文化伝承者の宇梶さん。九〇歳を目前に東京を離れ、北海道・白老で、アイヌ同胞とともに活動する、その熱い想いを伝えるべく、映画に寄せていただいたメッセージを紹介する。

編集部

●六月号目次●

宇梶静江主演映画『大地よ』全国で好評上映中
映画『大地よ』に寄せて　宇梶静江　2
吉増剛造　高橋源一郎　赤坂真理　河瀬直美　鈴木敏夫　佐々木愛　荻原眞子　大石芳野

『パリ日記』全5巻、完結!
パリ日記　Ⅴ オランド、マクロンの時代　山口昌子　6

『金時鐘コレクション』第11巻　講演集Ⅱ
境界は、内と外の代名詞　金時鐘　10
新たな「産土」の詩のために　姜信子　12

皇室史の全体像に迫る最新作
立憲君主制を、今改めて考える　所功　14

〈連載〉パリの街角から6「マロニエのパリ」山口昌子17　メキシコからの通信3「週日毎朝の記者会見」田中道子18　歴史から中国を観る42「ロシアが満洲に進出する」宮脇淳子19　今、日本は50「でっち上げ事件」鎌田慧20　科学史上の人びと3「デカルト」村上陽一郎21　グリム童話・昔話3「昔話には文法がある」小澤俊夫22　「地域医療百年」から医療を考える27「ふる里で認知症を診る」方波見康雄23　あの人この人3「制服の人」黒井千次24　いま、考えること3「河上肇——長州のラスト・サムライ」山折哲雄25　花満径87「目の話(四)」中西進26
5・7月刊案内／読者の声・書評日誌／刊行案内・書店様へ／告知・出版随想

映画『大地よ』に寄せて

詩人・古布絵作家・アイヌ文化伝承者　宇梶静江

映画を見ていただいた皆さん、本当にありがとうございます。私の生きてきた九十年の道、未来のアイヌの同胞への思いがいっぱい詰まっていて、自分で何度見ても飽きません（笑）。

私は三十九歳の時に、初めて〝アイヌの同胞よ、手をつなごう〟と呼びかけて、そして五十年経ちました。今、白老にいますけれど、それは、アイヌの同胞と一緒に藤原書店に行って、「アイヌが集まる場所が欲しい。アイヌにはそういう場所がない。会場を借りたら時間で帰らなくてはならない、お金もかかる、そのお金はない、ずっといられる場所が欲しい」と訴えて、実現した場所なんです。

アイヌは、自分たちの文化を語ることができない。でも、アイヌは自分たちの文化を語りたい。先祖たちのことを語りたい。そういう愛情がなくては、ここまで来られませんでした。

アイヌは大変でした。都会に来て就職しても、アイヌとわかれば排他する。そんな中で手をつなごうと言っても、集まるようすもないし、政府に言っても受けつけてもらえない。そういう中で、先祖のつくったすばらしい文化をよみがえらせることによって、人間として、お互いに、ともに理解しあっていけるんじゃないか。そういう希望を、捨てないでやってきました。

アイヌ力《ちから》よ！

宇梶静江

アイヌよ
自分力《りょく》を出せ
アイヌが持つ力は　世界を変える
自分を出すは　自分力《りょく》
自分力《りょく》は　アイヌ力《ちから》

アイヌよ
大地を割って出るが如く
力を出せよ
アイヌ力《ちから》を！

（二〇二〇年一〇月一三日）

古布絵《こふえ》を開発した時は、追いつめられていましたけど、それによって皆さんに会えることがわかったんです。

金大偉監督、そして藤原良雄先生、本当にありがとうございました。（二〇二三年五月一日、於・ポレポレ東中野（東京））

大地よ——東日本大震災によせて

宇梶静江

大地よ
重たかったか
痛かったか

あなたについて
もっと深く気づいて
敬って

その重さや
痛みを
知る術を
持つべきであった

多くの民が
あなたの
重さや痛みとともに 波に消えて
そして
大地にかえっていった

その痛みに
今　私たち
残された多くの民が
しっかりと気づき
畏敬の念をもって
手をあわす

（二〇一一年三月十八日）

普遍言語へ

吉増剛造　詩人

宇梶静江、その心のながい「イタミの火の道」は、普遍言語忘却の小径だったのである。

その、〝イタミの火の道〟を、あるいは〝忘劫〟を〝忘れることの出来ない〟、「アイヌ力《ちから》」、といい直してもよい。

ここにあの「ふくろう」の赤い目の秘密があるのだ。宇梶静江の他に誰がそれをみたか。ゴッホか柳田國男か。

ただ獨《ひと》り、宇梶静江のながい「イタミの火の道」忘却の秘密がここにある。

針《ハリ》の道であり、糸《イト》の道であり、イチャルパの、イクパスイ(鬚篦《ひげべら》)の道でもあった。

この映画の奥底にある、「別の映画」への道。

〝おきなさび飛ばず鳴かざるをちかたの森のふくろふ笑ふらんかも〟(柳田)、途方もない、別の宇宙への戦慄をつたえて来る、普遍への道を語る、画期の作であった。

大きくて懐かしいもの

高橋源一郎　作家

アイヌは「人間」という意味、カムイは「神」という意味。ふたつは異なった存在。それくらいは知っている。けれども、宇梶静江さんの、おそらくは伝記と呼ばれるだろうこの映画を見ていると、そうなのだろうかと思えてくる。彼女の話すことばを聞いていると、個人である宇梶静江さんやアイヌのひとりである宇梶静江さんというより、もっとずっと大きくて摑みがたいもの、かつて知っていていまは忘れてしまったもの、ひどく懐かしいもの、いつかどこかで確かに聞いたり出会ったりした大切なもの、そんなものたちが彼女の向こうから、直接話しかけてくるような気がしてくる。話しかける？　それも正確ではないかもしれない。声ではないもっと直接的ななにかが確かにそこにあって、もうずっと長い間、世界の惨状を前にして、ただ呆然と立ちすくむしかなかった我々に向って、眩しく輝く太陽の光のように射し込んでくるのである。

世界に必要な叡智

赤坂真理　作家

戦争のない世界を、本当につくれる。なぜならそれは、在ったし、在るのだから。

今、世界に必要な叡智として、アイヌを知ろう。

アイヌ人女性のまなざし

河瀬直美　映画監督

その精神性には、今の世界を救う鍵が隠されている。

その手引き書のような本作品から垣間見える、ひとりのアイヌ人女性のまなざし。そのまなざしが向かう先を想像している。

守り伝えて来たものとは？

鈴木敏夫　スタジオジブリプロデューサー

九〇歳を前に、東京から故郷北海道へ戻った静江さん。何故？　その目的は？　人々が守り伝えて来たものとは？

〝同胞たちよ、目を覚ませ〟

佐々木愛　劇団文化座代表・俳優

素晴らしい映画でした！　宇梶静江さんは、人生の最晩年をアイヌとして全うし、この理不尽極まりない人間世界の衆愚を一身に背負って、大地の神の生贄にならんとする覚悟に満ち満ちた神々しいお姿を、その映像に刻んでいます。

彼女の言葉には、幼い日の貧困も、差別の中での生活苦も、生きづらさも何もかもが浄化され、ひたすらこれから続く私達に、〝人間の同胞たちよ、目を覚ませ〟と優しく、厳しく語りかけてくるのです。

静江さんの美しい表情が、年老いてなお努力を続ける女性のみが持つ輝きと、掛け替えのない美しさを示してくれます。

カムイに生かされて

荻原眞子　民族学研究者

北海道の大自然を背景にした美しい叙事詩である。語り手は宇梶静江さん、アイヌのカッケマッ（偉い婦人）。彼女は「アイヌ問題」との葛藤を超克して自らを解き放ち、アイヌ同胞を鼓舞、民族として誇りある文化の復興を呼びかける。

人間は自然界・カムイに生かされている――この確たるアイヌの世界観こそが、今、危機にある地球大地の救世になるのだ。

大自然をカムイとする生き方

大石芳野　写真家

アイヌ（人間）民族が悠久の彼方から営み続ける暮らしや文化は常にカムイ（神カミ）に護られてきた。沖縄、東南アジア、メラネシアなどの取材を重ねてきた私にとって、アイヌが大自然をカムイとする生き方に太い線で繋がっていることに改めて考えさせられた。

ラストシーンの雪のなかを歩く姿から、アイヌが受けてきた差別などの苦悩、孤独、そして乗り越える力強さや確たる誇りが滲み出ている。（抜粋、構成・編集部）

パリから観た激動の三十年、「世界史」が生まれる瞬間のドキュメント、完結!!

パリ日記——特派員が見た現代史記録 1990-2021

Ⅴ オランド、マクロンの時代 2011.10-2021.5 刊行

ボーン・上田記念国際記者賞受賞／ジャーナリスト 山口昌子

二一世紀の「大事件」

『パリ日記』（全五巻）のうち、第Ⅴ巻「オランド、マクロンの時代」は二〇一一年九月三〇日に産経新聞パリ支局長を退任、退社後、引き続きパリ在住のフリーランサーの立場から取材した事件を、テーマ毎に記述した（第Ⅳ巻「サルコジの時代」までは同社の記者としての日々の取材、送稿を中心に記述した日記）。

それにしても、この「オランド、マクロンの時代（二〇一二年五月のオランド大統領就任～二〇二二年四月のマクロンの再選まで）」の一〇年間、フランスの首都パリを中心に欧州で、なんと多くの二一世紀を揺るがす「事件」が発生したことか。

そして今、この「事件」という単語が実に言い得て妙だと、つくづく思う。「事件」とは《人々の話題になるようなものをさすことが多い》（『岩波 国語辞典』）とあるが、本書で取り上げたテーマ、「テロ」「移民」「環境」「欧州」は、どれを取っても、まさに二一世紀の「大事件」と言える。

そして、フランスの場合、これらの「事件」を読み解くカギが、「自由、平等、博愛（連帯）」を国是とする「フランス共和国」であり、そのまた「フランス共和国」を理解するカギがシャルル・ドゴール将軍の言葉、「フランスに関するある種の想念（une certaine idée de la France）」という美しい言葉だと思う。

▲「我々はシャルリだ」のプラカード
（シャルリ・エブド襲撃テロ事件、2015年1月）

左右拮抗の時代の終焉

「オランドの時代(二〇一二年五月〜二〇一七年五月)」は今、振り返ると、「テロ」というどす黒い血に彩られていたような印象を受ける。

そして、その底流を流れていたのが、「移民問題」であり、「宗教の相違」という一見、現代離れした問題だった。この二つの問題は、さらに、日本という四方を海に囲まれた島国という地理的条件と、それに伴うほぼ単一民族から成る国情と、それとはまったく異なる地理的歴史的条件を持つ「欧州」という大陸との差異を

▲山口昌子氏

浮かび上がらせた。

「オランドの時代」はまた、内政面での大きな変革の予兆の時代でもあった。フランスの「第五共和制(一九五八年制定)」の後半を特色付けた、左右の二大政党が拮抗した時代の終焉である。フランソワ・ミッテランの初の左派政権の誕生から、保革共存といういびつな形態を経て、左派政党の中軸、社会党が徐々に崩壊していった時代だ。その責任の一端は、優柔不断なフランソワ・オランドにもあった、と思う。

ウィンストン・チャーチルは社会主義者に関し、英国人特有の皮肉とユーモアをないまぜにして、こう言った。「社会主義者はコロンブスだ。出発する時、自分がどこに行くかを知らず、到着した時、自分がどこにいるかを知らない」と。「ミッテランの時代」へのある種のノスタルジアを背景に政権の座についたオランドは、まさにこの指摘の通りの状態で在任五年間を終えた。

マクロンとゼレンスキー

「マクロンの時代(二〇一七年五月〜)」の最大の「事件」はエマニュエル・マクロン自身だ。

数年前までまったく無名だった三九歳の若き政治家が、いきなり、国連安保理常任理事国であり、核保有国である〝大国フランス〟の大統領に就任した出来事を、「事件」と言わずに何と言おう。平時には、「欧州」の大国は経済基盤の堅固なドイツだった。しかし、暗雲が欧州大陸を覆う戦時となると、平時には見過ごされていた〝大国フランス〟の出番だ。

ウクライナのゼレンスキー大統領が何かとマクロンに電話して、頼りにするの

▲2022年の再選に向けたマクロンの記者会見

は、フランスが国連安保理常任理事国であると同時に核保有国だからだ。イラク戦争をはじめ、数々の紛争を体験し、「拒否権」を持つ常任理事国の役割と国連決議の重要性を知るヨーロピアンなら、ゼレンスキーのこの態度を理解できるはずだ。米露中など核保有大国に対しても、大きな顔ができるのが、ドイツではなく、核保有国フランスであることも、ゼレンスキーを含むヨーロピアンなら、重々承知しているからだ。

英国はフランスと同様に、この二つの条件を備えているが、英国が常に、「米国に追従」しているのに対し、フランスは「米国の永遠の同盟国」だが、「米国の追従国」ではないことも、ヨーロピアンなら知っているからだ。つまり、米国がたとえ、「ノー」と言っても、フランスが「イエス」と言って、味方になってくれる可能性があるということだ。

新型コロナ、黄色いベスト

マクロンの登場はまた、仏内における左右の二大政党時代の終焉の結果である。二〇一七年の大統領選（直接選挙、二回投票制）の一回投票で、ミッテラン、オランドの二人の大統領を送り込んだ社会党の公認候補ブノワ・アモンの得票率は六％だった。マクロンが再選された二〇二二年四月の大統領選では、右派政党・共和党（LR）の公認候補ヴァレリー・ペクレスの得票率は五％に満たなかった。当初はドゴール主義が基盤だった同党からは、ドゴールをはじめ、ポンピドー、シラク、そしてサルコジの大統領を輩出してきた。

「マクロンの時代」もまた、「事件」続きだった。労組とは無関係の市民によるデモ集団「黄色いベスト」と「新型コロナ」の出現だ。

「黄色いベスト」は燃料値上げに反対する一市民（女性）のフェイスブックの呼び掛けで始まった点で、まさにインターネット時代を象徴する「事件」だった。

「新型コロナ」の蔓延は「疫病」とい

う死語が復活した点で、「現代」とは何か、の命題を突き付けたと言える。

欧州の戦争

二一世紀の欧州は米ソの冷戦が終わった途端に、それまで封じ込められていた地域紛争と一種の宗教紛争が噴出し、ボスニア、コソボ、アフガニスタンでの熱い戦闘が開始した。アフガニスタンは地理的には欧州ではないが、フランスをはじめ欧州が指揮を取ると同時に戦死者も多数出した点で、まぎれもない欧州の戦争と言える。

そして今、ロシアがウクライナに侵攻し、米欧が競ってウクライナに武器を供与しているが、その行く先は不透明だ。

再選後の「マクロンの時代（二〇二二年四月～二七年四月）」はさらなる混沌と混迷に見舞われるのだろうか。

それとも……。

フランス人の愛読書、アレクサンドル・デュマの傑作『モンテ・クリスト伯』の主人公、エドモン・ダンテスが最後につぶやく言葉は、

「待て、そして希望せよ」だ。

（本巻「はじめに」より／構成・編集部）

在日の歴史、そして詩とはなにか……「思想詩人」の貴重な講演を収録

境界は、内と外の代名詞

――『金時鐘コレクション第11巻 講演集Ⅱ』刊行

詩人 金時鐘

私の日本での〈在日〉暮らしは、流《りゅう》麗《れい》で巧みな日本語に背を向けることから始まりました。情感過多な日本語から抜け出ることを、自分を育て上げた日本語への私の報復に据えたのです。

そのすべりの悪い日本語でもって詩を書いてきたのですから、すぐれて私《わたくし》的《てき》な心情や思念の表出に重きを置く日本の現代詩からは、かけ離れた私の詩でありました。つまりは七〇年もの間、私は日本詩壇の圏外で詩に関わってこざるをえなかったのです。芸術の源泉と言われる詩の世界にあってさえ、在日朝鮮人の私は判然と、日本の詩の境界の外に置かれてきた、朝鮮人の詩人でありました。

二〇一一年三月一一日突発した東日本大震災の直後から、私は福島の原発破綻を題材にした連作詩を書いてきました。三五篇ほどでの一冊を目論んだものでありましたが、昨年二月初め、心房細動を伴なった心不全症で緊急入院となり、人生もこれで終わったのかと、ぼつぼつ書き継いでいた原発題材の作品を病院のベッドであたふたまとめて、詩集『背中の地図』（등의지도）を刊行しました。連作は二七篇で打ち切りとなりましたが考えてみれば、いや考えるまでもなく各地の海辺で白亜の城を築いている「原発」は、そこの村、そこの地域がこぞって引き入れた賛同の事業でもあったものです。その「事業」の原発で村はうるおい、村人たちはたしかな稼ぎを手中にしました。

つまり〝反原発〟への意志発揚はこの村、この地域を挙げての賛同には目もくれず、原発の危険を言挙げしている〝外部〟の要求であり、思いつめている市民意識の正義であります。外部と絡んでいる内部と、内部が外部を形づくっているこのしがらみこそ、〝原発〟をただ糾《ただ》している私の認識の内部ではなかろうかと、遅まきながら書き足している作品の一つが、次の一篇です。

（本巻所収講演、二〇一九年、より抜粋）

金時鐘氏（1929-）

形そのままに

その地でなければ
向き合えない外部がある。
立つ位置に照らして見定めれば
震災地はへだたった外部の異変であり
その異変は
人的禍いの奥まった内部でもある。
関わりのない私の生存権まで
やすやすと掠めてゆくのだ。
私は端《はな》から不用意であった。
思いやるしかない外部の私には

廃炉はイコール
作られた禍いの除去であった。
事の初めのそのまえからも
利権は地域の利得と絡んだ期待であっ
たのであり
寒村僻地に取り付いた
尽きない希求の執着だったものだ。
風圧や風聞や
その地だからこそのしかかる重みがある。
外部の形そのままに
押し返さなくてはならない位置に私は
いる。
めぐる季節が芽吹く季節におしかぶ
さっているように
その地の蘇りも向き合える私の内部で
なくてはならぬ。
そのようにも私はその地でなければな
らないことを

わが事の内に収めていかねばならない
外部の人なのだ。
昨秋、病み上がりの私に
福島産の牛蒡が一本のそっと来た。
恵みがずぼっと掘り出されたというより
福島の土をのびのびと抜け出て見せた
ふくよかな丹精の現出だった。
外部でなくては分かちあえない物事《ものごと》
がいま
のしかかる重みを
大地の底から押し上げてやってきていた。
光の棘《とげ》もものかわ
牛蒡の形そのままに押し返す
一本の牛蒡でしかありえぬために
形そのままに禍いは
外部としてそこに在らねばならぬ。

（初出・『樹林』新年、二〇一九年春号）

新たな「産土」の詩のために

作家　姜信子

馴れ合いの風土への抗い

訥々としみいる声。

本書に収められた講演の数々に触れるほどに、怒りも哀しみも反骨も祈りも含羞に包み込んで語る詩人金時鐘の肉声を聴くかのような心持ちになります。

日本と朝鮮、植民地の皇国少年と日本語、済州島四・三事件と「在日」を生きること、南と北、詩と抒情と尹東柱、……。表向きのテーマはさまざまです。しかしそのテーマの奥底で語られていることはつねに本質的に変わらない。ひとつの問い、ひとつの意志、ひとつの思想に貫かれている。

たやすく風土と馴れ合い、無闇な情感に湿った言葉が、いかにして権力に馴染んで、こともなく人を一つの色に染めあげて縛りあげていくのか。

そして、人はどれだけもがいて、どれほどの覚悟でその呪縛を解いて、馴れ合いの風土と無闇な情感から断ち切れて、みずからの生の拠り所となる場から言葉を立ち上げてゆくのか。その言葉をもって、いかにさまざまな命とつながりなおしてゆくのか。

あるいは、こう言い換えてもよいかもしれません。

ここにあるのは、何者からか知らぬ間に与えられた、馴れ合いの、服従の共同性への抗いである。生まれ落ちた「故郷」において「産土（うぶすな）」を見失った命が、みずからの新たな「産土」を拓かんとする闘いである。

私はここで「産土」という言葉を、人間が拠って立つ「命の場」という意味合いで使っています。それは、済州島四・三事件のさなか、詩人が隠れ家から覗き見た夕暮れの済州の浜辺の、忘れがたい光景とつながっています。そこでは、巫者たちが鳴り物をならして、「産土」の神に祈りを捧げ、無惨な虐殺の犠牲者の魂を鎮めていた。その祈りは、踏みにじられた命に対する命がけの祈りであったでしょう。このような命への感受性を胸に宿して生きる者が、命がけで追い求める再生の場としての新たな「産土」があり、祈りの場としての「産土」がありましょう。

批評の意志に貫かれた言葉

そして、人は、抗うにしても、闘うにしても、祈るにしても、まつろわぬ言葉が必要。まつろわぬ言葉とは、批評の意志に貫かれた言葉です。情感に殺されることのない抒情です。命の声です。そういうことのすべてを、私は詩人金時鐘の声をとおして、切実に知りました。

とりわけ「抒情」ということについて。詩人は講演でこのように語ります。

「非常に優しく美しい日本の歌として、私の植民地はやって来ました」。

それゆえに、たとえ植民地支配から身は解放されても、身に沁みいった日本の唱歌のひびきに今なお思わず心が潤む。それほどに、「抒情というものは、本当に恐ろしい」。なにしろ、「日本の抒情詩がもっとも盛んだった頃、人々は十五年戦争に雪崩を打っていた」のですから。

だからこそ、抒情は批評であらねばならないのだと、「感情のおもむくままに流動する情感に待ったをかける、何につきうごかされている気分なのかを、自ら明かしたてているものが抒情なのです。情感のみでは批評は働きません」と、詩人は言い切るのです。

そして、「抒情」を語る詩人は、「抒情」に脈打つリズムをめぐって、こうも言います。

「私の日本語は非常にぎくしゃくしています。それが私のリズムに対する批評なのです」。

（本巻「解説」より抜粋）

「女性宮家」は、何故必要か？　天皇の歴史を法制史の観点から捉え直した画期作！

立憲君主制を、今改めて考える

京都産業大学名誉教授／日本法制文化史　所　功

　現在世界に独立国家は、大小二百近くあります。その形態を元首（国家の代表者）の在り方により大別すれば、それを特定の家柄の人物が世襲により継承する「君主制」の国と、それを一般国民の中から選挙により選出する「共和制」の国とに分けられます（若干の例外もあります）。

　その両方とも法的整備の有無強法によって、民主的にも独裁的にもなりますが、このうち、立憲君主制の国は、二〇世紀に段々少なくなり、今やUK（英国）の国王を元首に戴く大英連邦（十五ヶ国）を含めても、四十四ヶ国にすぎません。

　ただ、これらの国々は比較的に安定しています。代表的な立憲君主国としてG7に入っている英国と日本などにみられる君主の長所は、ほぼ共通しています。その主要な三点をあげれば、ⓐ**継続性**とⓑ**公平性**とⓒ**道徳性**です。

継続性

　君主制の特徴は、原則として世襲継承です（例外として、マレーシア国王は九つの州の君主から五年ごとに選ばれ、ローマ教皇は枢機卿の投票《コンクラーベ》により選ばれます）が、各々の在位は通常かなり長期間続きます。それによって、君主は宮廷内外で多くの人々と親善を深め、その知見などを後継者や関係者に伝えていくことができます。

　これを具体的に昭和天皇の例について少し申しますと、すでに大正十年（一九二一）、皇太子（20歳）時代にヨーロッパを歴訪し、とくにジョージ五世（一八六五～一九三六）から手厚く饗され「立憲政治の在り方」を学ばれました。やがて昭和に入り数年戦火を交えましたが、戦後その和解に努められました。

　とくに同四十六年（一九七一）秋、天皇（70歳）として英国を訪問されたところ、ジョージ五世の孫にあたるエリザベス女王（一九二六～二〇二二）は、バッキンガム宮殿の晩餐会で「天皇の訪英は、日英間の戦争という不幸な記憶に終止符を打つものである」と述べておられます。

　しかも、それから四年後の同五十年

（一九七五）、答礼に来日して大歓迎を受け、伊勢の神宮まで訪ねた女王（49歳）は、接遇担当の内田宏外務省儀典長から訪日の目的を尋ねられると、立憲君主として「重大な決定を下すのは自分しかいない」という重責を担う「孤独」について、「この立場が分かっていただけるのは、ご在位五十年の天皇陛下しかおられない」「自分（女王）が教えを受けられるのはこの方（昭和天皇）しかない」と語られたそうです（季刊『皇室』七四号、平成二十二年）。

　このような皇室と英国王室の親密な関係は、平成から令和にも続き深められております。平成の天皇は在位中に八回も訪英して厚遇され、また令和の天皇は、昨年九月、エリザベス女王（96歳）の長逝により、史上前例のないことですが、皇后と揃って国葬に参列されました。

所功氏（昭和16年ー）

公平性

立憲君主は、政治的にも社会的にも利害得失を離れて中立を保つように努めますから、多くの人々から信頼され尊敬されます。しかも、それは消極的にどちらつかずの立場をとるのではなく、積極的に関係のあるすべてと公平に偽りなく交わりを続けることです。

　これを具体的に平成の天皇の例について少し申しますと、すでに戦後の昭和天皇が手本を示されたように、天皇は「日本国の象徴」としての国事行為だけでなく「国民統合の象徴」としての公的行為に精励され、即位から十年間で全都道府県を巡幸され、東日本大震災の直後には、関係四県を各々全力で歴訪しておられます。

　また、外交（国際親善）に関しては、国事行為の一つに定められる「外国の大使及び公使を接受すること」を一件ずつ丁重に行われます。しかし、その「信任状奉呈式」は天皇だけですから、程なく新任大使公使の夫妻を「お茶」に招かれて、皇后と一緒に親しく懇談され、大使公使夫妻の家族や本国元首の近況および日本の印象などを話し合われるようです。

　その大使公使は、前述のごとく今や百五十数国にのぼり、各々数年から十年前後で交替しますから、大変な回数です。そのため、数国を一日にまとめて行われることも多くなりましたが、大事なことは、どのような国も平等に、各々真心こめて話し合いをされます。私の父が戦死したソロモン諸島（大英連邦の一国）の元大使も、ある席で「わが国のような小国でも、オーストラリアのような大国でも、日本の天皇は同じように接してくださり、ほんとに嬉しい」と語っています。

道徳性

世襲の立憲君主は、ほとんど生まれた時から後継の最有力者として育てられ、他の順位者より大きな期待を寄せられ重く扱われます。そのため、君主は即位前から在位中も、自らの立場と役割を自覚して修養に努め、周囲の関係者たちも様々な機会に君徳の向上を助けようとします。**その結果、自分の都合よりも他者（近親者から全国民まで）の状況を理解し共感できるような道徳性を培い高めること**ができるのだと思われます。

これを具体的に今上天皇の例について少し申しますと、すでに平成五年（一九九三）六月、外務省で優秀な外交官として何年も活躍中の小和田雅子嬢と結婚の際、「一生全力でお守りします」と公言されました。これは母君が皇太子妃の時から皇后になられても筆舌に尽くし難い苦労をされてきた実情を最も身近で熟知しておられるからこそ、雅子妃の今後を予見されていたからでしょうが、以来三十年近く正に有言実行してこられました。家族すら大事にしないで、多くの人々を大切にできるはずがありません。

やがて令和元年（二〇一九）即位され、父帝の事績に倣いながら〝象徴天皇としてのお務め〟に励んでおられます。

＊　＊

以上にあげましたのは、望ましい立憲君主の長所と考えられる主な三点であり、それを昭和天皇も平成・令和の両天皇も見事に体現しておられる例証の一端です。これ以外にも幾多の特徴があり、それらを当代の天皇は歴代から学び後代に伝えていかれます。

拙いながら本書が、「啓発」と「融和」に、少しでも役立つならば幸いに存じます。

（本書より／構成・編集部）

連載

パリの街角から

マロニエのパリ　6

パリ在住ジャーナリスト
山口昌子

今年はパリに春が来るのが遅かった。いつもは四月中旬には満開のマロニエの白い花が五月に入ってやっと開花した。日本人が桜の花を愛するのは、アッという間に満開になり、アッという間に散り急ぐところが潔く、それが清らかな薄いピンクの花びらと共に日本人の心を揺さぶるからだ。

ところが、パリの代名詞のようなマロニエの花の命は長く、一ヵ月以上、雨にも風にも負けずに咲き誇っている。折からの「年金改革反対デモ」の長期化と重ね合わせ、フランス人の抵抗の精神を象徴しているかのように思える。

しかも、この花の不思議なところは、高さが三〜四十㍍にも達する大木にびっしりと咲く藤の花のような花房が下に垂れ下がらずに、ニュートンの引力の法則に逆らって、天に向かって屹立している姿だ。この辺が、何事にもまず、反対するのを良しとするフランス人が、この花を愛する所以なのかもしれない。しかも、花びらは散った後も、道路を白い絨毯のようにいつまでも消えずに埋め尽くし、存在を主張している。

原産地のバルカン半島からマロニエが初めてパリにやってきたのは一六一二年だ。王妃マリ・ド・メディシスがこの微かに芳香を放つ白い花を見て一目惚れし、宮廷の庭園などに植樹した。やがて街路樹に採用され、庶民も愛でるようになった。シャンゼリゼ大通り（約二キロ）の街路樹は、凱旋門寄りの前半分はプラタナスだが、コンコルド広場寄りの後半分はマロニエだ。現在、パリの二十万本の公園や街路樹の一位はプラタナスだが、二位はマロニエだ。二〇二六年までには新たに十七万本が植樹されるが、大半がマロニエになる予定だという（パリ市）。

マロニエの樹齢は約二百年。老いた木に代わって新たに植樹された若木の花の色は濃いピンクが多いが、春の暮れなずむ菫色のパリの空には、やはり白い花が似合うと思う。

連載

メキシコからの通信　3

週日毎朝の記者会見

エル・コレヒオ・デ・メヒコ教授　田中道子

　現メキシコ大統領ＡＭＬＯの急ピッチな改革には反対もあり、議員の三分の二の合意を要する重要事項の場合挫折したり、法的に保障された独立法人や保守派多数の司法権の介入で、一旦成立した法律やプロジェクトも施行できないことがある。ＡＭＬＯ政権は、情報公開・報道の自由を公約していて、実際、言論弾圧はない。ほとんど毎日、主要報道機関の論説、オピニオンリーダー、時には英米の主要メディアの批判・悪意の誤報にさらされてきたＡＭＬＯ政権の対策は、ＳＮＳの活用だ。

　就任直後の二〇一八年一二月三日から殆ど欠かすことなく、週日朝七時から二時間ほど記者会見が開かれ、中継されてきた。国内外の新聞、ＴＶ、ラジオ、通信社さらにデジタルチャネルの記者たちが毎回数十人出席。大統領自身のほか、各省庁の長官、進行中の事業責任者の報告の後、質疑応答が一時間ほど続く。月曜は、ガソリン、ガス、二六必需食品の全国価格比較と重点事業の進行状況紹介ビデオ。火曜は隔週の衛生・医療対策報告と治安状況・対策報告。水曜は大統領自身や政府の要員、主要事業に関する批判・攻撃・誤った報道を取りあげての反論。木曜は、週によって違うテーマ。金曜は、報告なしで質疑応答が主。もともとゆっくり話すＡＭＬＯは、特にデリケートなテーマについては、言葉を選んで噛んで含めるように話し、質問をきっかけに、関連テーマで重要なことを繰り返し取り上げる。質問者も時間制限にせかされることなく、いくつかの質問をし、データや資料を提示して問題を提起し、説明や対応を求める。

　時に反対派への名指しの批判・反論を含むＡＭＬＯの「朝イチ」は、ＳＮＳ上で拡散される。当人のアカウントには、三五〇万人以上の登録者があり、さらに大統領府、主要メディア、ＡＭＬＯファンのチャネルなど種々のネットワークを通じて即時に伝わる。統治者支持率国際比較で、インドのムルム大統領に次いで世界第二位の七一％を占めている理由の一つでもある。

連載　歴史から中国を観る　42

ロシアが満洲に進出する

宮脇淳子

一八五八年のアイグン条約で黒龍江の北に広がる六十万㎢の土地を得、一八六〇年の北京条約で沿海州四十万㎢の地域を清から奪い取ったロシアは、一八七一年に沿海州の南端ウラジヴォストークに海軍基地を建設した。ロシア語で「ヴォストーク」は東方という意味、「ウラジ」は支配するという動詞の命令形で、この町の名は「東方を支配せよ」となる。ちなみに大連ももともとロシアが建てた町で、「ダールニーヴォストーク（極東）」と言ったのが、漢字で前半分の「ダールニー」だけ「大連」とうつされたのである。

ロシアは沿海州を獲得してまもなく、ウラル山脈を越えて日本海に至るシベリア横断鉄道の計画を建てた。一八九四〜九五年の日清戦争当時、路線はすでにバイカル湖畔にまで達していた。当初の計画では、アムール河の北を大きく迂回することになっていたが、日清戦争で日本に敗北した清を見くびったロシアは、清国領を通って一直線にウラジヴォストークへ至ることを考えた。

一八九六年、ニコライ二世の戴冠式列席のためにロシアを訪問した李鴻章《りこうしょう》に、ロシア蔵相ウィッテから三百万ルーブルという莫大な賄賂が手渡され、日本の侵略に対して共同で防衛にあたるという秘密条約（李＝ロバノフ条約）が結ばれた。

清国政府が日本へ支払う賠償金をフランスの銀行から借款する口利きをした代償に、ロシアは満洲里から沿海州に至る千五百㎞の東清鉄道敷設権を獲得、二年後の一八九八年には、東清鉄道の中間の駅ハルビンから南下し、旅順、大連に至る千㎞の東清鉄道南部支線の敷設権と、遼東半島南部の租借権も手に入れた。

ロシア人技師たちは、ロシア本国から海路ウラジヴォストークに到着し、ハバロフスクからアムール河と松花江をさかのぼってハルビンに至った。ハルビンではまずロシア正教のニコライ聖堂が建てられ、中国人労働者が松花江から鉄道の建設資材を運んだ通りが、キタイスカヤ（中国人街）と呼ばれることになったのである。（みやわき・じゅんこ／東洋史学者）

連載　今、日本は　50

でっち上げ事件

ルポライター　鎌田　慧

でっち上げ事件というと、暗い、陰謀的な事件を想い起こす。たとえば松川事件や三鷹事件。政治的目的のためのフレームアップである。松川事件は国鉄労組と東芝労組壊滅作戦でもあった。三鷹事件は日本共産党への弾圧だった。それには戦後の米軍支配下の政治状況が反映していた。東宝映画の労働争議に、米軍の戦車や戦闘機まで動員された時代だった。

ただ、三鷹事件では九人の共産党員は無罪となり、非党員だった竹内景助さんだけが死刑を宣告され、獄死した（遺児が再審請求中）。

三月上旬に再審（やり直し裁判）が決まった「袴田事件」には、政治的問題はない。

袴田さんが働いていた清水市の味噌工場が火事になって、専務一家四人が遺体で発見された。

袴田さんの逮捕の証拠は、犯行時のパジャマだった。が、警察はこれを変えて、こんどは味噌タンクの中に隠されてあった、といってシャツやパンツを証拠に変えた。こっちのほうに血痕が付着してあったからだ。が、東京高裁の判決はその血痕を、後で付着したものだ、と認定して再審を決定した。

一九四九年八月、青森県弘前市で発生した「弘前大学教授夫人殺人事件」は、那須与一の子孫が犯人とされ逮捕された。が、彼が着ていたシャツについていた血痕は、警察官がつけたものだった。

狭山事件は、女子生徒の遺体が発見された場所が、被差別部落にちかい、という理由だけで、住民の石川一雄さんが逮捕され、否認しても責めたてて、ついに自白させた。彼は家が貧しく、小学三年生から働いていたので学校に通えず、自分の名前さえ「一夫」と書く程度だった。現金をもってこい、などの脅迫状を書けるはずはなく、書こうと考えることもなかった。

さらに被害者の万年筆が自宅の長押から「発見」されたが、それは三度目の家宅捜索のあとで、中のインクは被害者のインク瓶のものではなく、証拠の万年筆は捏造だった。冤罪は捜査ミスを隠すため、捏造の結果なのだ。

〈連載〉科学史上の人びと 3

デカルト (René Descartes, 1593-1650)

東京大学名誉教授/科学史 村上陽一郎

デカルトが、アルプスの南側で名声を得ているガリレオを強く意識していたことは、よく知られている。そもそも、彼の主著『方法序説』(叙説とも)を著すきっかけが、ガリレオの筆禍事件の原因となった『天文対話』の刊行と、その後の成行きであったし、当時の学書としては珍しく、ラテン語を使わなかったことにも、その影響は看て取れる。

さらに、ガリレオはハッタリ屋で、彼の新主張なるものの大半は真実ではなく、数少い真実は、既に自分が言っていることだ、と言ったとする話が残っている。

結局、その一つの例が、慣性概念ということになる。ガリレオの慣性概念が、結果として、真の慣性にはならなかった(等速円運動)点は、ガリレオの項で述べたが、それは彼が、この地上の空間で起る自然落下運動を土台にして考えたからであった。言い換えれば、「物理的空間」、より正確には、「重力空間」の中でしか、ものごとを考えることができなかったことになる。

別の面から見れば、ガリレオは、現実に我々が経験する世界に固執していた、と言ってもよい。

ではデカルトはどうだったか。通常数学における二次平面を、x軸とy軸(三次空間ではz軸が加わる)とで定義する方法が使われるが、この座標軸を「デカルト座標系」と称する。つまりこの方法がデカルトに由来することを示している。この空間は、実際に我々が経験する世界とは異質の抽象化された空間である。

そもそも、座標は〈x・y〉の二つの価いで定義される「点」から成立っているが、我々の経験する世界に、位置だけあって、面積も体積も持たない、単なる「点」などというものは、存在しない。しかも、そうした重力の影響など無視でき、「点」の集合からなる抽象的な世界の中で、加速も減速もしない「等速直線運動」という慣性概念は、初めて成立し得たのだった。

科学は経験的データに基いて構築される、ということが、全面的には正しくないことの証しが、ここにある。

連載　グリム童話・昔話　3

昔話には文法がある

ドイツ文学・昔話研究　小澤俊夫

昔話は、どこの国でも、お年寄りによって語られてきました。そこには、録音機などはなかったので、いつも語りっぱなし、聴きっぱなしでした。それでも勤勉な人がいて、丁寧に書き取ってみると、そこには一定の語りの法則があることがわかってきました。

なかでもそれを鋭く、理論的にまとめたのが、スイスのマックス・リュティでした。第二次世界大戦の直後、彼は『ヨーロッパの昔話――その形と本質』という理論書を発表しました。その書物でリュティは昔話の様式として、「一次元性」「平面性」「抽象的様式」「孤立性と普遍的結合の可能性」そして「純化と含世界性」を挙げました。

そして巻末に、「私が調べたのはヨーロッパのメルヒェンについてであって、他の大陸のメルヒェンについては知らない」と書いてありました。ところが私の目から見ると、そこにあげられているメルヒェンの様式は、日本の昔話についてもほとんど妥当するものでした。それで、私はリュティの言うメルヒェンの様式に興味をもち、それを完全に理解するために、翻訳しました（岩波文庫）。

翻訳をしている間に、ドイツに行く機会があり、スイスまで脚を伸ばしてリュティを訪問し、いろいろ質問をしました。チューリヒ湖を見下ろす山を散歩しながら、質問をすると、高校で数学教師をしている奥さんが、代わって説明してくれるのでした。メルヒェンの「リュティ理論」は、ひょっとすると、夫婦合作理論だったのか、と思いたいほどでした。

リュティが大著『昔話　その美学と人間像』を送ってくれたのは、それから数年たってからでした。私は一読して、これは昔話研究史に残る名著だと確信したので、すぐに翻訳に取り掛かりました。しかし、本になったのは、「リュティが倒れた」という知らせが来たあとでした。それでも私は出来上がったばかりの本（岩波書店）を持って、チューリヒ郊外の老人ホームに行き、臥せっている彼の手に本を渡すことができました。

■連載・「地域医療百年」から医療を考える　27

ふる里で認知症を診る

方波見医院・北海道　方波見康雄

本文の「彼」は小学校時代の旧友、晩年に認知症を患った。この物語は北海道新聞連載「いのちのメッセージ」の「少年と馬」（二〇〇九年九月三〇日）を加筆要約したものである。

彼が外来相談室の椅子に座ると、机の上に腕時計と鉛筆など五つの物がさりげなく置いてある。彼の隣にわたしがすわり世間話におりまぜて生年月日を聞き、視線を机の上に導き、腕時計などそれぞれの名前を声に出して確認してもらい、話題を変えながらそっとかくす。間をおいて五つの名前を口に出してもらう。認知症を調べる神経心理テストだ。彼は生年月日も五つのうち三つの名前も間違えていたが、これがテストとはつゆほども疑わない。わたしは気疲れした。記憶という人間知性の核心を、本人に気付かれないようにする検査で、相手はサブちゃんという幼友だち、なんだか悪いことをした気分になった。

わたしが小学生の頃、代々農業の彼の家に遊びにいったとき、馬小屋に案内してくれた。馬は彼になついていて、声をかけ長い顔をさすると、しっぽを振っては彼にやさしく目を向けた。

七五歳になったサブちゃんが、娘さんに付き添われ訪ねて来た。もの忘れが進み、外に出歩き帰り道が分からなくなり、認知症が心配だという。馬を話題にすると彼は冗舌になり、いまも五頭飼っていると目を輝かせ、少年の頃そっくりの表情になった。

その彼が夜中に外を歩きまわり転倒骨折して入院。回復したが認知症が進行した。医療の仕組みでは長期入院はむずかしく、胃ろうをして帰すという話になったが、その前に肺炎で急逝した。

病院で彼は「馬が心配だから早く帰りたい」と繰り返したが、馬はとっくに飼っておらず馬小屋も取り壊されていた。馬はそれでも、彼の脳細胞の奥深くに刻み込まれ、切なくわびしい彼の気持ちを支える友として生きていたのだ。ふる里での医療は、人間存在という大きな文脈の中で「病気」をとらえていくことが大切と、改めて思った。

連載　あの人　この人　3

制服の人

作家　黒井千次

乗っている電車が新宿駅の隣の代々木駅にさしかかると、なんとなくプラットフォームに誰かを探している自分に気づくことがある。

明治神宮に近く、大学受験の予備校などもある駅だが、乗降客はあまり多いとの印象は受けない。

こちらが探しているのは、しかし乗降する客ではない。黒ずんだ色の制服を身にまとった、痩せて頼りない感じの一人の若い駅員の姿なのである。彼は兄の小学校の少し先輩に当り、我が家にも遊びに来たことのある、歳上の友人だった。

その先輩が陸軍将校を養成する陸軍幼年学校に入学し、時折、母校である国民学校を訪れて来ることがあった。

学校からの正式の依頼であれば教室などに生徒を集めて陸軍幼年学校の紹介や宣伝などの話を行なったりすると思われるのに、彼はふらりと学校に現れ、寄って来た後輩の生徒達とプールの土手などに腰をおろし、後輩に話をするのだった。その先輩はいつも輝くような幼年学校の制服に身をかためて現れるので、後輩達にとっては、軍服のファッションショーとでもいった興味の方がまさっていたかもしれない。

戦争が激化し、こちらも信州で学童集団疎開の生活を送るうちに、その先輩のことなど忘れていた。

次に兄からその先輩の話を聞いたのだが、彼は負傷もせずに復員し、国鉄職員となり、今は東京山手線の代々木駅に勤務しているという。時間によっては駅で彼に会えるかもしれない、という。あの先輩がどうしているかが気にかかった。兄もまだ敗戦後は再会していないようだった。

ある夕暮れ、代々木駅で電車を降り、プラットフォームを歩いて、うまく相手に出会えた。黒ずんだヨレヨレの国鉄職員の制服に身を包んだ長身の彼は、少し前に出勤時の乗客との揉み合いに巻き込まれて負傷し、今は病院通いだ、と暗い顔で答えた。乗客は怖くて強いぞ、と彼はぼそりと呟いた。

連載　いま、考えること　3

河上肇――長州のラスト・サムライ

山折哲雄

河上肇は山口県岩国市の生まれである。まぎれもない、長州人だ。

日本を代表するマルクス経済学者である。後年、京都大学経済学部の教授になっていたとき、その信念を急転回させて共産党に入党。やがて逮捕されて入獄生活を送ることになるが、非転向をつらぬく。同時に、郷土の偉人、吉田松陰への尊敬を片時も忘れず、そのことを表明しつづけた。

この河上肇の人生について、最近私は思いがけない著書と出会い、蒙をひらかれた。その著者というのが、アメリカ人女性のゲイル・L・バーンスタイン教授で、書物のタイトルが『河上肇――日本的マルクス主義者の肖像』(ミネルヴァ書房、一九九一年)、原著はハーバード大学の出版会から出ている。

なぜこの書を読んで驚かされたのか。その結論部分で著者は、河上のことをマルクス主義者というよりは、生涯をかけてある原理を追求しつづけた「近代の侍」であったと評していたからだ。あゝ、ラスト・サムライが山口の地に誕生していたのかと、ビックリ仰天したのである。

氏によると、河上のライフワークには、欧米社会における伝統的な遺産を慎重に選別しているところがあった。たとえばキリスト教の倫理と資本主義の合理的精神のあいだの矛盾。はたまた日本的道徳と西欧的な個人主義のあいだの矛盾。そのうえ河上自身の人格にある非営利主義と利己主義、つまり自己否定と自己主張の矛盾相克の問題が、それらの葛藤と重なっていた。それはたんに日本的なものと西洋的なものとに分類できるような性格のものではなかったのだ、と。

このバーンスタイン教授の仕事は広範にわたるが、あるとき河上の未亡人・秀さんにこんな質問をしていた。「獄中の河上はたびたび転向の要請をうけたにもかかわらず、なぜ非転向をつらぬいたのですか」と。すると夫人は「私どもは長州の人間ですから……」と答えたという。

長州人、今、いずこ。

■連載・花満径 87

目の話（四）

中西　進

まずは長意吉麿《ながのおきまろ》の歌「一二の目　のみにはあらず　五六三　四さへありけり　双六の采」が最初にあげた、一つ目を問題にしよう。

この日本での登場はギリシア神話同様だ。『日本書紀』では、天孫に従って五柱の神がみが地上に降るが、その中に、別表のように「天の目一つの神」がいる。

この神は天《あま》の岩戸《いわと》の段では刀・斧《おの》また鉄の鐸《たく》（鳴りもの）を造るとされるが、崇神天皇の段ではこの神の子孫が鏡や、剣を造ったとある。

これはおそらく、古くは鍛冶《かじ》集団が一手に銅や鉄の鋳造を行っていたのに、やがて鏡や剣つまり神器造り集団が特出して、天の目一つの神を祀《まつ》るようになった経緯を示すものではないか。

そして一点の目の輝きとは、太陽にもとづいて着想された神名だったろう。

一眼を顔面に備えた容貌は、太陽にも似た畏敬の気持ちを、見る人に与えたはずだ。

一方、鍛冶の工程で灼熱の焔が見せる輝きや光熱も、一点の目から光が発せられる神の存在を十分連想させただろう。

そうした神格を五神の中に置くと、別表のように、きわめて落着がいい。

ただ意吉麿にとっては、唯一の尊厳に生きる神話の太陽など、遠い昔の噺《はなし》だ。

むしろサイコロにとり入れて軽はずみに言うことは、ユーモアの一つだった。

そして「一つや二つ」と一まとめにしたのも、話の出だしとして上々の出来だったのである。

（なかにし・すすむ／日文研名誉教授）

シンボルとしての神名	製作品	性能	後世の相当品
ホヒの神	笠	権勢《いきおい》	王冠
サチの神	盾《たて》	幸福《さち》	武具
目一つの神	鏡	光芒	神器
ワシ（真鳥）の神	布《ゆう》	招魂《しょうこん》	寛衣
明るい玉の神	玉	光明	宝玉

五月新刊

「戦争」を伝えるため、描き続けた

反戦平和の詩画人 四國五郎

カラー口絵八頁

四國 光

広島に生まれ、満洲へ従軍、苛烈なシベリア抑留を経て帰国するも、最愛の弟の被爆死に直面、以後、戦争の惨禍を伝えるため、「辻詩」、ポスター、絵本『おこりじぞう』、「市民の手で原爆の絵を」の運動などに、その絵筆と言葉の力を惜しみなく注ぎ続けた画家であり詩人、四國五郎(1924-2014)。家族の視線から、その軌跡をたどり、素顔に迫る画期作。

四六上製　四四八頁　二九七〇円

■目次

はじめに――戦争への怒り
第1章　神童と呼ばれた少年
第2章　「戦争体験」――軍隊　ソ連軍との死闘
第3章　「戦争体験」――シベリア抑留
第4章　「戦争体験」――原爆　弟の被爆死
第5章　戦後広島での表現活動――「反戦平和」を描く決意
第6章　「表現」することの意味
第7章　ヒロシマを描く
第8章　「市民の手で原爆の絵を残そう」
第9章　「戦争の記憶」をつなぐ
第10章　素顔の父
第11章　晩年、そして死
終章　終わらぬ旅
あとがき
〈附〉「弟の日記」　四國五郎
四國五郎の主な仕事(油彩・水彩作品以外)と関連作品
四國五郎略年譜(1924-2014)
主要人名索引

戦争と革命の世紀、大衆に揺さぶられる

高校生のための「歴史総合」入門

世界の中の日本・近代史(全3巻)

III 国際化と大衆化の時代

完結

浅海伸夫(読売新聞調査研究本部)

『昭和時代』(全五巻)『検証 戦争責任』(全二巻)を手がけたベテランジャーナリストが、世界―日本関係が急速に深化した明治～大正期の歴史を、「世界の中の日本」の視点から、立体的かつダイナミックに描く!

A5判　五五二頁　三九六〇円

図版六〇〇点

■目次

第1章　世界の中の日露戦争
夏目漱石と森鷗外/日本資本主義の成立/「義和団」戦争が勃発/日英同盟と日露協商/「月とスッポンの縁組」/開戦前年、日本の輿論/日露両国、いざ開戦へ/「敵ノ艦隊ヲ撃滅セントス」/欧米に三人の「特使」/会戦と海戦、日露の死闘/与謝野晶子とトルストイ/旅順陥落と「血の日曜日」/奉天会戦と日本海海戦/小村寿太郎の近代外交/ポーツマス「談判」成立
第2章　民衆が政治勢力に
戦いすんで政府非難/日本の勝利、諸民族を鼓舞/権益確保、帝国膨脹へ/陸海軍の軍備増強/「桂園時代」の政治/日本の植民地支配/「大逆事件」の前後/変わる世界　変わる日本/辛亥革命と日本/明治の終わり
第3章　世界大戦と革命と日本
大正、政変で幕開け/「閥族打破、憲政擁護」/新時代はやってくるか/山本内閣、海軍汚職で沈む/大隈内閣と第一次大戦勃発/日本の参戦、対華21か条/戦線は膠着、総力戦に/ロシア革命で帝国崩壊/『世界をゆるがした十日間』/「成金」と「貧乏物語」/大戦の負の遺産/砲弾とウイルスと/大正デモクラシー
第4章　世界が舞台、日本どこへ行く
講和会議と「五大国」/アジア民族へ衝撃波/一九二〇年代、日本の岐路/軍縮時代がやってきた/「アメリカの世紀」/関東大震災と流言蜚語/震災復興と後藤新平/日米・日中・日露の難所/大正ロマン・モダニズム/普通選挙と治安維持法

読者の声

月刊『機』■

▼『機』をいつも楽しみに待っております。

貴書店でうずもれた大切な人たちのことを活字にして下さっていることをとてもありがたく思います。ともすれば、活字では金の入らない、いやな時代になっている中でのこと、何んとか自分のことも活字として遺したいとがんばる気を強くしております。

（埼玉　西沢江美子）

近代日本を作った一〇五人——高野長英から知里真志保まで■

▼この列伝、大変面白く、どんどんと読み進んでしまいました。以前の、やはり大変面白かった列伝『戦後思潮』は粕谷一希氏の単著でしたが、本書は対象者それぞれに厳選された執筆者を充て、全く異なる仕立てで、一つ一つ感服しました。

読み始める前はすべて既知と思っていましたが、結果、一〇五人中一二人が初めての名前で赤面した次第です（因みに、Ⅰ＝一、Ⅱ＝二、Ⅲ＝一、Ⅳ＝一、Ⅴ＝三、Ⅵ＝三、Ⅶ＝一、計一二人でした）。

改めて、七〇の手習いをしなければ、と思った次第です。ありがとうございました。

（千葉　金子克己　70歳）

▼我が日本にも世界に誇れる先人がたくさん居られた事を知って自信が持てるようになった。

（大阪　樋口正吉　84歳）

アイヌの時空を旅する■

▼待望の〝アイヌの本〟。久しぶり、楽しく読めるレイアウト。関連写真の挿入が素晴しい。表紙・カバーの絵図がこれ又強烈!!　書店名の〝押し出し〟も強烈!!

（兵庫　梅田武雄　94歳）

「友好」のエレジー——中国人がみる「日中国交正常化五十年」■

▼戦争体験をしている親世代と違い、日本の高度成長期に神戸で生まれ育った私は、現在何か心奥深く不安を感じています。

阪神淡路大震災を乗り越えた南京町、関帝廟、中華同文学校……なじみの中華料理店のご夫婦は優しく、五〇代で趣味の書道で友人もできました。でも中国の一帯一路政策、反スパイ法に脅威を感じています。今こそお互いが人として敬意を持って接し、真の友好的・平和な将来を心から願ってやみません。多くの方に読んでいただきたい。

（兵庫　主婦　柴田裕美子　62歳）

苦海浄土　全三部■

▼昨年の秋頃から『苦海浄土』を読み始め、二回、読了しました。誰かの解説に書いてありましたが、「驚くべき本」です。今までこの様な衝撃を受けた事がないというのが感想です。知人に『苦海浄土』の話をしたら、参考文献として何冊か教えてもらいました。

その中に貴書店の『言魂』（石牟礼道子・多田富雄共著）も入っておりました。いつの日にか、この本も読みたいと思っています。

いまは、『苦海浄土』の三回目読了にチャレンジします。

貴書店の益々の御発展を祈念します。

（石川　鍋島　均）

華やかな孤独——作家 林芙美子■

▼本書は林芙美子が明治から昭和の終戦直後までの激動の時代を生き抜いた事がわかりました。尾道の街に住んでいた事があるというので私も尾道を歩いて考えてみたりしました。

東京では苦労をして、女中、女工、カフェの女給をしながら文筆活動をしていたようです。そして多くの女性作家の仲間に恵まれていました。しかしどこか行動的で、自由奔放に生きる事を好んでいたのではないかと思っています。こういう女性作家が好きで、私もこの齢になっても自由に生きたいと願っています。又、詩も好きで何度読んでも胸を打つものがあり、忘れられない女性作家の一人でもあります。

恋と革命の歴史■

▼この本の中の「男女混合の自由」の部分を読みますと、大杉栄と堀保子、神近市子、伊藤野枝の四人の複雑な人間関係は、大杉が主張する自由恋愛というものが三人の女達にとっては、ひとりの男の愛で振り回されていたように感ずるのです。

　しかしながらその中で伊藤野枝だけは大杉の愛を受けとめ、若くして甘粕大尉の手で葬られる死の直前まで懸命に生きたのではないかと思います。

　伊藤野枝の他の本を読んでも共感をおぼえます。

（静岡　**山本雅彦**　75歳）

※みなさまのご感想・お便りをお待ちしています。お気軽に小社「読者の声」係まで、お送り下さい。掲載の方には粗品を進呈いたします。

書評日誌（四・一四〜五・一四）

(書)書評　(紹)紹介　(記)関連記事　(イ)インタビュー　(テ)テレビ　(ラ)ラジオ

四・一四　(紹)読売中高生新聞「高校生のための「歴史総合」入門」（「記者と学ぶ激動の近代史」）

四・一六　(書)中日新聞「「アメリカ小麦戦略」と日本人の食生活〈新版〉」（「急速な欧米化の背景」／藤井耕一郎）

四・一六〜　(紹)共同配信「万物の宴」

四・一八　(紹)プレミアムプレス「アイヌ力よ！」（「新北海道の本棚」／「「北海道」に関する本をご紹介」）

四・二四　(記)読売新聞夕刊　映画「大地よ」（「詩人・宇梶静江さん記録映画」／「大地と共生アイヌの心」）

四・二五　(記)東京新聞　映画「大地よ」（「アイヌ文化 映像で紹介」／「29日からポレポレ東中野」）

五・七　(記)カトリック新聞　映画「大地よ」

五・九　(書)北海道新聞「アイヌの時空を旅する」（「現場歩き情景とイメージ重ねる」／関野吉晴）

五・九　(記)東京新聞　映画「大地よ」（「こちら特報部」／「本音のコラム」／「アイヌの復権」／鎌田慧）

五・一二　(紹)東洋経済日報「植民地化・脱植民地化の比較史」

(紹)週刊金曜日「ヒロシマの「河」」（「珠玉の原爆文学30タイトル」／「命がけで格闘した証しを味わう」／土屋時子）

五・一三　(記)毎日新聞　映画「大地よ」（「宇梶静江さんの軌跡たどる」／「「大地よ」東中野で上映」／「アイヌ民族復権に尽力」／明珍美紀）

五・一四　(記)山形新聞　映画「大地よ」（「90歳、アイヌ民族の詩人・宇梶さん」／「同胞にエール「誇り持って」」／「65年ぶり北海道に拠点移し活動中」）

六月号　(紹)WiLL「ロシアの二〇世紀」

七月新刊予定

＊タイトルは仮題

私は、今、なぜここにいるのか!?

存在に抱きつけ！

二人のコスモロジーの対決

村田喜代子（作家）
木下　晋（画家）

土を、暮らしを、老いを、家族を、恐るべき想像力で描く作家と、モノクロームの鉛筆画で母を、妻を描き続ける画家。二人とも、既成のものには全く興味がない。夫婦関係でも、介護でも、人間の生《なま》の姿に鋭い眼差しをそそぎ、かなぐり捨ててぶつかり合う。それがそのまま創作であり、作品となる。本気で格闘し、妥協しない二人が散らす、語りの火花。

人間は、常に芸能とともにあった。

芸能の力

言霊の芸能史

笠井賢一

神楽から雅楽、能・狂言、人形浄瑠璃、歌舞伎など中世から近世の古典芸能と現代演劇や音楽、そして風土に根ざした芸能とともに中国や西洋からの影響が併存し、多様な芸能世界を構成している現代日本。劇作家にして演出家、能楽プロデューサーである著者が、伝統芸能と現代演劇をつなげる活動を続ける中で掘り下げてきた、〝いのちの根源にあるもの〟としての芸能を描く力作。

雑誌休刊が相次ぐ現在に贈る

雑誌『女の世界』を読む

大正の男女はどう生きたか

尾形明子

雑誌が言論文化を担っていた時代、『青鞜』他数々の女性雑誌が出版された。中でも『女の世界』は、国家主義者と社会主義者が入り混じって創刊。「男も読む女性雑誌」として、芸者も華族夫人も、作家・実業家も、ゴシップから女性の権利、生き方まで、清濁併せ呑む自由な言論が繰り広げられた。『女の世界』から大正デモクラシーの時代を抉る。

地域経済論の第一人者による提言

コミュニティ資本主義論

原　勲

自由と競争を旨とするなかで、経済格差を増大させ、地球資源の枯渇を顧みない世界をもたらしている「市場資本主義」の進路を、いかに改めることができるのか。長年にわたり、地域経済の現場に関わって研究を重ねてきた著者が、信頼に根ざしたソーシャル・キャピタル（社会資本）を基盤とする「コミュニティ資本主義」への刷新を訴える野心作。

6月の新刊

タイトルは仮題、定価は予価。

天皇の歴史と法制を見直す ＊
所　功
四六上製　四三二頁　カラー口絵2頁　三九六〇円

パリ日記（全5巻）
特派員が見た現代史記録1990-2021
V **オランド、マクロンの時代** ＊
2011.10-2021.5
口絵8頁
山口昌子
A5判　五九二頁　五二八〇円　完結

金時鐘コレクション（全12巻）　内容見本呈
11 **歴史の証言者として** ＊
「記憶せよ、和合せよ」ほか　講演集II
〈解説〉姜信子〈解題〉細見和之［第8回配本］
〈月報〉愛沢革／鎌田慧／季村敏夫／趙博
四六変上製　三七六頁　五二八〇円

7月以降新刊予定

存在に抱きつけ！ ＊
二人のコスモロジーの対決
村田喜代子
木下晋

芸能の力――言霊の芸能史 ＊
笠井賢一

雑誌**『女の世界』を読む** ＊
大正の男女はどう生きたか
尾形明子

コミュニティ資本主義論 ＊
原　勲

「正義の人びと」（戯曲）
〈対談〉篠井英介・中村まり子
「戒厳令」（戯曲）
〈鼎談〉松岡和子・松井今朝子・中村まり子
アルベール・カミュ
中村まり子訳〈解説〉岩切正一郎

世界子守唄紀行
子守唄の原像を求めて
鵜野祐介

好評既刊書

反戦平和の詩画人　四國五郎 ＊
四國　光
四六上製　四四八頁　カラー口絵8頁　二九七〇円

高校生のための「**歴史総合**」入門（全3巻）
――世界の中の日本・近代史
III 国際化と大衆化の時代 ＊
浅海伸夫
A5判　五五二頁　三九六〇円　完結

ブラームス・ヴァリエーション
新保祐司
四六上製　三三六頁　二八六〇円

中村桂子コレクション　いのち愛づる生命誌（全8巻）
8 **奏《かな》でる**　生命誌研究館とは
〈解説対談〉永田和宏　口絵4頁
〈月報〉服部英二／舘野泉／石弘之／木下晋
四六変上製　四七二頁　三〇八〇円　完結

近代日本を作った一〇五人
高野長英から知里真志保まで
藤原書店編集部編
横井小楠／由利公正／吉田松陰／高場乱／中村正直／安場保和／榎本武揚／成島柳北／大倉喜八郎／長与専斎／安田善次郎／渋沢栄一／田中正造／井上毅／石黒忠悳／児玉源太郎／北里柴三郎／頭山満／後藤新平／横井時敬／新渡戸稲造／徳富蘇峰／本多静六／南方熊楠／伊能嘉矩／出口王仁三郎／Ch・ビーアド／与謝野晶子／長谷川時雨／河上肇／大杉栄　ほか
四六変上製　四五六頁　三三〇〇円

別冊『環』㉘
後藤新平――衛生の道 *1857-1929*
後藤新平研究会編
青山佾／笠原英彦／西澤泰彦／春山明哲／伏見岳人／三砂ちづる／渡辺利夫　他
菊大判　五二〇頁　三九六〇円

ロシアの二〇世紀
100の歴史の旅
マイケル・ホダルコフスキー
山内智恵子訳　跋＝宮脇淳子
四六上製　四三二頁　三九六〇円

＊の商品は今号に紹介記事を掲載しております。併せてご覧戴ければ幸いです。

書店様へ

▼**『ロシアの二〇世紀』**が、YouTube動画番組「チャンネルくらら」にて絶賛紹介！「日本人の知らないロシアが、この一冊の本でわかる！」。『産経新聞』6／4では斎藤勉編集委員がコラム中で全面的に引用。大きくご展開を！▼5／22(月)『日経』コラム「読む！ヒント・食料危機に備える」にて、**『アメリカ小麦戦略』と日本人の食生活〈新版〉』**紹介（山田剛さん）。社会、現代史、食育、栄養学などで是非ご展開を。▼4／29(土)～ポレポレ東中野をはじめ、名古屋、大阪、札幌にて、宇梶静江さん主演映画「**大地よ――アイヌとして生きる**」全国公開、パブリシティ続いています。映画の原作**『大地よ！――アイヌの母神、宇梶静江自伝』**ほか、関連書籍多数。是非ご展開ください。（好評につき、ポレポレ東中野では6／10(土)～再上映！）▼**『中村桂子コレクション・いのち愛づる生命誌』**全8巻、**『高校生のための「歴史総合」入門――世界の中の日本・近代史』**全3巻、いずれも完結！　在庫のご確認とともに、関連書を含め、是非ご展開を！　**（営業部）**

二〇二三年　後藤新平の会

第17回 **後藤新平賞　授賞式**

本賞 **石井幹子氏**（照明デザイナー）

【シンポジウム】　関東大震災一〇〇周年

「衛生の道」からみた関東大震災

〈パネリスト〉**青山　佾**（都市論、明治大名誉教授）
春山明哲（早大台湾研究所招聘研究員）
伏見岳人（東北大学法学部教授）
藤森照信（江戸東京博物館館長・東大名誉教授）
渡辺利夫（拓殖大顧問・東京工業大名誉教授）
〈司会〉**橋本五郎**（読売新聞特別編集委員）

【日時】7月8日(土)授賞式11時／シンポジウム13時半開会
【場所】プレスセンターホール（「霞ケ関」「内幸町」）
【入場料】三千円（学生千五百円）（授賞式無料）　【定員】二〇〇名
【主催】後藤新平の会　＊申込みは藤原書店

宇梶静江　主演映画

金大偉監督作品　ナレーション・宇梶剛士

大地よ　アイヌとして生きる

■ポレポレ東中野（JR中央総武線「東中野」）
6月10日(土)～23日(金)　12時20分～
6月24日(土)～30日(金)　12時～
＊豪華メンバーの舞台挨拶も予定しています！ホームページご参照ください。
＊本号3頁にも記載　＊上映時間等は劇場に

出版随想

▼梅雨入りの季節だ。晴れた日が少ないし、今年は、線状降水帯なる言葉が頻繁に登場し、余りにも一時間単位で天気予報されるだけでうんざりだ。昔のように、「晴れ後曇り時々雨」ぐらいの報道が懐しい。この情報に皆が踊らされているのを思うだけで憂鬱である。日々、最先端のテクノロジーに囲繞されているわれわれ現代人。この先どこまで行くのだろう。

▼先日、人口動態の政府報告があった。わが国は、これからどんどん人口減社会になり、五〇年後には、半減すると。しかも、高齢化、少子化が進み、労働者人口も半減近くになるという報告があった。まずこの五〇年先というのが問題。今の殆んどの大人が生きていない。この推計がはずれても誰も咎めるものは居ない。今の社会、一〇年先の予測もできないのに、五〇年先にどうなると言われても大半の人間は関心がもてない。それが年中行事のように新聞紙面のトップを飾る。あまり嬉しくない展望なき報道に、読者は、暗澹たる気持にさせられる。

▼ゴールデンウィークから、十年ぶりに製作したドキュメンタリー映画「大地よ　アイヌとして生きる」が好評だ。前作は、石牟礼道子の最後のメッセージ「花の億土へ」。東京のポレポレ東中野は、当初の二週間から六週間に。大阪のシアターセブンは、二週間から四週間に。来月は、札幌のシアターキノで。主演は、今年卒寿を迎えた宇梶静江さん。詩人であり、古布絵作家。この静江さんの人生を描く中で、これまでわれわれが失ってきた大切なものを思い出させてくれる。われわれは、自然の一部であり、大自然の中で生かされていること。これこそが、アイヌが最も大切にしてきた精神であることを。神に祈る（＝カムイノミ）の儀式が頻繁に描かれる。「カムイは、すべてを観ている。だからアイヌ社会には、時効がない！」という言葉には、すべての観客はハッとさせられたのではないか。人間が人間を裁く現代社会。冤罪事件は止まるところを知らない。罪なき人が人生を台無しにさせられる。取り返しのつかないことを人間は繰り返して現在に至る。

今こそ、「アイヌ精神よ、甦れ！」と叫びたい。　（亮）

●〈藤原書店ブッククラブ〉ご案内●

▼会員特典は、①本誌『機』を発行の都度ご送付／②（小社への直接注文に限り）小社商品購入時に10%のポイント還元／③送料のサービス。その他小社催しへのご優待等。詳細は小社営業部まで問い合せ下さい。
▼年会費二〇〇〇円。ご希望の方はその旨お書添えの上、左記口座までご送金下さい。
振替・00160-4-17013　藤原書店

あれはキツネやけんね」って。でも「ポンポン船が、ポンポンっていって蒸気船が下りてくる時は、あれはタヌキやから心配ないよ」って。そう言ってた話をしたと思うけど、私の妄想はそのあたりから始まっていて、最後は〝この人、お父さんかな？　この人もお父さんかな？　天皇もお父さんかな？〟ってなるのよ。

木下　すごいな、それ。おもしろい。村田ファンタジーの誕生だよ。

村田　刷り込みっていうのかな、今の木下さんの話だって刷り込みよ。あなたは聖母マリアのファンタジーよね。

木下　僕とは、だいぶ違うけど。やっぱり、始まりは母親なんだよな。

村田　日本の観音さんは男だから、ひげが生えてるもんね。仏教は男社会ですね、あれ。私には聖母マリア崇拝はない。私の人生の最初は、「自然界が懐」っていう感じかな。

木下　与えられた自分の環境っていうの、あなたは意外と屈折せずに、すっと受け入れたんだね。でも、ただ、足りないのは父親の像、イメージだったから、父親がどこにでもいるみたいな感覚を持つようになった、そういうことかな。それも自ずとそうなった。

八幡にあった〝共同体〟

村田 そして幸せなことに、北九州の八幡市は、八幡製鉄所があるところだった。だから西日本一帯、大阪から鹿児島のあたりまで、そこから多くの人たちが、労働者として来るわけですよ。だから、長年、八幡市に生きる人はふるさとがない人ばっかり、とも言えるのよ。

木下 そうか。当然そこにいろんな生活があっても不思議はない、その意識はあるよな。

村田 だから、私のことを書いた評論家が、ちょうど香港とかの、昔のそういう土着性のない異次元の都市を思い出すって書いていた。

小学校の一年に入った時の友だちの家に行くと、製鉄の職工さんのアパートだから、トイレは、ドーッと流れるような水洗便所ですものね。台所にはダストシュートでしょ。当時としては近代化されている文化住宅です。

木下 当時、何げなく子どもの世界を見ているんだけど、今考えれば、ふるさとを発見、創出したっていうことかな。

村田 八幡市は「文化の都」っていうんですよ。小学校や中学校の運動会の前は、朝から晩まで「八幡市歌」の練習。

〈天の時を得《え》、地の利を占めつ、人の心の和さえ加わり、たちまち開けし文化の都、八幡八幡われらの八幡市、市の発展はわれらの任務〉と、こうくるんですよ。これを百回ぐらい歌わされるんです。

木下 刷り込みがすごい。プライドを植え付けるというのか。

村田 そしたら五十歳くらいの時、『龍秘御天歌』の陶工の小説の取材で、佐賀に行ったんですよ、焼物の町の陶工の家にね。そしたら、「村田さん、お里はどちらですか」って奥さんが言うから、ちょっと方言があるんで、「私、八幡です」って答えたら、「私もです」って、奥さんが身を乗り出した。「八幡市歌、覚えてます?」、「覚えてますよ。変な歌でしたね」って言ったら、奥さんがぱーっと立って、〈焔延々《ほのおえんえん》、波濤《はとう》を焦がし〉って始まったのね。焔は洞海湾の波濤を焦がして、〈天下の壮観、我が製鉄所〉、〈市の進展は、われらの責務〉ってなるんですよ。〈市の隆昌は、われらの歓喜〉って、二人で声を揃えて歌ったら、パチパチパチってなって、窯主さんも編集者もあきれていた。

木下 あきれるやろうけど、おもしろいね。ちゃんと覚えてるわけだ。

村田 そのくらいに私たち、みんな、八幡市は燃えていたんですよね。運動会があると足の踏み場もない。学校が千人単位の人数。だから子どもが自分の親を見つけられないの。昼休み、お弁当の時間に、親に会えない子がいっぱい出てくるのね。親も一生懸命捜しているんだけど。みんなで叫びまくっても、親が見つからない。国旗掲揚台の下で待ち合わせても、子どもが山ほどいるから見つからない。そうすると、どこの親の席でもいいから、適当に座って食べるんです。お弁当を、みんな他所の子にも出してくれるのよね。

周りも見れば、うちの叔父は八幡製鉄所の下宿屋だったから、事情があって、子どもを置いて逃げていった夫婦もいる。そんな子どもも、叔父夫婦は育ててあげていた。『武道初心集』を読みながら、帆柱山の岩の上で「おーい、駄目駄目。姉さん、波が来るぞ、危ないぞ」ってキツネに見事にばかにされる、もう一人の叔父の娘も、本当はもらい子なんですよ。色々な事情の子がいる。

木下 その生活と背景にある世相と、過去からの経緯、流れが、それがうまくそこで繋がってくるんだね。おもしろい。なんか大らかで、羨ましいようだね。

村田 八幡っていう町は独特で、人がみんな集まってくるから、もらい子とか、あげたり、もらったりとかあったの。妙な共同体だったんですよ。それで人と人が……。

藤原　助け合うということがあったんですね。

村田 はい。それに、人が集まるところ、好きなの。私は、だから基本的に人間を信じる方なんですね。そして共同体っていうものがあるから、どんな所にもあるから、『蕨野行』も共同体の話。あの「姥捨て山」も共同体の話なんです。

木下　個人的には親子の別れとか、いろいろあったかもしれないけど、あなたには、それが決して自分にとってマイナス要素じゃなかったのね。

村田　はい。だから血がどうのこうのとかいうことは、むしろどうでもいいんです。心が通えば共同体で、家族と一緒、みたいな、そういうのがあるんですよ。そういう中で夫と結婚して、とにかく一つの最少の共同体の基本を、私が手に入れたんですね。だから、四海波静かであれば、自分はなんでもできる感じで。

うちの夫は会社に行ったら、重量計算ばっかりして、この柱が建つか、建たないか。橋がもつか、もたないか、みたいな計算ばっかりやってるでしょ。家に帰ってきたら、お酒飲んで寝るでしょう。この家はとてもいいわけですよ。だから自分も小説、書きやすい。家が静かだったら、書きやすいんですね。

木下　それを、静かさを保証してさえくれれば。

村田　はい。〝共同体の一番基本が家だ〟っていう感じがあるから。別に私が良妻賢母になるとか、いい妻でいい母であるとか、そういうことではないんですよね。

〝漢字を忘れた〟夫との離婚騒動

木下 男も女もだけど、自分が創作活動、どんな分野でもいいんだけど、それをやってきたり、そのプロセスの中で、結婚ということになってくると、相手はまったく違った世界から来るわけです。そうすると、そこでいろんなことが起きるはずですよね。そのとき、うまく切り抜けるといったら変だけど、そうやれた人間はいいんです。

今、僕がこの年になってくると、僕の友だちで絵描きっていったら、ごまんといるんですね。みんな駄目になったりするのは、その段階で駄目になっているんですよ。ただかわいいだけで、相手のことも考えずに一緒になった人は、捨てられるか、それで自分の世界を曲げざるを得ない。結局、死ぬときは荒れて、大酒飲んで死ぬ、と。六十代、七十代で。

村田 そうだね。お酒飲むと、たいてい早死にするのよね。

木下 だから、いかにその時期をどう切り抜けるか。それは、古くて新しい問題なんですよ。今だってそうですね。

僕は、たとえば美術大学なんかに教えに行くでしょ。若者はみんな結婚したい。「間違っても同級生はやめとけ」と。一家にアーティストは二人は要らないから。一人は支える側に。だから女の学生には「おまえ、同級生がかっこよく見えるかもしらん。だが、ろくなもんじゃねえんだ、俺と同じな。だから、もっとちゃんとお金持ちとか社会的にちゃんとしたやつを選べ」と言う。男子学生には「あの子はきれいだけど、おまえ、彼女にしているのかもしれないけども、あれはやめとけ」と。「アーティストの彼女は、同業者は大変だぞ」とか言うのね。

村田 あらあら、大学の先生がいらんことばっかり言って。余計なお世話じゃないの？

木下 それ、だって大事ですよ、経験的に見ても、言ってもね。彼ら、彼女たちが、人生、間違ったら嫌だもん、僕も。

村田 まあ、しかし、私も、それは確かだと、一理あると思うよ。夫は漢字というものをろくに書けないのよ。数字の計算しかしないから。それが良かったのかも。

木下 漢字を知らないと？ どういうこと。

村田 ほとんど知らないのね。もう忘れているんですよ。今、私もワープロばっかりだから、ちょっと込み入ったものは書けないわね。でも、もっとひどいんですよ。だから、よくファックスで、ジーコジーコ、昔、送って来たでしょ。この漢字は何ていうのか？って。会社で相手先の社長の名前とか書かないといけないでしょ。ぐじゃぐじゃと書いていたら、これはちゃんと書き直さないといけないけど……とかね。

木下 もしかして、学校、出てないの？

村田　学校なんか出ていても、わからないのよ、もう、そんなもの。数学しか知らないんだから。

木下　自慢じゃないけど、そう言う僕は漢字書けないからね。たとえば文章は書いていたけども、駄目なんですよね。だから好きなように、書くと言ったら、平仮名でばーっと書いて、女房に清書してもらうとか……。

村田　そう言う私も、小数点が付いた計算は、掛け算、割り算だとできない。小数点が入ったら、だめ。もう、忘れちゃった。

木下　でも文章の小数点、句読点はわかるわけでしょ？

村田　文章の句読点はわかるけど。まあ、足し算、引き算は、縦列だけやればいいからね。なんとかなる。

藤原　作家の石牟礼道子は、足し算、引き算ができなかった人でした。

村田　彼女は文章はすばらしい人だったけど、他は私より輪を掛けてすごかった。地理が無理だったからね。空間認識ができないから。でも、そういう私も、今の中間市の正確な地図は描けません。三十五年住んでいるけどわからない。こっちとかあっちとか。友だちがみんな、笑うんですよね。

木下　そう言われても、ちょっと、よくわからないな。どういうこと？

村田 ここにいて、文藝春秋から来たりした人が、私に訊かれるのね。「八幡ってどっちですかね？」って。私もその時は澄まして出口を指すの、「あっち」って。玄関を指せば、間違いないでしょう。

木下 そうだけど、玄関を回って、あっちかもしれないよ。

村田 そう。だけど、「筑豊の方へ行きたいんですけど、ここから出て筑豊はどっちですか？」、「あっち」。全部、玄関を指す。

木下 そりゃ、聞いた相手が悪すぎるわ。気の毒に。

村田 だから、「村田さんの感覚って、出発点がそうなんですか？」なんて言われる。

木下 かなり方向音痴でしょ？

村田 そう、私、方向音痴。だから、この間まで博多、福岡に行くのに駅で訊いてた。「上りですかね、下りですかね、福岡は？」って言ったら、ちょっと考えるけど「下りです」って言うのよね。「そうですか」と言ったら、「どっから来たんですか？」と。まさか小倉から来ました、なんては言えないのよね。さすがに。

でも、だから私、小説書けるの、おそらく。あんまり頭が明晰すぎたら、書けない。書いても余計なことばっかりでおもしろくない。

木下 それは、すごくわかりますね。いや、納得です。

村田　うちの夫とも全然話が合わないから、だから時々笑うのね。「お父さん、馬齢を重ねるって何？」「バレイショ積んどるんやろう」って。「ウマの年って書くんだよ」「なんでウマの年が要るんだ」って。笑えるよね。
その夫が、ただ一生に一冊、自分で本を買ってきたのは、知ってるのよ。松本清張の『ゼロの焦点』。でも、すぐ読まなかった。

木下　あなたの本なんかは読んでいたの？　知らないの？

村田　読んでない。知ってはいるよ。それは私がちゃんと、今度この本ができたとか、「はい」って渡すから。「これは、お父さんの分ね。はい」とか言って渡すでしょう。「うん」とか言って、ずっとそこへ置いているのよね。ほとんど最初の二頁ぐらいから、先へ進まないの。

木下　ずっと読んでなかったのかな？

村田　読んでない。文系じゃないの、読めないの。

木下　読めないって、それは漢字が知らないからっていうこと？

村田　漢字もあんまり知らないし、おもしろくないのよ、小説なんて。だから、そんなの読んだことないの。松本清張の『ゼロの焦点』も最後まで読めなかったんだから。
でも、社長さんたちは、みんな一応読むみたいね。夫は設計技士でしょ。設計事務所の社長兼設計技士、でしょ。他の社長さんたちは、ある程度、本も知ってるのよね。「今度の村田さん、

『あなたと共に逝きましょう』(朝日文庫)は夫婦愛ですね」なんて言ってくるの。すると、夫は「はあ?」って。

木下 それ知ってどうだったの? あなたは。〝さみしいな〟とか。

村田 〝やれやれ、よかった〟……。

木下 諦めている?

村田 夫が読まないから、安心して書けるわけじゃないですか。初めは夫が帰ってきたら、うちには台所に大きな鍋いっぱいあるんで、そのころは原稿用紙に書いてたから、結婚した直後は、車がガレージに入る、シャッターの音がするでしょ。そのとたん、鍋にぱっと入れて、ふたをばちんと閉めるんですよ。

木下 原稿用紙を、隠すわけだ。書いとったら怒られるわけ?

村田 いや。そんなことはないけど、ただ、見られたくないんですよ。自分の原稿、見られるほど嫌なことはない。書きかけの原稿ね。

木下 それはご主人じゃなくても、でしょ?

村田 そうです。だから鍋に隠したの。そのうち、隠す必要ないねってわかった。この人、もともと興味ないんだ。これは、私にとって出来過ぎのいい夫だって思ったのよね。

木下 それでいい夫っていうことなんですか。

村田 だから唯一褒めるところは、そこなんです。私のすることに不満で、初めは離婚しようって言ったけど、仕方がないと。子どもも産んだ、洗濯もする、鍋もちゃんと磨く。自分の両親ともうまくやってくれている。しょうがないと諦めてくれたことね。そしたら、こっちも好きなことできるでしょ。これが「きょうはどこまで書いたのか？」なんて言われたら、たまらんですよね。もう、書けない。

木下 そうか。そう言われれば、わかるような気もするな。確かにね。

村田 ところが、娘二人は、ちょっと私の系統なんですよ、つまり文系なの。だから一応、原稿用紙とか見つけると、そうっと……。持って行くのよ。

木下 見るわけ？　いや、そうじゃなくて？

村田 私が娘たちから、それを奪い取ってくるわけ。まだ幼稚園に入ってないような、三つ、四つの子たちが二人で、書いているの。くちゃくちゃって原稿用紙に字を入れているわけですよ。字じゃないのね、丸とか三角とか、ぐちゃぐちゃをいっぱい書き入れて「ああ……、難しい」とか言ってるの。おもしろかったけど。字もまだ、覚えてないんだものね。

木下 それはおもしろいな。おもしろいけど、ちょっと、意味が違った、娘たちの場合は。

村田 それで芥川賞もらって、しばらくするでしょ。私も一所懸命、ガチャン、ガチャンとタイプライター打つから、音がするからわかるじゃないですか。そして音が止むのね。二日か三日ぐらい、どうしようかな、ここから、どういうふうに書くかなと思って考えている。そしたら、娘二人が話しているんですよね。「お姉ちゃん。お母さん、もう駄目かもしれんね」「うん。行き詰まっとるんよ」って言っていた。びっくりしたけどね。

木下 芥川賞もらったら、そりゃあ、相当な騒動になるでしょ、周囲が。その時は、どう対応したんですか。まずご主人はどういう反応したんですか？

村田 だから、夫は、離婚しようって言う、そう言い出して。それで、中間市役所に離婚届の紙、取りに行った。この前も話したけど。

木下 それは、あんまり騒ぎがひどいから？

村田 騒ぎがひどいからじゃないんですよ。一時のことで、そんなでもなかったし。「おまえ、俺が結婚した時に言ったろう？」って。「俺の人生、今から松下幸之助の二代目になるんだから、俺の人生、おもしろいぞ。見とけ」って言っただろうって。松下さんはもう古い、って思うけど。「それを今度、おまえが言うのか、私の人生見てなさいって。生意気なやつ」って、こうなるわけよ。「おまえ、俺と勝負する気か」って、なるわけよ。九州の男ですから。

木下 そういうのが九州の男なのね。なんかわかる気もするけど。

村田 だから「金なんか儲けるな。金なんか稼がなくていい」って、言うの。

木下 自分が家族を養ってるんだから、ぐらいの意識？ おかしなもん書いとるなと。

村田 俺が松下幸之助になる。おまえがそんなことせんでいい。そんなもんするな。だから、服買ってやるとか、着物買ってやるとか、指輪も買ってやるとか、よく言っていましたね。そっちで釣ろうと思ったんですよ。

木下 それを拒否するわけだ。そんなもん要らん、なんて言って。

村田 だって、私、芥川賞で授賞式に行ったでしょ。服なんかないんですよ。だから長女の服着て行った。なぜかと言ったら——。

木下 もしや、ご主人には買ってもらいたくないと?

村田 そうね。それもある。ただ、前から長女と同じような、どっちもが着れるような服を買うんですよ。だからふつうは大体、娘の私服、私も着てるんですよね、どこに行くのでも。それでどうっていうことないの。私、ハンドバッグ一つ持たなかったから。

藤原 八幡にいて、ある日突然、芥川賞となると、大変だったのではないでしょうか。作家というのはお金が入る、一財産稼ぐんじゃないかというイメージをもたれてしまって。

木下 それじゃ困ると。騒がれるのも嫌だとか。

村田 夫は、ほんと、そういうの嫌なんですよ。

木下 「自分が養っとんのに、なんで妻が稼ぐんだよ」。それでしょ? 自分と女房が対等になってもらっちゃ困ると。プライドの問題で。

村田 そう。困るの。夫は新日鉄の新しい事業で、アラスカのバルディーズ港で巨大桟橋を造る設計を、みんなでやってたんですよ。これが、伸《の》るか反《そ》るか。これがもしも崩れたら、かつての真珠湾攻撃と同じになるって言うんですよ。これは国際問題だみたいになって、だから一所懸命だったんですね、彼は。バルディーズ港に巨大桟橋がうまくいくかどうかっていう、石油のパイプライン計画の一環だったんです。

それで一所懸命になって、俺が描いた図面が新日鉄の社長室かどこかの何とかに、今度の四次元図面が飾ってあるんだ、なんて言うわけよ。〝法螺《ほら》吹いてるね〟とか思うだけですよね、こっちは。法螺だったら私も吹けるわ、みたいなもんです。

木下 ご主人があなたの仕事にあまり興味を示さないように、あなたもご主人のやってることに対しては、やってるなというのはわかってるけど、興味はない。

村田 いえ、私、おもしろいから、夫のやってることは好きなんですよ。興味はある。だから私、それで一番最初に書いたんですよ。『長い水際線《すいさいせん》』って、工場用語では水際線って言うんですよ。『長い水際線』、果てしなく長いそれが仕上がるか、その巨大桟橋ができるかできないか。

だって、その当時のことを夫に聞くと、製鉄所の中に巨大なコンピューター。コンピューターだけで建物なんですよね。その中に入らないで、こっちのコンピューター棟とこっちのコンピューター棟、二つの建物が合わさって、やっと一つを造ったっていうことみたいでした。だから私には、興味も湧いて、おもしろいのね。

木下 そういうふうにしてご主人に取材するわけでしょ？　あなたは。

村田 そう。それから先どうなった、それから先どうなるの？ってね。

木下 そのときはどうなの？

村田 それは一所懸命、調べるの。それを、書くわけ。

木下 その書いたものを、ご主人は読んだの？

村田 読まない。

木下 なんで？

村田 それは、しゃべったりするけどね。こいつは興味があるなっていうこと、自分はお酒飲みながら。それを書いて、実は『文學界』の一年間の同人雑誌評に載ったんですよ。『長い水際線』、村田喜代子が書いたって。

木下 それも、かなり大変なことだよね。力作じゃない。

村田 だけど、初めのうち、この作品はどうも書いたのは男じゃないかっていうふうに話があったみたい。男が奥さんの名前で出したと。だって、そういう作品、女の人、書かないから。その後、芥川賞の候補作になった『熱愛』なんてオートバイの小説だもの。男が書いたと思うわね。

木下 それでもご主人は読んでないの？　取材は受けてるけど。

村田 それは取材をして、私が書いたけど、まだ本にならなかったの。それから後の作品は活字になったけど。

差別の体験――わけもわからず土下座した

村田 昔、八幡製鉄所には一番大変な労働をする人たちがいたんです。だから在日の人たちも多く集まったんです。学校も、在日の人たちの子どもたちと一緒なんですよね。結構、頭のいい子がいっぱいいた。男の子とか女の子とか、みんな友だちですよ。北朝鮮に帰国した友だちとか、今も名前まで覚えていますね。今、幸せだろうか？って思います。

木下 僕も似たようなものだから。あのころ、朝鮮戦争が始まったでしょう。僕も朝鮮部落の際《きわ》に住んでいたんですね。だから僕も朝鮮人と見なされて、日本人から差別を受けた。

村田 私もそうでした。だって、ものすごく仲が良かったから。そしたら、ある日、おばあさんがとうとう怒って、学校に怒鳴り込んで行った。うちの孫が朝鮮の人たちと同じだと思ったら、それはまちごうとりますと。私は婦人会の役をしとると。だけど、朝鮮人も日本人もみんな一緒です。だけ、孫もみんな一緒だと思って付き会うとる。だから、それはそれで、うちの喜代子には、ちゃんと「貴田」っちゅう名字がありますからって。

木下 僕の場合は、要するに食えないからね。朝鮮部落にアカといわれる銅線とか、そういうの持って行くわけですよ。

村田 そういうのありましたね。そう言えば、思い出しましたよ。

木下 それ持って行って買ってもらうと、生活費になるんです。僕なんかからすれば、おやじは土方みたいなことをやっていたけども、自分で自分を食べさせないといけないみたいな状況だったから、それで拾い集めた銅線かなんか持って行って、売っていた。

村田 だんだん、話が似てきたかな。周りの男の子たちがそれをやってた。戦後、空襲があった街は、釘がいっぱい落ちてるんですよ。だって焼け跡には、釘がいっぱいある。馬蹄磁石の大きいのに紐付けて、学校行くときも地べたを引いていくの。帰りも引いて帰る。磁石にぎっしり釘が集まってくっついてるわけよ。それ、毎日貯めといて、時々、銅線もあるでしょ。それをまとめて、みんながどこかへ持って行く。その後を付いていくわけ。そしたら、男の子たちがはかりに載せてる。それで、おいちゃんは、向こうで測って目盛り見てるから、こっそり、気づかれないように、ウンッて足乗せるわけよ。

木下 それで、目方を重くするのね。

村田 そう。それで重くなる。私もこうして、ウンッて足乗せる。でも、あんまりはかりのメモリが動かないのにね。それでも帰りは、みんなで天ぷらなんか買って、食べながら帰った。あんなの、売ってたんですね。

木下 僕なんか、それで何とか食べたり、いろいろしてたけども。僕の家は貧しいから瓦屋根じゃないんですよね。トタン屋根だから暑いし。

村田 雨が降ったらうるさいでしょ？ 何となく想像つく。

木下 そう、音がうるさいの。それで朝鮮人、在日の人が、ある日、僕を誘って「俺は瓦屋根のあるアパートに行くことになったんだ。おまえも来い」と言うので連れて行ってもらったら、アパートの前で管理人のおばさんらしき者がいて、なんでか、家財道具みたいのが全部、放り出されてるんですよね。

その中に彼の父親が頭から血を流してたみたいで、よくわからないけど、多少なにかで怪我もしていたんだろうけど、土下座して謝っているわけですよ。ほとんど泣きながら。僕らが行ったら「おまえらも一緒に頭下げろ」なんて言ってさ。

村田 みんなで謝った。わけもわからず。

木下 わけもわからないけど、僕も土下座させられて。見たら、管理人のおばさんが、「おまえら朝鮮人が住むなんて、とんでもない！」何とかかんとかだぞ！って。その時、本当、僕はあいつを殺したくなった。

村田 本当よね。よくわかる。

木下 憎しみ。今でもあの顔忘れないし。今もし目の前にいて殺していいんだったら、僕は、殺しますよ——。そういう強い憎しみはありました。自分は日本人なんだけど、僕はそこで彼らに助けられていたから。だから、そういうやりきれない思いはありますよ。

村田 ありますね。意味もなく共同体を否定する人がいるのよね。共同体っていうのは八幡の町だったら、在日の人も無論みんな入ってる共同体なのね。高利貸もいるよ、いろんな人たちが。入れ墨の人たちもいますよ。みんな一緒の共同体なの。でも、私の見えない所でも、いろいろな差別がありましたね。

木下 間違ってる。よく僕らの親の代の連中は、アメリカ人とかヨーロッパ人がおると「毛唐」って言った。逆差別みたいに。最初のうちは何言ってんだと僕は思ってたけど、でもすごくわかる。それと同時に日本人も朝鮮人を差別した。

日本人っていうのは優れた民族なんて言ってるけど、実際に自分がヨーロッパ放浪したりして、昨日も話したけど、同じような年輩の向こうのアーティストの連中に、「日本の美術は、どう思う?」と言ったら、「日本は江戸時代までだ」と。はあ?って感じするね。僕にとっては「今だろう」という感じがあるのに、江戸時代までだと言う。

おそらく、あと千年もして今の時代を見れば、「空白の百五十年だろう」というニュアンスだろうと。それを言われたとき、ものすごいショックだったし、腹も立ったよ。だって今の時代に僕は生きているわけやから。だけど、言われてみれば、今の、こういう時代になってくると、よく考えると、そうだろうなと思うよ。

村田 在日の人の中でも、見るからに様子や物腰の違う人がいるんですよ、上品な人が。聞いてみたら、どうも奈良時代ぐらいに朝鮮半島から先祖が来たみたいなんですね。だから、やんごとなき人たちの系譜なのね。何回も、海を渡って来ているのよね。一波、二波、三波って。猫を連れてきたのも半島からの渡来人みたいね。

木下 白村江の戦い（六六三年、白村江で日本・百済連合軍と唐・新羅連合軍とが戦った。唐の水軍に敗れ、百済は完全に消滅した）とか、そういう歴史もあった。そんな前後に、ずいぶん来ているんですね、渡来人たち。

その時代だと思う。たとえば仏像なんかも伝わったみたい。どう見たって天平時代のぶよーっとした仏像よりは、百済のほうがよっぽどいいに決まってる。僕はあれを見て、時代は逆行してると感じた。それを戻そうとしたのは運慶なんですけど。日本人というのは何かにつけて劣等民族なんだと、僕は思った。

でも、劣等民族ではあるけども、海外から、いろんな意味で文化や宗教や知識も取り入れて、それを逆に自分の文化として創り上げ、発信していく。経済を盛んにして発信する。その力は優れたものを持っている。そこは世界でも有数だと思う。日本が置かれた島国というか、そうならざるを得なかった背景が、縄文時代から今に至るまであるんですよね。偏見と独断で言わせてもらうと、明治維新っていうのは、最悪の出来事だったと思う。

村田 私もそう思う。長いスパンで考えると、どこかで私たちもモンゴロイドで繋がっていくから。司馬遼太郎によると、今のロシア、ロシア大陸をモンゴル人がどんどん進んで行って、最後にヨーロッパに着いたときはハンガリー人かなんかになってたんですってね。長い間に見事に顔まで変わって。私、そういうのを見ると、人間の移動って、考えてみればおもしろいなと思ってね。

戦争と、人類の危機

木下 白人文化は、非常に人類の危機を招いていると思うんですよ。今、人類は滅亡の淵に立たされている。変な言い方をすると、これから徹底して白人を差別すべきだとさえ思ったりする。

村田 また、そんなこと、ギラリと言う。困った人ねえ。

木下　いや、――というくらいに思う時がありますよ。だって何が優れてるかって、科学とか、技術とか、そういう面だけで判断するのではなくて、もっと人間としての大切さ。村田さんがさっき、幼いころの話をされたでしょう。ああいうところにこそ、ものすごい貴重な力――ある種の妄想であったり、取るに足らない伝説だったりするかもしれないけど、迷信でもあったりするかもしれない――でも実はそこに、人間があるべき姿、動物とも一番近い、生き物としてのあるべき姿があると思う。

ところが、欧米人、白人っていうのは、それを否定してるんですよ。人口が増えすぎたために、中世以降になってくると、新大陸とかを目指して、世界中を侵略していくわけでしょう。アインシュタインが原爆製造のきっかけを作った。彼一人の責任じゃないけれど、あんなもの考えて。それは必然的にそういう流れがあったかもしれないけど、扱い方が悪すぎるよ。それを原爆に結び付け、核兵器にした。後には、それがさらに原発にも繋がっていく。

物を生み出す人間は、それぞれに等しくあるんだと思うけど、もっと文化人類学的に人間っていうのを、本質的に見直さないと、だんだん追い込まれていくんじゃないかなって。人類こそ絶滅危惧種に近いんじゃないかな、という感じさえ、僕の中ではあります。

村田　ちょっと待って下さい。アインシュタインを責めると、その前のキュリー夫人も同罪になる。科学というものはさかのぼると宇宙の原子に帰着します。原子核の研究を否定すると、コンピュータも星の研究も、できません。学問に戦争を介入させたところに罪があると思うわ。

歴史をさかのぼると面白いですよ。白人文化っていえば、その源を考えると、人類の一番最初はアフリカですよね。そこを出て行って、北回りと南回りで色が白くなったり、黒くなったりするわけでしょう。その時々の事情、状況によって変化した。すると、先祖は黒い人だったのかしら。それから長い旅路で食うために、歩き続けた。

木下 そう。それ、生きるための戦闘心。

村田 それからの人生を経た中での長い歴史が、人間を創り上げた。

木下 これは、家族でもそうなんですよ。たとえば僕の兄貴のことを言うのだけど、兄貴は優しすぎるんですよ。頭も僕以上に、ひょっとしたら良かったかもしれない。僕はどっちかというと、目の前で弟が飢えで死んだり、いろんなことを見て、体験している。兄貴は兄貴で、母親に連れられて、見てはいけないもの、見たくないものを見てしまった。それだから精神的に参ってしまった。それは優しさ故ですよ。僕だったら、と思うんですね。だから、そこで強い者が生き残るみたいな形になっちゃったけど、でもどうなんだろうな……と思う時があるのよ。兄貴を見ていると。

村田 だから、おのおのの境遇とか性質みたいなものも、そういう土地とか、環境で育つものだと思う。煎じ詰めていけば、地球っていうもの、今、地球単位での考え方をしないと、この先やっていけない。

木下 本当にそうなんですよ。それなのに、今、それを極端にぶち壊そうとしてるのは……。

村田 それはプーチンですよ。明らかに。彼の頭には、全体像としての地球のイメージはない。

木下 白人のプーチン。プーチンであれ、ウクライナの大統領、ゼレンスキーであれ、同じだと思う。無論、勝手に攻め込んでくるのは、悪いに違いないけどね。

村田 世界に向けて、「武器をくれ」と、そればっかりで――

木下 ゼレンスキーが、侵略されるのは頭にくるだろうけど、あそこまで抵抗せずに、だけど国民の命のほうが大事だっていうことを選択すれば、あんなことにはならないですよ。それも一つの道ですよね。じゃ、それで次にどうすればいいのか？　それがさらに問題だけどね。

それはプーチンの誤算なんですよ。プーチンの誤算であり、僕はまた、ゼレンスキー大統領も、罪深いと思う。「六十歳以下の男は国を出るな」とか、ひどいよ。

村田 結局、戦争を拡大し、長期化させている。

木下 よくあんな顔して出てくるなと。「武器の援助を」なんて、どうして言えるんだよ、冗談じゃないと。そのお蔭で、どれだけの人間が、子どもが、お年寄りが、若者が、死んでるかわかっているのかと、僕はあえて言いたい。

村田 それに、トランプ元大統領もちょっと困る。ひどいよね、あの人も。

木下 トランプはひどい、だめですよ。

農業から始まる自然破壊と戦争

村田 最終的には文化とか文明というのは、平和でないと。でも、それは現実にはあり得ないようなもの。だって人類の歴史が始まって以来、地球のどこかで戦争がなかった時間はないんだって。「時代」じゃないですよ。「時間」が、です。なんででしょうかね。この闘争心っていうのは、やっぱり、本能なのか。

木下 結局、人間というのは弱いんですよ、他の動物からしたら。弱いから、まず最初にやらなきゃいけないことは他の動物に対して攻撃して、侵略する。

村田 だけど、なんで侵略するわけ?

木下 だって、たとえばこのへんにライオンかトラかなんか来たら、人間も食われるでしょ。

村田 山口県におもしろい博物館があって、行って見てみるとわかる。縄文時代と弥生時代は違うんですよね、人間が。文化もね。

縄文時代のお墓みたいのを発掘すると、人間の主人と犬が一緒に葬られているの。一緒に死んだわけではない。その犬を見たら、足が一本ないとか、歯がないとか、そういう老犬なんです。よぼよぼになって、猟犬として使いものにならない犬が、ご主人さまと一緒に葬られている。これは何かというと、どこかで犬だけ葬ってて、ご主人さまが亡くなった時に、その犬を掘り起こして連れてきて、埋葬し直したらしいのです。それが縄文時代の人たちの心の世界を物語っている。

ところが、弥生時代になると、お米を食べる稲作文化でしょう。弥生時代には、魚の骨とか犬の骨とかも一緒くたで、先に死んだか、後で死んだかわからないけど、とにかく、食べ物のかすを捨てるところに犬の骨なども埋まっていた。犬を食べてたらしいんですよね。

弥生時代になると、猟犬は、もう要らないんですよ、農耕時代には。そうすると犬も食う。番犬としては働いたかもしれないけどね。

木下 それで、むしろ食料の対象にもなった。

村田 そう、食料になる。結局、弥生文化の一番の特徴はって言ったら、お米、稲作ですよね。でも稲作は一年に一回しかできない。二毛作とかは聞きませんよね。そんなにお米は採れない。そうすると保存しないといけない。保存の方法、貯蔵の方法を考える。貯蔵する技術、方法ができる。それはよそのムラでも、別の保存、貯蔵場所があって。すると、こっちの作物を盗みに行くわけ。それで戦争が始まる。

また最も罪深いのは、稲作っていうのはすごく手が込んでて、ほとんど半年は、ずっと次から次に手を入れて、稲を育て、米を実らせなきゃいけない。そしたら人手が要るから、かなり水も食料も要るから、大規模な村が造られるんですよね。

そうすると、そこでそのトップに権力者が生まれるんですね。つまり、部族の長になるんです。大がかりな社会には権力が生まれて闘争が起こるっていう、そのあたりが問題の始まりなのかな。

木下 それと、そこで間違ってはいけないのは、農業そのものが自然破壊なんですよ。

村田 そうなんです。一度作った田は、元に戻らない。農業は自然破壊の始まり。

木下 そこから人類がだんだん他の動物とは違う意味で、それは繁栄という名の下かもしれないけど、自然破壊をしたわけですよ。森を壊して田畑にしたり、開墾する。

村田 皮肉なものですね。人間が増えると、素朴に生きていけなくなる。野の栗やら何やら、団栗やら拾って食べる文化では収まらないんですよね。

木下 しかも、他の動物からも自分らを守らなきゃいけない。動物には、もちろん同種同士の争いっていうか、殺し合いっていうのはあるけど、僕はおそらく人間ほどではないと思うのね。たとえば、人間以外の動物は必要以上に相手を殺さないし。つまり、飢えを満たす以上にはね。だけど人間はそうじゃなくて、必要以上に殺さないと不安になるんですよ。蓄えないと。

村田　必要以上に殺す。そして、飢えを満たす本能だけでなく、富として蓄積していく。つまり、欲望で感情に任せて殺してしまう。

木下　おそらく、だから、せめて人間だけでもお互い仲良くやろうとする。それを理想として。

村田　でも、それは無理でしょう。人間は、そんなふうにはできていないと思う。

木下　やはり無理なんでしょうね。そこに人類の一つのこれからの大きな課題というか、使命なんかがあるような気する。そこをどうするかですよ。

村田　山口県立博物館に「土井ヶ浜遺跡」の展示があるんです。そこは、おもしろいです。一番有名なのは、人間の全身の死骸に矢がびっしりと隙間なく突き刺さっている。展示のそれはレプリカで、本物は別なところにしまってあるんです。レプリカを学生みんな連れて見に行ったんだけど、すさまじいものでした。刺さった弓矢で人型ができている。こうまでしないと気が済まないのか、と思う。これが、やっぱり弥生時代の人間なんですよ。

藤原　富の蓄積の結果でしょうか。

木下 人種が違ったんじゃないかっていう説も聞きますね。いわゆる北のアイヌだけじゃなかったのだろうけど、縄文時代にはね。結局、常に日本の場合は朝鮮半島から人が来ているでしょ。中国からだけじゃなくてね。

古代日本の精神世界

村田 かつての日本には、南方系からも来るでしょう。あの人たちは気が強いんですよね。大陸から渡って来ているから。いろんなことに立ち向かって、乗り越えてくる。

木下 だから結局、もともと居た人間たちは追いやられていくわけですよ。沖縄の方へ。東北でおもしろいのは、遠野の早池峰《はやちね》神社ってあるでしょ。遠野ってもともと湖なんですよね、あの平野。湖の周りにアイヌ人が住んでいたのです。湖が干上がって、それで遠野平野っていうのができるんだけど、そこに倭人が入り込んできて。

それで遠野のあたりの文化というのは、おもしろいのは、かつての水面だったところが境界線ですよね。アイヌ人は、それからもっと山に入り込んだり、いろいろしていたのだけど、ただ、住み分けはうまくやっていたんですよ。どれくらいうまいのかはわからないけど。

柳田国男の『遠野物語』の語りを聞いていると、いわゆるアイヌ人と和人が住み分けていた。

それは地理的なもので、それができたのだろうけど。ちょうど、かつての水面だった所に早池峰神社ができたわけですよね。遠野あたりの、そういうところがおもしろい。

だから結局、伝説になって、『遠野物語』になっている。たとえば早池峰神社より、もっと向こうの山奥に入ったら帰ってこられなかったとか、いろんな伝説がある。あの伝説を全て検証すると、倭人とアイヌ人の住み分けが最も成功しているところではないかという気がする。

村田 確かに昔の話では、日本人は山を恐れましたね。山に入ることを恐れ、山は信仰とか恐怖の対象であって、山登りして楽しむものではなかった。

木下 そんなものを恐れたっていうのは何かというと、そこじゃ稲は作れないのですよ。

村田 つまり、そこが、人間の生活圏との境界なんですね。

木下 アイヌっていうのは狩猟民族だから、山奥でも暮らす。山へ入って、狩りも生活もできるんですよ。

村田 そこが住処なんですね。

木下 だから、そういう伝説などをよく精査していくと、そういった歴史や事実がいっぱいあるはずなの。ただ、それが文化人類学的に、まだ体系化されてないような気がするけど。

村田 『遠野物語』の中で、柳田国男がこの話を語って聞かせて、平地人を畏怖せよ、っていう。畏怖の「畏」には、恐れ敬うという意味がありますね。単なる対立項目とは違う。深いです。

たとえば、佐々木喜善さんみたいな人。でも民間伝承の、馬と結婚した話とか、山の人だねという気がするね。

木下 僕も行ったけど、今では少なくなったとはいえ、必ず、家の中に馬小屋があるでしょ。ああいう生活だったら、そういう話も、さもありなんという気持ちにもなるね。

村田 そう。馬のほうがいいところをもらってる。だって働いてもらうんだから。

木下 そういった意味では、いろいろおもしろいところがいっぱいあるような気がするけどね。

でも、村田さん、あなたもおもしろい。『遠野物語』、それ以上にね。何しろ、天皇さえ自分のお父さんに見えたって。へえーと思ったよ。おもしろいなと思うもの。それって、ある種の妄想ですよね。妄想が一つの物語を創り出す、非常に興味深い。

村田 だれも彼もないのよね、私って。だからこそ、そのどこかに明晰さがないと、その妄想は発展しないです。難しい。

木下 そりゃそうだ。とにかく形にならないと駄目ですから。

村田 つまり、書かないと形にならない。ここで自分が根も葉もない、すごいおもしろいことをずっと繋げていって、最初がこうだから、このようになって、最後に天皇が父になる。

そうか、これでちょっと何か書いてみるか、なんていう筋道ですよね。

木下 おもしろい。それ、やったらいいですよ。書いて下さいよ。

村田 それは無理。大変面倒です。やめ。それより、現在というのは、自然への畏怖の、その真反対の世界に、今の子どもたちはいる気がします。

私がいた世界には、キツネもタヌキもみんないて、ムカデに「ここ来たらいけんよ」って言ったら、「わかりました、ばあちゃん、帰ります」みたいになる。

そういうのとは、真反対の世界なんですよ、今は。とにかく、家族にはジジもいない、ババもいない。核家族で。すごく狭い世界です。

「警報」の恐ろしさ、戦争という自然破壊

木下 本当は、子どもたちはものすごく求めてるんですよ。狭い世界だけど、彼らも人間だから、この状態を、絶対いいとは思ってないですよ。

それなのに、今、教育現場に立っているのは、みんな、それをわかってなくて駄目だから。もっと文化にも人にも携わるというか、そういうことを総体的にやらないと。僕が思うに、子どもたちはそれを求めているんですよ。

村田 求めてるから、スマホ、やるのかなァ。みんな一人ずつ、駅でも、電車でも、家に帰っても、自分だけのスマホをやってるのよね。あの異様な光景ね。まるで、マインドコントロール。ばーっとそれが広がる。

たとえば、北九州で去年起こった、旦過《たんが》市場の大火事。あそこの天ぷら屋が火事の火元だっていう噂が出たら、もう大騒動でした。このネット被害、すごいんですよ。あそこのはずがない。あそこ、魚屋さんの、ついこの前まで組合長などされていたんです。冗談言うなと思う。それが火の手のように広がる。

木下 倉敷に日本大学の学生ら、今から四年ほど前に連れて行ったことあるんですよ。すると突然、スマホに緊急警報って入るんですね。みんな、それまで倉敷のスマホの情報は見ていたんだけど、雨降ってくるのかなとか、その程度だった。

それがスマホなんかに急に入る、緊急警報みたいのが、一斉に鳴り出したんですよ、倉敷の町じゅうに。何これっ？て感じ。大したこともないんですよ。どこか、岡山の一か所がそういうことになったから緊急警報、出したのかもしれないけど、それがまだ雨でさえ、ろくに降ってていないのに、一斉に鳴り出した時は、怖かった。

村田 それはうちの中間市でもありますよ。緊急避難、緊急避難って鳴り出す。だから、狼少年ができるんだよねと思って。緊急避難って、まだたいして雨も降ってない。どうすんだよって。

木下　僕はスマホなんて今も全然できないから、ガラケーなんだけど、町なかを歩いただけで、あれが一斉に鳴り出すわけでしょ。ガラケーも鳴るのかな、今まで鳴ったことない、僕のこれは。

村田　ガラケーだって鳴るんですよ。緊急警報、出るんです。私はガラケーでも、最近のガラケーなんです。

木下　昔のガラケーはなくなったんでしょ。出るのかね、緊急警報。まだ聞いたことはない。

村田　うちのだって出るんだから。出るよ、うるさい、大変。

木下　市役所もいいかげんだねって思うのよね。出しときゃいいわけですよね、〝避難警報、出しましたから〟って。どこに避難？　冗談言うな、と思うよ。うちの家が一番安全だと思うんですけどね。どこに逃げるんだよって思うよ。

村田　こういう静寂な雰囲気の中で、急に、観光に来てる人たちのスマホに反応したら、これは異様ですよね。

木下　ちょうど、第二次世界大戦の、僕は体感はしてないけど、空襲警報で、ウワーッと鳴るでしょ。あれはしょうがないけど、ああいう緊迫感ってあるんじゃないかな。

村田　でも戦争のことでも、八幡大空襲とか、うちのおばあさんたちは見てるんですよね。

こないだ、大刀洗飛行場の展示館に行って、Ｂ29の大きさを見ました。中には冷暖房が付いてます。文章教室の生徒さんで、おじいさんがいて、もう亡くなったけど、大分の切り株山にＢ29が落ちてきたのを下から見たそうです。すると、パイロットたちが、パラシュートで脱出して降りて来た。その姿を見ると、半袖なのよね、冬なのに。下から指さして、上官が言ったって。「見ろ。アメリカはすぐに負けるぞ」ってね。「冬服もないんだ」なんて言った。

ゼロ戦のヒコウキ乗りは、白い絹の襟巻をしてるでしょう。アメリカはビンボウだ！ってなったのね。向こうはＢ29の中も冷暖房付きだから、半袖のままで降りてきた。おじいさんの話では、Ｂ29は高度一万メートルを飛ぶ空の要塞で、ゼロ戦とは、トンボと蚊ほども違ったと。

それが百機以上、八幡の狭い空、帆柱山の向こうから飛んできたら、空は真っ暗になっただろうなと思う。どのぐらい恐ろしかっただろうと思いますよね、祖母たちは。

木下　そら恐ろしいですよ。想像するだけでも嫌だね。

村田　それから、あれを落とすわけでしょ。長い焼夷弾ね。焼夷弾って弾かと思ったら違うんですね。長い、油の垂れる棒みたいな物が燃えながら、空から降ってくる。

戦争以上の自然破壊はないです。最大の自然破壊ですよ。心の底から、平和を願います。平和を維持したいですね。ウクライナでなくても、何処であっても、やり切れませんよ。

つながれない現代社会

村田　大学で言ってたんですけど。私、創作ゼミ担当だから、小説を書くゼミなんですよ。圧倒的に男子に多いのはＳＦなんです。女子はメルヘンです。「ＳＦったって本当のＳＦを読みなさい」と。「もっと本を読んで、勉強しなさい」と。あなたたちの書くのって、どこか架空の星があって、架空の星になぜか人間が住んでて、そこへ架空の星から戦争の脅威がやって来る。「そんなあり得ない話ってないよ。少なくとも小松左京くらいは勉強して」。そう言うと「小松左京ってなんですか？」ですからね。

やっぱり勉強しないといけないね。知るっていうことは大事。あんたたちの書いてることって、結局「ペンギン村のペンギンがペンギンの世界のこと書いてる」だけよって。だから、一遍でも外国に行って歩いて視ることよねっても、言うの。

木下　本当にそうなんですよ。それは大事なんだけどね。特に若いうちに。

村田　ローマとニューヨークの違い、ニューヨークとワシントンの違い。原子爆弾を創ったロスアラモスとの違い。やっぱり外国って行くべきよって思う。いや、早い話が、隣の家に一泊させてもらったらいいのよね。どのくらい一戸ずつの家が違うか。ご飯のおかずが違うか。

お父さんとお母さんの様子が違うかね。それだけ知るのでもいいから。

木下 ところが、それをできる隣の家がない、という感じもあるんだよね。

村田 その隣の家だって、今は全部、隣同士で詰まってるわけでしょう。マンションとか公団住宅とか、アパートとかね。

木下 本当にそうなんだけど、今、隣にだれが住んでいるかもまったくわからないんですよ。僕なんかでも、今、団地に住んでいて、四十年近いけど、隣の部屋主、隣の部屋の住人、それが職業も全然わからなかった。半年に一遍ぐらい顔合わすと「きょうはいい天気ですね」なんてどうでもいいことしゃべるだけで。最近、隣の主人見えないなと思ったら、三か月前に死んでいた。

村田 今、家族そのものがどんどん狭くなってきていて、核家族だって、母子家庭も父子家庭もあるしね。それはそれでいいんですよね。だけど、どんどん狭くなっている。老人と一緒の所帯とかいうのもあまりないし、できないよね。街なんかで、知り合いのおじいさん、おばあさんに、遊びに来てくださいって言ったって、来ないしね、お年寄りは。

木下 そう。老人同士でも団地なんか見ると、椅子が置いてあるんですよ、休むための。それで同じような悩みを抱えているんだなと思うんですよね。田舎に帰るにも帰れないし、一人暮らしの老人は、ここで孤独死する以外ないか、そんな気分でいるみたいで。だれかを求めているんだけど、そのくせ、隣に座ってる人に話しかけることもしない。同じような悩みなんですよ、たぶん。同じような状況で同じ悩みでいながら、老人同士となって、同じ時代、似たような人生送ってきているはずだし。そこで話し合えば、そうなのかっていうこと、そういう人だったのかと、わかる。それだけでもいいじゃないですか。でも、それができない。個人主義なんて、そんなにいいもんでもないしね。何ていうんだろう。

村田　個人主義でずっと長年、来すぎているからね。それほど立派なものでもないのに、世界全体が大体そういう傾向になっているんですよ。今、だから親戚付き合いもあんまりないもの。

木下　あまりにも見えない壁ができすぎている、というか。そう、今、親戚付き合いもあんまりないね。僕も、女房がパーキンソン病で倒れてから三年間、親戚から電話一本かかってこない。最初のうちは、僕が元気な時は、たまには遊びに来てよとか、お盆とか、法事とか、何だかんだあったのに。もう今は全然ない、電話もよこさない。仕方ないから、こっちから逆に電話して、女房はこういう状況なんですって言ったら、仕方なさそうに、「そうなんですか」。

村田　〝気の毒に〟。

木下　そんな感じですよ。だから、どっちが先に逝くかわからないけど、とんでもないけど、田舎に帰ろうなんて思いは全然しないですね。

村田 それで、どうかしたら老人施設が第二の故郷みたいになるんですね。

木下 そうですよ。ただ、その老人施設だって高いんですよ、費用が結構かかる。すぐには入れないし。僕なんて……。

村田 友だちの話を聞くと、五十万だって聞いたりする。

木下 そんなもんじゃないですよ。それ、一か月の費用？

村田 でもそれに近いわ。私が調べたときも。

木下 そうだけど。僕、この前、女房の主治医が、「ご主人、大変ですね」って言ってくれた。「あなた、奥さんの命じゃなくて、あなたの命を守らなきゃ」って言うわけだけども。「施設も考えられたほうがいいんじゃないですか」みたいなことを言うんですよ、主治医もね。「そんなお金ないですよ」と言ったら、「絵を、大きいの、一点売れりゃ、すぐじゃないですか」なんて言うわけ。

村田 いざとなったら、売ったら？　ほんとに。

木下 そんなもん売れないですよ。今どき、展覧会もそうそうやってもらえないんですから。そしたら、「そうなんですか。とにかくご自身の体に気を付けて、奥さんを守ってあげてください」って、言われたよ。

村田 そう口では言えるけど、そんな簡単なもんじゃないよね。

木下 そうですよ。それで終わり。ほんまにそんなものですよ。その医者だって、まだ六五、六だけどもさ。

村田 あと二十年たったらわかるって、その人も。

木下 わかるだろうけど。もう遅い。だから、「今でしょ」という感じ。

絵を描くとは

藤原　では、熊本での対話のしめくくりをしたいと思います。まず、木下さん。木下さんから以前、日本の美術にはこの百五十年、何の成果もないとお聞きしました。それは具体的にどういうことでしょうか。それ以前の、たとえば江戸の浮世絵などは評価されるのでしょうか。〝絵という表現〟について、木下さんが今どうお考えか、お願いします。

木下 僕は今、美術大学で教えていますが、そこの学生はほとんど一〇〇パーセントに近いぐらい作家にはならないですね。つまり美術の作家になるという意識がないのですよ。絵を習うとか、学ぶとかそういうことじゃない。学歴のためにやってるのか、よくわからない。

そういう意志のないものが無駄に四年間、院も入れれば六年ですよね。結局、卒業後なんになったかといえば、ウエートレスとか。ウエートレスも悪いことじゃないけど、広告業界とか。

今、うちの美術大学はほとんど女子学生です。問題は、自分自身が変なところで現実的で、社会性に結び付けて考えるのです。たとえば、絵では食べられないから絵描きにならないと。そういうことじゃ駄目なんですよね。違うんですよ。

つまり僕が仮に言えるとしたら、唯一最大の才能は「絵が好きだから描く」ことなんですよ。そういう生活を守るため、というか展開していくため、描き続けて行くにはどうしたらいいかと。そういう考え方でやっていけばいいのに、そうではない。

絵はすぐお金になるならやるけど、でも自分は今の社会状況を見ていると、そんなふうにはなれそうにないと。あっさり結論を出して、クールにというのか、安易に変なところで自分を社会性と結び付けている。それを賢いと思っているのかね。

藤原　技術的なことよりも、表現せずにはいられないという強い情熱や意志、信念、何を表現したいかという問題意識、思想——表現者としてそれがないと無理でしょう。

木下　そうですよ。だから、僕なんかは、最初、彫刻やったり、絵に移ったり、今、鉛筆で描くとかやっているけど、その違いというのは、あくまでも自分に合った表現の違いであって、その時、その時のね。とにかく、自分が何を求めてやるかということですよね。

そのためには、いろいろ先人のやったことに虚心坦懐に対峙する。ただ見るだけじゃなくて、対峙する。それは何なのかということを深く考えつつも、自分は何を表現したいのか、その違いを見きわめる力を、若い人にも付けてほしいと思う。

本当の意味での〝アーティスト〟になる

木下 でも、どうもそういうふうには、なかなかならないという現実。それが残念なのです。僕がやりたかったのは、最初から最後まで、人間の在り方を探り、求めることがテーマになっています。もちろん、植物を描く、動物を描く、いろんなものを描いても、自分は人間だから、人間としての見方みたいなものでしょうか。あんまり、うまく言えませんけど。

一つには、自分の過去と現在の自分とのキャッチボールみたいなことを常にやらないといけないですね。今だけを考えてやっていると、見えなくなってきますから。

さっき、村田さんが言ったみたいに、村田文学って一体何なのかというところを見た時、天皇すらも自分の父親に見えてくるという妄想を抱ける。それは、そういう大らかさだけではない、逆に物事の本質を見ているのではないかな、と思う。しかも、それを冷静に考えて形に表現する。そういう話を聴いて、なるほど、と納得するのですよね。

それは人生ではもちろん、わかっていますよ。だけど、昨日もその話をしましたが、物事のいいかげんさみたいなところが、いいかげんっていうのは駄目なんだという考え方ではなくて、もっと「大らかないいかげんさ」とでもいうか、自由さと言ってもいいかな、それが逆に肥やしとなってくるわけです。物を表現するということは、やはりおもしろいなと、改めて思いましたね。

村田さんといわずとも、だれしもが、人生のどこかで本当は、妄想と言うか、自由な連想や想像を抱いたはずなんですよ。ただ、それをみんな、忘れてしまうんですよね、おそらく。

自分ら表現者は常にそこと接点がないと、未来への展開ができないんですよ。今を生きて、未来への展開ができる。それには常に過去の自分とのキャッチボールをする。だけど今だけで苦しんでいる人たちは圧倒的に多い。特に今の現代社会というのは、そういうふうに思わされている悪い面がありますよね。

そうではなくて、もっと過去のなんでもないことだっていいんです。たとえば、近所の駄菓子屋に買いに行ったら、あの時、どう感じたかとか。それが、ひょっとしたら非常に重要なことだったかもしれない。そういう自分の過去、ひいては、もっと大きい、広げていけば地域とか人類とかいろんなところに、地球の歴史まで繋がっていくけれども。その中の自分っていうものを見据えた上で、未来があるんだということ。

ところが今は、完全に過去を絶たれているような状況で、教育的にも、教育の場でもそうでしょ。その弊害が大きいのではないかなって。昨日も言ったけど、たとえば戦国時代。そして、明治維新の時。その時に、渡来人というのは、言ってみれば文化的にも侵略者ですよね。日本は、島国国家だから。それは手を替え、品を替えて、一国だけでなく他の所からもやって来たわけです。その時に彼らは日本人の識字率の高さにびっくりしたのです。

それで、まずポルトガルかな、戦国時代の日本に来た時に、いわゆる侵略行為ですよね、いろんな意味で。だけど、その時に日本人の識字率の高さにはびっくりしたという。アメリカからペリーが浦賀沖に現れた時も同じ。当時、日本人の大体七〇パーセントから八〇パーセントの識字率があった。それは何かというと、この狭い日本列島でいろんな階級があって、階級に虐げられた底辺の人たちもいたわけです。それも八〇パーセントぐらいの底辺があった。

そういう人たちが、武力では二〇パーセントの支配者には勝てないわけです、当たり前のことだけど。そういう人たちがその社会をひっくり返すのではなくて、逆にそういう人たちの中でも、自分が今を生きるとは何なのかということを一所懸命、考えて、それで自分らでせめて読み書きをやろうとか、寺子屋での手習いとか、自分らで塾を創った。いろんな努力をしたので、だから識字率が高かったのですよね。

それは生きるための手段でもあったし。たとえば戦国時代などもひどい時代だったと思うけれども、特に底辺の人たちにはね。江戸時代も似たようなものです。特権階級がいる所、八〇パーセントの農民を支配しているわけだから。そういう中で、必死で努力をした。

じゃあ、今はということになると、これだけある意味、教育制度がしっかりしたはずなのに、僕はあえて刺激的にと「識字率は三〇パーセントだ」なんて言うんです。もちろん教育レベル、あるいは普及率が高いのはわかっているけど。だけど、今の学生たちを見ていると、本当に彼らは何を勉強したのか、したいのか、という感じがするんですよ。

つまり、そこには生ぬるさというか、彼らの中には学ぶ必然、必死さが感じられなかったのです。むしろ必然というものが摘み取られてきた、そんな教育制度と言ってもいいです。それをもう一回、根底から考え直さないといけない。

僕なんか、美術大学の先生を今年度で辞めるけれど、「美大をなくせ。他の大学の普通科にある芸術学科とか、それも全部なくせ」と言いたい。あそこで教えているのは、芸術教育でもなんでもない。だから、もう放っておけよ。それでもほんとに絵を描きたい者は描くのだ、ということ。僕自身も、そこに立ち戻って、自分が絵を描くためには何をすればいいか、考えて探りたい。そう思います。

安易に美術大学を選んで、そこでやるのではなくて、そんなことはどうでもいいことで、絵を描くことは自分が生きることなんだと、そうだとすれば、もっと違った物の見方というのはできるのではないか。まず、そこからかなって気がするんですよね。

それには今、逆に美術大学とか芸術学科、そんなものは邪魔だと思う。そういうシステムがむしろ阻害しているのだということ。この感じは、僕は大学の先生を二十年余りやってみて、ものすごく感じたんですね。そう言いつつも、そこで給料をもらって来たわけですけども。

村田 確かに、正直言って、私も大学で小説を教えることが無意味な感じがするのね。少なくとも、そう思ったことがある。

木下 でしょ。だって、悪いけど、あえて歯に衣着せずに言うと、美術大学は、才能ないスタッフが勘違いしている才能ない学生を選んでいると言っても過言ではない。それでは、一〇〇パーセント、美術作家にはなれないですよ。そこからは、生まれても来ない。

その作家になることがどれだけ大事なことかと言ったら、そういうことじゃないのです。作家の生き方を通して、みんなが感動する。そういうものが出せなければ、本当の意味のアーティスト、表現者としての作家とは言えないわけですよ。

藤原　美術教育について、誠実にお話しくださったと思います。鋭いご指摘に考えさせられました。

「あなたの好きな木に抱きつきなさい」

藤原　村田さんから、若い人たちに向けて一言、お話し頂けたら、ありがたいと思います。

村田 私が何を言っても無駄っていう感じがするんですけどね。

木下 いや、あなたが言うと説得力があるんですよ。

村田 やはり、知る、知ること。それから意識すること。これを外して創作っていうことは、あらゆる表現としても、ありませんものね。私、「意識」っていう言葉、すごく好きなんですよ。意識する。思うことじゃなくて意識すること、ですよね。意識したことだけが身に付くのです。

ですから、「知って意識する」。これで学問も、芸術も、全部、完結するんです。それから後、自分が何をするのかっていうことが決まるわけですね。意識することを知らないで、知ることを知らなくて、何かやれといくら言ったって、それは無理なんですよ。一番最初の、その入り口をやっぱり、大切にする。して欲しいですね。

うちの娘が小さい時、夜中に一緒に寝ていて、姉の方がですよ、一人で起きて、じーっとしてるの。まだ幼稚園にも行ってなくて、三、四歳だったかな。夏でしたね。「どうしたの?」って聞いたら、「あたち、どうちて、ここにいるのかちら」ってつぶやいたの。それで「うん?」って聞いたら、「どうちて、ここにいるのかな?」って言うから、「お父さんとお母さんの子どもだからよ。この家に生まれたからよ」って言ったら「どうちて生まれたの?」って。さあ、そこから先はどこかのお寺の坊さんに聞かないと、わからないと思ったのね。これは、性教育なんかの問題じゃなくて、もっと本質的ですね。生命の誕生というか。

それから後年、この娘が、実はスイカが大好きなのね。スイカを切って食べさせる時は、どうせ服にお汁を垂らすから、めんどくさいから洋服全部脱がせて裸にするの。パンツ一枚にして、タオルの端を結んでタオルのエプロン付けて。さあ、どうぞって言うのよ。そしたら、ぼりぼりして、美味しそうに姉妹で食べてるの。

木下 スイカ用の作業服になって食べるんだね（笑）。

村田 いくらこぼしてもいいのよね。そしたら、ふっと食べるのやめて、「お父さん、スイカの種は食べられるんよ」って。「お父さんの会社がつぶれても大丈夫よ。スイカの種があるからね」って言ったのよ。父親が小さな設計会社を立ち上げたばかりの時でね。

木下 なんだか、すごい感受性やね。切ないような。

村田 私が前、言ったことがあるのよね。「スイカの種、ちゃんと食べてしまうのよ。もったいないから」って。「スイカの種、栄養があるんだよ。ちゃんと食べなきゃ」って言ったことがあったのよ。ちょうど、夫が設計会社始めて間もなかったから、給料が入るか入らないかっていう非常に厳しいところだったのね。社員もいるでしょう。どうするかって時だったから。子どもはいつも貧しい様子の私たち夫婦の話を何となく聞いていたのね。それで、お父さんスイカの種は食べられるよ、スイカの種があるから大丈夫よって言いながら、涙ぽろぽろってこぼして食べてる。

その時に、「知る」っていうことと「意識する」っていうことを考えました。この小さい子が、スイカの種は食べられると知るということと、お父さんの会社がつぶれても大丈夫、まだこんなものでも食べられるんだと意識する。そのつながりが大事だとふっと思ったんですよね。

また、私は木が好きなんです。木ってすごい。枝、張っているって思うでしょう。でも、この木って枝を張ってるのが、この枝の先の葉っぱの一枚一枚が全部、営みをしているのね。だから、この葉の付き方が全部違うっていうことは、太陽の光を浴びるために、一枚の葉っぱが他の葉っぱに邪魔をされないよう、隙間から日を浴びるため、葉の向きが全部、微妙に違うんですよ。

木下 それは、木の年輪も同じ。僕は木を描いててわかったんだけど、あの年輪の線っていうのは、まったく人間の意識とは違うわけですよ。当たり前のことだけど。あれは間違いなく、人間が下手にしゃべるよりは雄弁な言葉なんです。それと対話しながら描かないと成り立たないんですよね。

村田 だから法隆寺とか東寺の宮大工さんの方たち、今もそういう偉い人たちが残って、建物を見守っておられるんですね。世界最古の木造建築、法隆寺は千四百年前に伐採したヒノキで今もなお偉容をそびやかしています。

ここの五重塔について、宮大工の西岡常一さんが語っているのは、かつて昭和の大修理の時、六五パーセントのヒノキはそのまま使うことができたそうです。残りの三五パーセントは新しいヒノキと取り替えたけど、軒を支える垂木《たるき》は、屋根の重みで下がっていた。でも、上の瓦や屋根土を降ろすと、数日でピンと戻ったんだと。千四百年前の木がですよ。カンナをかけると新しいヒノキの香が漂ったとか。

その時、知ることによって納得した話です。たとえば、五重塔の南側のヒノキ材を取り替える時は、ヒノキの山に行って同じ条件の、南に面した材木を買い取ってくるそうです。東に面した箇所を替えるなら、東に向いたヒノキを伐るのです。生きものには育ってきた生活圏がある。伐って取り替えても、やはり生きものだって。

その話を聴いてから、私は樹木にたいする意識がぐんと深くなりました。小説を書く時は、テーマに沿って、調べられるあらゆる資料、本を読みます。その分だけ知識と意識が研ぎ澄まされます。

学生には、あらゆる種類の本を読むように言いました。

ちなみに法隆寺に用いるヒノキなら、樹齢一千年くらいの木を探す。それには、もう台湾のヒノキの森に行くしかないそうです。「神々のヒノキ」と呼ぶしかないような木々が立ち並んでいるとか。私も、一度行きたいと思っています。

ただ小説を書いても、しょうがない。日本人のよって立つ所のそういうことを知らなくて小説書いても、と言っても、「現代小説だからいいじゃない」って、そうなるんですよ。

木下　あなたにはそういう子どもの妄想であったり、豊かにいろんなことが起きたじゃないですか。でも、今の日本には、そういう環境がないんですよ。ただ、絶望的にないかっていったら、そうじゃないですよね。

村田　そうじゃないですよ。そうなの、ある程度はあるのね。

木下　だから、それをもうちょっと根本的に考え直していく。たとえば、こんな小さい時からパソコン覚えさせたり、そんなことはどうでもいいこと。それはやらなくてもいいこと。むしろ、やっちゃいけないこと。つまり今、言われたように、スイカの種がどうなっていくかみたいな話、それを絵本にして、まさにそれ、絵本の世界でもある。そういうことを徹底して、教育の中に取り入れる。

村田　豊かなね。子どもの心に入り込むような豊かな世界っていうもの。それは児童文学の大切な責任なのです。ぜひ、お願いしたい。そう思うんです。

木下　そう、それがうまくバトンタッチできるように。かつて、あなたが中学生の時だって、そう思ったのは、非常に環境的に自然も豊かなところで育まれたからだった。最初から都会のビルの中で、いきなりパソコンやったら、どうだったか。今の教育者、愚かにも、そういうことしかやらないわけでしょ。小学校でそんなものを教える必要、何にもない。むしろ逆効果になる。それには、まず環境の整備から、ちゃんとした教育の本当の在り方が大事。教育の在り方なんて言うと、また変なことをやりそうだけど。

村田　「教育」なんて言うと、堅くなるけど、一番最初に、お年寄りの話が要るんじゃないかしら。お年寄りの話っていうのをどう伝えるかですよ。端っこの方に児童文学の絵本などもあるでしょうね。私の友だちなんか、読み聞かせの教室をやっているんです、いろんな所で。大学の先生だけど。そういう豊かな土壌があって初めて、そこから出発するんですよ。知ろうとする。木をよく見ようとかね。アリさん見てごらん、とか。そういうところから始まっていくんじゃないですか。

木下　一人一人の子どもの環境って、どんな時代にしてもあるわけですよね。自然も含めて、その環境に沿った子どもの在り方とか、成長の在り方っていうのは当然、決まってくるわけだけども。そこを教育者の方で、深く、きちっと見抜かないと。それを無視して、通り一遍にやってしまうと、子どもがついてこない。今、その副反応が出ているじゃないですか。登校拒否もいじめも、みんな根っこにそういうものがあるんですよ。僕は、そう思う。

村田　創作ゼミといっても、学生は、「村田先生のゼミって変だよね」って思うでしょう。そりゃそうです。だって、「みんな、今から二十分、時間あげるから、校庭に行って自分の好きな木に抱きついてきなさい」って言う。十分ぐらいでしっかり抱きついて、帰ってきて、文章を書かせます。

今、外、寒かったよね、寒い所にずっと立ってた木、抱いてどうだった？　どのくらいのあったかさがあった？　それとも冷たかった？　なんてね。学校の木の椅子とどっちが冷たかった？とか。そうすると、「ちょっとあったかかった」などと言う。「それは生きてるからよ」って。そんなところから始まるんですよ。

「今から二十分あるから、あそこ行ってごらん。先生、さっきアリの行列見たから、アリの行列、見ておいで」そう言って、みんなを外へ出す。そしたら「見てきました」って、戻って来る。「アリの行列に線一本引いたら、どうなるかな？」って言ったら、「線なんか引いてない」と言う。「ただ見てたんですよ」。「馬鹿ね」って。だから、大学生でも、幼い子どもを教えるみたいにしないと始まらないんですよ、小説もね。読み方も、書き方も。同じだと思います。

いのちの叫び、〝目〟の恐ろしさ

藤原　村田さんのお話から、私の尊敬する思想家、イバン・イリイチを連想しました。最晩年、彼が指摘したことに、「地霊」という言葉があります。その土地土地に霊が宿り、そこで生きものが育つ。人間も、自然の中の一部です。それが今は、画一化、均一化が広がっています。

村田さんから、そういうことをもっと「知って意識する」というお言葉がありました。これは非常に大切だと思います。

木下 子どもらでも、みんながそうかというと、そうではなくて。確かに教育環境的には全然なってないけれども、いろんな小学校から、大学まで。やっぱり人間だから、それに対して、たとえば登校拒否を起こすのも、そこから起こることかもしれないし、ちゃんと叫んでいるんですよね。それをどう捉えるかっていうことですよ、大切なのは。

藤原　大人も叫んでいます。

木下 本当は子どもの時に叫べば、それをできれば、もっと早くわかって、対応もできるんですよ。植物にしろ、石にしろ、生き物だし、歴史なんです。その認識をまずさせないと。させたいですね。

村田 私の友だちは、筑波大学で人間学科というのを出ましたが、おもしろい人です。しばらく一緒に同じ大学で教えてたのですけど、彼女、専門は児童文学なの。「児童文学でなに教えてんの？」と言ったら、「軍手と同じような素材でできた、軍足の靴下を履いて、そこら近所、ずっとしばらく歩かせます」って。草が生えてるような所をね。そして、そのまんま、そうっと脱いで、植木鉢に埋めて土をかける。そしたら、ヒトの足の形に草が生えてくる。それがその人その人で違う草が生えるそうです。なぜかしら？　足の形にですよ。

木下 それは鉢の中に靴下入れるからじゃない？ それで、そこになんか種が飛んできたの？

村田 違うのよ。鉢はくっつけて同じ場所に置く。つまり、土を踏んだときに軍足に種を付けているんですよ。だから、自分が歩いた所の草の芽が出てくるんですよ。水をやってると。

木下 その草の種類がいろいろ違うわけだ？

村田 それが、小さいけど、ちょっとずつ違うの。それで、その人の足の形に芽が出てくる。それから彼女、ある時、学校の階段で高い所があるんですね、ふつうの建物じゃなくって。その塔みたいな階段を、学生にゾロゾロ上がって行かせるのね。しかも目をつぶって、そして前の人の服を持ってとか、それをずっとさせた。その様子は想像するだけでも、すごくおもしろかった。それでどんな結果が出たのかは、聞いたはずだけど、今、私が完全に忘れたのです。

あまりおもしろかったんで、生命保険会社の新入社員に研修でそれを彼女がさせたって言ってました。そんなことを学問として、研究してる人たちもいるんですよ。とにかく、彼女の言うことって、いつも、みんなおもしろいのよ。

この前、私が一日に七千歩ぐらい歩くので、歩いてたら携帯電話がかかってきて。「どうしたの？」って言ったら、「今、私、近くの公園の藤棚の下を歩いてたんですよ」って。すると、藤蔓に花がぶら下がってた。その花が「私が下を通った時に、ワッ、って言った」って言うのね。「信じないでしょうけど、本当に、ワッって言ったんです」って。時々、そこを通ると、やっぱり言うんだって。「ワッ」ってね。

木下 それ、突然、花が、勝手に衝動的に言うわけですか？

村田 うれしいみたいに。「ワッ。久しぶりね」って感じで。おもしろいんですよ、彼女。することなすこと。だから、児童文学って、このぐらいおかしい人じゃないと駄目だねって思う。彼女は、別に保育園の先生たちを育てる教科も持っているんですよね。幼稚園の教諭も育てる教科もやっている。このぐらいの人じゃないと駄目なんですよ。子どもに負ける。

藤原 一人一人違う、一つ一つ違うというところに、おもしろさを感じます。人間社会でそれを認めたら、排除したり、差別したり、争いは起こらないと思うけれど……。

木下 それで、果ては戦争になっているんだな。

村田 それから私ね、話は跳ぶけど、仔犬用のフリスビーなんてものがあるでしょ。そのフリスビーに何も描いてないから、めんくりたま、を描いたんです。フリスビーにマジックで。それで仔犬の眼の前でしゅーっと飛ばす。

木下 今、「めんくりたま」と言ったよね？　え、目を描くわけ？

村田 そう、「めんくりたま」って言わない？　大目玉を一つだけ。こっちの方言かな、目ん玉、「めんくりたま」よ。

木下 方言だよ、それ。目ん玉ではなく、「めんくりたま」はね。何言ってるのかなと思ったよ。

村田 じゃァ、とにかく目ん玉。大目玉を描いた。そしたら、うちの犬、ラブラドールが仔犬の時、「お母さん、投げて」とかワンワン言ってるから、めんくりたま描いたのを、すぱーって投げたの。そしたら、目玉が飛んできたんでね。仔犬は見たとたんに、うーんってひっくり返ったの。仰向けになって、しばらく、そのまま起きられなかった。それで、「めんくりたま」って、動物は怖いんだとわかった。

木下 怖いんだろうね。猫だってそうでしょうよ。

村田 それで、今度は、町内のゴミ出しの日に、カラスが飛んで来て荒らすから、私、大きなカレンダーに大きな「めんくりたま」描いて、目玉、真っ黒けに塗って、壁に貼ってみたんですよ。うちは二階屋なんで、上から見てたの。すると、ゴミの周囲はがらーんとしている。カラスが遠くから取り巻いて、動けないのよ。二の足を踏んでる。

木下 人間だけじゃなし、動物も目が一番怖い？　それは、そうかもしれない。たとえば、特に凶暴な動物、人間から見れば凶暴だけど、そんな目を見たら、闘争心が出て来ますわね。相手が弱い人間だったら、弱いと判断して食いつくけれど、相手が強いと見たら逃げる。

村田 だから、昔、狂犬病が流行った時に、学校の先生が、「帰りがけに泡吹いた犬がいたら、目を見たらいけんよ！」って言ったわね。目を見たら、相手は犬でも闘争心が湧くから。でもそうかと思ったら、オオカミと出合った猟師さんが、窪地の穴の中に落ちてしまって、見たらオオカミも落ちていたんだって。一晩中、助けが来るまで、両方で睨み合っていた。それこそは本当の目力だった。オオカミも襲って来ない。両方で居すくんで、黙ったまま、目玉同士でそのまんま、穴の中に居たんだって話よ。

木下 実は、「目」というのは、他の動物も含めて、「言語」に近いんじゃないかなと思う。「目は口ほどにものを言う」ってね。

村田 ああ、それ言い得ているわ！

木下 それにしても、その方言がおもしろいね。「めんくりたま」。初めて聞いた。案外、方言ってそうなんですね。これが全国共通語だと思ったら、大間違い。だって、村田さんでさえそう思っているんだったら。ふつうの人ならもっと思っているでしょ。土地で生きているような人はね。「めんくりたま」って言わないの？　とにかく、僕は初めて聴いた。

藤原　私も初めて聴きました。

村田 北九州のお年寄りがよく言っていました。「目ん玉をくりぬこうか」なんて。たぶんそれから来てるんですよ。とすると、——怖いね。くり抜いた大目玉が飛んで来るんだもの、仔犬はパッタリ気絶するわよ。「めんくりたま」。〝刳り抜く〟かな？

木下　じゃあ、怖くなったところで、今日はこの辺で、そろそろこの対談も終わりにしましょうか。

藤原　熊本での対話の最後に、少し熊本の話をしたいと思います。もと細川藩、熊本藩には、非常に文化的な蓄積があると思います。水俣は、徳富蘇峰、徳富蘆花、谷川雁・健一兄弟、石牟礼道子など優れた人たちを輩出しています。ところが熊本の人がそういうことに関心がないというのは、もったいないと思うんです。日本の文化の多様性、豊饒さについて、日本人が無頓着なのも残念です。

熊本と京都とは、学問や文化において、密接なつながりがあります。熊本の横井小楠（一八〇九―一八六九）の兄貴分のような儒者に、木下韡村《いそん》（一八〇五―一八六七）がいますが、木下韡村の息子が、京都帝国大学の初代総長の木下広次です。つまり、京都帝国大学に、熊本が影響しているんです。京都にある同志社大学の創設者が新島襄（一八四三―一八九〇）ですが、第三代学長は横井小楠の息子、横井時雄（一八五七―一九二七）です。

僕は後藤新平（一八五七―一九二九）について、「後藤新平の会」を作って、二十年ぐらい探究を続けています。後藤新平が台湾の民政長官として旧慣調査をやろうとした時、この木下広次学長のいた京都帝国大学教授の岡松参太郎（一八七一―一九二一）に、後藤が注目します。出身は宮崎県。後藤新平の日記の中に、たった一行、「木下広次と会う」とだけ記述がありますが、岡松についての調査の一環だったのかもしれません。

村田 何か自分たちの故郷を知ろうと思ったら、どうしても旧藩、旧幕府の時代の歴史まで遡らないとわからないですね。だって方言が、そうですもんね。だからどうしてもそうなる。

藤原 対談の前に、小倉藩のことを話をしておられましたね。

村田 そこまで戻らないと。戻って初めて、ああ、なるほどとわかりますね。ここここはどう違うのかってわかります。とにかく旧幕時代の堆積層がある。

木下 僕は、明治維新以降は空白の百五十年だったと思っています。二十代のころにヨーロッパを放浪していたんです。これは芸術の嗜好からですけど。あのころは、たとえば万博が成功したとか、オリンピックが成功して、経済が右肩上がりで、日本もやっと一流国に、と愚かにも単純に思っていたわけですよ。

その勢いで、絵の勉強をしたいと。で、行って海外のアーティストに「日本の今をどう思う?」と言ったら、「いや、日本の場合は今じゃなくて、アートも江戸時代まででしょう」と。そんな調子で言われてしまいましたね。ちょっと意外で、ショックでした。

三　未来へ

介護と制作

木下 僕は、前にも少し触れているけど、「介護」というものに対しての、村田さんのお気持ちを伺いたいのです。お若いころにご主人の大変な介護をされて。三年間でしたか。

村田 実際問題としてはそうでしたね。いったんは命が助かったからよかったのですけど。

木下 僕も、妻の介護をしていますが、ただ、人はそれぞれ介護の仕方は違うんですよ、考え方も違うし。僕の場合、とにかく、ようやく去年を乗り越えてくれたなという感じで。じゃあ、今年はどうなのかといえば、まだ、未知数です。それは他の方でも、どこか似ていると思うのです。別に余命がどうのということではなくて。僕でも、結構、危険な時はありました。

妻と二人で、リハビリ散歩なんかしていて、よく休んだそのベンチを見て、たまにだれもいなくなったベンチを見ると、なんか非常に感傷的になってくるわけです。〝そっか、こいつが死んだら〟なんて、一瞬そんな心境になる。それは妻が入院していた時ですけど。家に帰って来られるのかなと不安になったり、いろいろ考えているうちに、思考が錯綜してしまう。

もし、ここで死なれてしまうと、僕の制作ペースが狂ってしまうんですよ。

介護とは、それぞれに、たとえば作家の方が、あるいは会社の社長が介護される場合もあるし、僕が妻を介護する、当然それぞれの違いみたいなのはある。それは終わった時点でも、いろいろだろうと思うわけです。死や終わりはいずれ自分にも、身に降りかかってくることで。喪失感と同時に、ほっとしもするのか。村田さんは作家だから、その辺はどうなのか。作家といっても、一人の女の人、人間だから。ご主人は他界されて、一年近く経たれるのでしたか？

村田 いや、まだ。亡くなったのは昨年の九月ですから。

木下 九月でしたか、すみません、そうか。まだ、半年も経っていないのですね。失礼しました。

でも、そういう時って、一番いろいろあると思うんですよ。一年ぐらい経ってしまうと、それなりに生活も収まってくるとか、もう日常生活から違ってくるじゃないですか。申しわけないけど、その辺のお気持ちはどうなのか。いきなり不躾ですが。

いずれ自分も、違った形にしろ、同じような状況に立たされると思うので、村田さんにだからこそ、お伺いできるので、教えていただければと。

村田 そうですね。

木下 介護なんてみんな、さほど違わないだろうけど、僕の場合は正直いって、一つの命を守るっていうだけじゃなくて、むしろ、自分の命を守らなきゃいけないですよね。でも、つい自分の命のことは、忘れてしまうんですよ、いろんなことやっていると。そうすると、女房の主治医から「あなた、奥さんの命を守ることも大切だけれど、あなた自分自身の命を守らないと」と言われて。

同じようにこれまでずっと日常的に過ごしてきた時は、なんか同じもの食って、なるべく別々なもの食わずに、みんなはそれぞれ好きなもの食べたいということもあるだろうけど、それは僕は自分に許さないと。今までそう思って、女房の介護をやってきたので……。

村田 そうですね。あなたはそう言っていましたね。

木下 女房との生活の中で、同じものを食べなきゃいけないのだという意識でずっと来ましたし、これは僕の生い立ちからも影響してるんですけど。だけど、あなたは、また違うと思うので。

村田 そうね。もちろん、病状にもよるしね。そうはいかないこともあるでしょう、人によって。

木下 僕にとっては、介護というのは、本当にある意味、女房が与えてくれたすごいチャンスなんですよ。チャンスだと思っている。

それは何かというと、僕が絵描きだから、絵描きの立場で言わしてもらうなら、たとえば、小林ハルさんとか、ハンセン病で盲目の詩人の桜井哲夫さんという人は、やっぱり、結構エネルギー使うんですよ、描くために取材しに行って。

村田　そうでしょう、それはそうですよね。他人でもあるわけだし、神経も使いますよね。

木下　どこまで本当のことを語るのかなという猜疑心もありますね、悪いけど。気も使うしね、モデルだと。それでいて形の上で強い印象を見せてくるんですよ。もう黙っていても、何も考えなくても彼の形態、しわを追っていけば、完全にメッセージになってしまうんです、別に僕が創意工夫しなくても。

今度は介護する妻を描くとなると、たとえば介護することがそのまま制作につながってくるというのは、今までの古今東西の美術の歴史を調べてみても、それはないことなんです。だから大袈裟な言い方をすれば、僕は人類で初めて、これをやるんだという気持ちでいます。

それには全然、自分の才能のなさというか、無力さを思い知らされるんですけど。これは謙遜で言っているわけじゃない。だけど、自分にできること、絵画もそうですけど、自分にできる介護。それをやる覚悟です。

主治医からもいろんな人からも言われますよ。もう女房の命を守るだけで精一杯で、それで同じような介護食とかを一緒になって食べていると、今度、こっちもだんだんまずいことに。僕、もともと糖尿のキャリアですから、十何年。そうすると、まずい、どんどん痩せて、周りからも痩せてると言われて。

しまいに僕の主治医にも、大丈夫なんですかって言われるぐらいです。だけど、自分の自覚症状としては、それこそ食い物には注意している。禅坊主よりは、まだましな食生活してるという思いもあるくらい。でも、痩せてくるってことは事実だし。なんかどこか常に、よくない。ひょっとしたらリウマチになりつつあるのかもしれない。手の指は、最初の一本、片っぽの一本だけがおかしい。

村田 リウマチの体質みたいなのがあるんですか。

木下 いや、それはないはずだけど。家系的には、遺伝とかは別にない。

村田 指がしびれるのは、うちの夫は頸椎からきていたんですよ。でも、それが気が付かなかったのです。病院にも通っているのに、なんであの時にもう一つ、突っ込んで調べなかったのかって思う。夫とは言え、他人の体だから、わからないんですよ。自分だったら、何か気づいたと思うけどね。

木下 いや、自分のことでもわからないよ。僕の場合は頸椎じゃないと思うけど。だけど、そういうわからない病気がないとはいえない。

村田 自分のことだったら、もっと何かいろいろ調べると思うんです。私の場合、作家の仕事で結構、調べることはやるので、すごく慣れているんですよ。

木下 僕の場合、病院は東京女子医大の検診でも、五年ぐらい通って、薬を毎日飲むけれど。糖尿からもくるのかということもある。別の病院の整形外科で調べてもらったら、今、検査中で、まだ結果が出てない。たまに老人性のリウマチもあるとか。いつまでも糖尿からくるものだと思っていたら取り返しのつかないことになるから、ちゃんと調べてもらってる。

いろんな症状が出てくるんですよ。これガングリオンっていうんだけど。これだって一気に出てきた。一日か二日ぐらいで、何これって感じ。こうやったら見えないんですよ。でも、こうすると出る。見たら硬いし、そんなに痛くないから、骨でも飛び出したのかなと思った。

すぐ病院へ行けるような状況でなかったから、この前、整形外科に行った。でも、これは大したことない、ガングリオンは取ることも、注射でしぼめることもできる、と言われたけど。もしこれが、「内側で神経に触れるようになったら痛みが出るから、どちらでもいいけど抜きますか?」って。それはいいわと思って、今、一応検査中なんです。要するに、そういうことで自分の命も守っていかんと、作品制作も生活も成り立たないのです。

今、僕は、ここで女房を死なしたら、制作にも大変な影響が出る、もう完全にそれに特化してる。二四時間体制でやっているし、介護と制作を別々にしてしまったら絶対成り立たないです、僕の場合は。こうした制作方法をやるのは経験がない。いわば、制作と介護を一体化するのは作品に霊魂を注入する生殖行為なんですよ、僕にしてみれば。

何度も言いますが、夫婦で作品という子どもを生み出すとも言えます。

村田 なるほどね。いずれにせよ大変だけど。

木下 女房との肉体的な生殖行為はもう間違いなくできないけど、したくもないし（笑）。だけど、介護は、わからないことだらけで、ほとんど手探りで、相手の体に触れることから始まる。体に触れることによって、僕が見過ごしていたものに気づく。それはふつうに生活していてもわからないわけですよ、今言われたように。ところが、排泄から食事の介助に至るまでやるとなってくると、たとえば、相手の排泄物を見ても、ちょっと色が変わった、これはどういうことなのかと考える。妻の体調変化を主治医に相談しながら、アドバイスを受けて対応するんです。妻は排泄する力も弱くなっているから。

同じ状況だったら、似たようなことを、皆さんやっておられるかもしれません。使用する下剤が一滴違っただけでも、ゆるくなり過ぎたり、硬くなって出なかったり、硬くなりすぎて手に負えなくなると、その先は医療行為だから、看護婦さんに緊急で来てもらって強力な浣腸とか掻き出すとか処置をしてもらう。妻といえども、これだけ他人の体に密着できるのは、そうあることじゃないんです。

村田 私なんか、自分自身の体だったら、もう、そこまでしないですよね。

木下 しない、しないかも。僕は糖尿だけど、医者からもらった薬さえ飲んでればいい。今までも十年以上、そうしてきたし、これからもそうです。ただ、気付いたのは、つまり妻という女性が人間になったということなんです、僕にとって。

村田　そうだね。肉親というかね。

木下　僕が介護しているのは一人の人間だから。異性じゃないんですよ、異性だったら、妄想は、いまだに僕には残っていますよ。感覚的に、幼いころに異性（母親）の居ない家庭環境の中で育ったことで、インプットされている感性だからしょうがないんです。

村田　それ私でもそうです。前にも話したけどね。この方はトイレに行ってない、私は行ったけど、と思いますよ。

木下　それも変態ですよね。よく考えてみれば。

村田　いや、違うの。それが人間、みんなそう思います。そういうこと、ありますよ。

木下　つまり、他者のこととなると？

村田　自分はトイレに行くけど、この方は行かないのだと、なんとなくそう思いますね。そう思って成り立っているから、この世界は美しいんですよ。そう感じます。でも本当は美しくなんかない。ですよね？

木下　まったくない。それは妄想に過ぎない。だから、つい敏感になります、相手の命の状態が。果たして、それがどうアートになるのか。今、僕がやってる、絵画制作と介護を一体化するというのは人類史上初めてだぞ、なんて、これも馬鹿な妄想を抱きながらやっている。だけど、妄想を抱くのも才能なんですよ。自分で自分にそう言い聞かせながらね。

木下 あのね、僕は美術大学に教えに行っていますが、学生は二、三か月もすれば、だいたい辞めていきます。

村田 辞めていくの、そんなに。続かないの？

木下 心構えとしては、僕は教育者なんですよ、意外と。問題は、どういうことかというと、今まで二二～二三年か、美術大学で教えて来てわかった。彼らは勘違いして来てるんですよ。学生時代には、作品レベルに到達しなくても、試行錯誤の世界です。自分の中にある可能性って、まだいっぱいあるわけでしょう。絵を描くってことは、自分の世界を覗き見る行為ですから、卒業したら、これからは学校も何もだれも介助してくれない。だから、自分で自分を探せと、本当の自分と出会えと。そう僕は学生に言う。言わば、これは愛情なんです、彼らを切り捨てるという意味ではなくて。

村田 それは、一つは国のためですよね。国のためだと思いますよ、国土のためだと思う。私、才能のない人たちが高い絵の具なんか使っていたら無駄だから、あんたたち大根植えろよと、もうお年寄りは、大根植えるのも大変なんだよと、言いたい。

木下 それ、大根も国のためですか？

村田 ええ。大根抜くのだって見てごらん、お年寄りには大変だよって。

木下 青木繁って画家がいたでしょう。あれは九州の富豪の家に生まれたけど、ところが途中で破産して、絵の具が買えなくなってしまう、在学中に。それで彼はどうしたかっていうと、たとえば、写生なんかするじゃないですか、授業の中で。そうすると、才能ないのに描いてると思う学生に、「この絵の具はおまえに使われたら駄目だ。俺が使えば百年後、二百年後、生きてくるんだ」と言ったそうです。

ずいぶん、傲慢なようだけど、真意なんですよ。案の定、青木繁が亡くなって百年以上たった現代に、結果が出ている、証明されているわけです。だから、絵を描くっていうのは、その才能の基準も、いろいろ問題が出てくるけど。いつの時代も画家として身を立てるのは厳しい。それを自分自身が知るのも、学生としての特権なのかもしれない。

村田　しかし、どうやって、その厳しさを知るの？　その判断も難しいし、それは、あんまり断定的には言えないよ。本にしても読んだ若者が絶望しちゃうのは困るしね。

爆弾を抱えた夫と生きる

村田　話題を変えるけど、うちの夫は大動脈瘤だったのです、それも心臓の根元の弓部大動脈瘤で、一番危なかったんです。瘤がガス管の大きいのぐらいあって、それも心臓の大動脈の出発点で二股になってる所ですから、そこが破裂したら大体一、二秒で終わりなんですよ。

それがわかってね。まず、声が掠れたので耳鼻咽喉科に行ったら、その夕方、総合病院で診察を受けて、出てくる時は、心臓のところが原因とわかったわけです。

初めは耳鼻咽喉科に行った。そしたらだんだん、これはおかしい、となって、最後、大動脈瘤だとわかった。「あなたは、車はもう置いて、タクシーで帰りなさい」と言われて。その後、私は、主人が車に乗る時は、何のなにがし、と夫の名前を書いて、「どこそこ病院、心臓外科、診察券番号、何、何。もしも意識が無くなった時は、ここに救急車で入ってください」と。それを拡大コピーして、車の後ろに乗せておくんです。それでも運転するんですよ、主人は。タクシーは困りますって、何かあれば、応急処置ができないから、タクシーではもたないんですよ。

木下 それ、ご主人がいくつぐらいの時のこと？

村田 六十歳になった年でしたかね。会社があるからって、言ってたから。今から二十年ほど前ですよ。

木下 そうなんですか。六十歳ね。もっと若い時かなと思った。

村田 その時に、自分は絶対、車が要るし、会社があるからって言うんです。会社があるっていうのは、これまたいかにと思うんですけど、本人は会社があるからという。だから結局、乗って行こうと、私は大学に勤めてましたから、朝一緒に出るんですよ。そしたら、「おい、行くぞ」って言うんですよ、私を乗せて行こうとするわけです。「あんたの車に乗せて行かれたら、どうなるんだ」、もしもの時は、と思うんですけど。

木下 それは、自分はゴーサイン出すんだから。

村田 否応なしよ。「さあ、乗せて行くぞ」って言うんで、小倉駅まで一緒に行って、私は下関、彼は小倉の工場の中にある会社に入るわけです。その時、ちらっと思います、〝今日で見納めかも……〟と。だって医者が言うんですよ、「破裂すれば、十数秒です」って。しかも手術はすぐにはできないんです、いろいろ調べて支度があるじゃないですか。それだけでも間に合わない。

先生に聞くと、手術の中で、その当時の脳の難しい手術では難易度は大体百番ぐらいかな、百五十番ぐらいかな。それで、この弓部大動脈瘤は、五百種類の手術があったら、難易度は、ほぼトップっていうんですよ。心臓を止めて手術するんですよ。下半身は血が止まっても数十分の余裕があるけど、脳の血流はぐずぐず止めているわけにはいかない。医者も、万一、途中で死ぬ可能性も多いし、死ななかったとしても全身麻痺とか、いろいろ起こる。そういう状況で手術するから、一番いい、せめて今よりは、もっといい血管の状態で手術をしたいというわけです。

今は主人の血管がセメントのように石灰化してる、手術しても、血管がどこからどこまでかちかちになってるから、せめて、もう少し良くなってないとできない。「少し様子みないといけない」って言うんです。

それで、煙草と酒を止めさせて、それから二人で玄米食始めたり、肉は駄目とか、いろいろしまして、二人で一緒に体の養生ですよ。その時はとにかく冷たいものを飲んだらいけないと、熱いものもいけない、くしゃみはしないように、風邪ひかないようにって言うんです。急激なそういうショックを与えると破裂するんですよ、心臓の大動脈瘤だから。瘤になって、それが七センチとかになっているんです。これが破れたら危ないわけですよ。

それが破れたのが、石原裕次郎という俳優でした。助かる望みは三パーセントだったそうです。その三パーセントを優秀な医師のグループで乗り越えたのです。だから、その時の私は、一触即発の夫の危機に、手術入院まで一年以上、付き添ってたんです。

夫が風呂に入ってても、しばらく静かだったらそっとのぞきに行く。風呂で、なるべくそっと入ってねって言って、風呂で破れたら、そこで死んでるかもわからないから、風呂もそっと、トイレもそっと見に行く。車に乗っても心配だし。先生に、すぐ破れますか？って聞いたり、大動脈のとこだから血管の壁も厚くて何センチもあるのが破れて裂けると言うので、裂ける時は痛みますか？　どんなふうに痛むんですかと言ったら、「それは簡単です、気絶しますから」って言うんですよ。

冗談じゃないと思って。だから、ずっと生きた心地がしないで、夜寝ていても大丈夫かなって思うんです。寝返り打ったらまた心配だし、冬は特に気を付けなさいって言うから、寒い所に急に、車庫に行く時でもしっかり服を着せて、車庫に行って車が温もるまで待って。とにかく心配なんですよ。

石原裕次郎が助かったのは、裂けて、破れかかったのに、そこで、すごい医者のチームを組んでうまくいったそうです。その当時、難しい手術だったけど。今は、だいぶ医療も進んで、死亡数は少なくなってるそうですよ。司馬遼太郎も同じ病気で死んだんです。司馬さんは腹部大動脈瘤だったので。もし気が付いてたら、手術もわりと弓部大動脈瘤よりは簡単で、心臓を止めなくていいから、できたのになと思いますけど。でも、司馬さんの、腹部大動脈瘤の場合、自覚症状がないそうで気づきにくい。主人の場合は声が掠れるんです。瘤が大きくなってて、ちょうど声が出る神経、左反回神経とかが侵されるんです。それで気付いた。

そんな状態で一年半して、それからいよいよ手術っていうことになって、手術させたんですけど、先生もびっくりしていました。だいぶ大きかった瘤が、絶対に小さくなるはずがないのにちょっと小さくなってたんですって。血管の状態もよくなってたんですって。だから、退院の時、看護婦長さんが、手術が成功したけども、奥さんにもう少し、半年ぐらいは玄米ご飯を作ってもらいなさいって主人に言ったそうです。

後年、その時のスタッフの医師から聞いた話では、手術チームのリーダーの先生が、あれは、村田さんの奥さんがいたから、ご主人は助かったんだって言ったそうです。学会に発表されたけど、自分たちの手柄じゃないと。そういうことを仰る先生も立派な方で、だからこそ、夫は助かったと思っています。

一触即発の状態が、そのあとしばらく、まだ、肋骨切ったりとかしてるんです。ですから、他の所にも瘤ができてる可能性もあるから、腫れ物に触るようにして。あっと言った時は終わりだって、ずっと考えながら、いつ死んでもおかしくない状態で、夫婦で暮らしてきました。

大体、本当に安心したのは術後三年ぐらいしてからです。だから、三年間っていうのは長かったなと思う。たまたま知ってる人が裂けたんですけど、その時どんなでしたって聞いたら、顔洗ってて後ろからいきなり、匕首で突かれたみたいな痛みだったって言うの。その人も何とか助かって、でも、その後、もう亡くなりましたけど。だから、それを乗り越えた時に、病気っていうのはこういうものか、そんなふうに思ったものです。

木下 そういう時って、作家、村田喜代子はどうなってるんですか？ 書いたりできるんですか。

村田 書けなかったです。

木下 そういう時には、とても小説は書けなかったと。

村田 書けない。やはりね、とても無理でした。

木下 そういうことが一年半も続くっていうのは、術後の三年間も、もちろん、ご本人は病気で苦しんでいるんだけど、看護する奥さんも大変ですよね。

村田 でも、本人は会社へ行ってるんですよ、これがまた。だから心配でたまらないんですよ。

木下 だから、あなたはご主人の病気のことを考えると、おちおち書いてもおれないと。でも、ご主人は手術で治った、命拾いしたというか。とにかく――

村田 死ななかったんですよ、夫は。

木下 死なずに、目の前を通り過ぎた、乗り越えた。そういう思いはあったんでしょうね。だけど、一安心で、ほおっとしたけど、でも、小説は書けない。

村田 あのね、こういう時は、もうふつうじゃないんです。同じ重い病気でも、十秒後には破裂する爆弾を抱いた病人と暮らしていたんです。これは、介護とかいうものではないですね。戦場を走るような気持ち。破裂したら私も死ぬ。もう介護とは違います。手術が成功して、退院後に介護が始まる。胸を咽喉からまっすぐ臍のところまで切っていますから、骨ごと……。始めは、これで夫が死ぬ時はしょうがない。じゃあ、後追って死んでやるか、なんてもんですよ。そしたら、何とか治ったじゃないですか。目の前を、いっぱい管付けて、すっと行くんですよ。あの一番向こうまで行ったら、何百メーター……。またこっちに帰ってくるんですよ。それが続くんです。

木下　そこで僕が聞きたいのは、作家、村田喜代子のほうが、ご主人より、もしかしたら重症だったんじゃないんですか、ある意味では。

村田　それはそうかもね。私も、おそらく、ほとんど死人だったかも。

木下　書けないことが続いて、もうへたへたで、参っているわけでしょう、精神的には。

村田　いや、でもちゃんといろいろ調べてました。病気についてや、良い食べ物とか、必死で。

木下　もちろん。それはご主人の病気のために調べたんでしょう。そのことに全身全霊でやってるから、作家、村田喜代子というのは、死んだも同然の気持ちになった。そうでもないですか。

村田　でも、まあ何ていうの、そこまで作家にこだわってたわけではないんですよ、私。

木下　そうなの？　そこもまた、もう少し聞きたいな。

筆をおく瞬間を見きわめる

村田 子どもを出産する時、私は二人産みましたから、その間は自分は母親ですものね。姑もいるでしょう。私は嫁ですから。そういうふうに女性っていろいろに変わるんですよ。夫の病気の場合は、妻の役割がある。しばらくは書けない。でも、さすがなんですよ、自分で言うのもおかしいんですけど、終わったら、すぐに書き始めます。

木下 なるほど。そこはものすごいですね、さすがだな。

村田 しばらく書いてないからどうするかというと、すぐ電話をかけるんです、編集者に。私、夫のこと書くからって、打ち明ける。

自分が癌になった時も、鹿児島の放射線治療に行った日、車が鹿児島の病院に着いて、先生から、「はい、わかりました。この病院は四次元ピンポイント照射だから、治るよ」って言われた。そしたらすぐに朝日新聞書籍部に電話かけて、またその編集者は、大動脈瘤の時の人でしたけどね。「私、書くからね」って言いました。

木下 それは、書けるという自信があったわけですね。

村田 ありました。そして、すぐ次に大学の友だちの先生にも電話して、「私ね、ここにパソコン持って来てないから、ちょっと原稿用紙が欲しいんで、送ってくれる、お見舞い代わりにでいいから」って言った。すると「わかった、じゃあ、村田先生のお見舞いに、原稿用紙を送るけど、どのぐらい要ります？」って。「大きいのは要らないのよ、ちっちゃい原稿用紙が書きやすいから。二かせぐらい送ってね」って言ったら、「わかりました」と。

それから私は次の日、鹿児島市内にたった一軒あるデパートに行って、そこで五万円の万年筆買ったんです。

木下　そうじゃなかったら、パソコンか何かで書くってことですか。あるいは、そういう状態だったら。原稿用紙に直接書くと。

村田　いずれにしても、とにかく書く。たとえ、パソコン送ってくれなんて言っても、パソコンを送ってもらっても、セッティングがまた大変なんですよ。場所もね。私のは、ノートパソコンじゃないからね。

木下　どうなんですか、パソコンで書くのと手書きで書くのと、同じですか？

村田　それは、できたらパソコンですよ。寝てても、キーボードを支えてできるから。画面開けば、電源入れて済む。一網打尽に打ち込めるでしょう、原稿の推敲も、ここ駄目、ここ駄目って、すぐ直せるじゃないですか。万年筆で書くと大変です。

木下　ただ、僕は物書きじゃないけど、多少、文章も書いたりする。今、僕は夜中に目が覚めちゃうんですよ。それで、トイレに行って、二回か三回ぐらいトイレに、頻尿状態で。年取るとそんなもんで。すると、すぐ寝つければいいけど、眠れない時はメール打つんです。電気つけると同じ部屋で寝ている女房が起きる、と思うと電気つけられないいんですよ。

村田 あら、メールの画面の青い光はいけないいんですよ。眠れなくなるんです。だから絶対、携帯電話も駄目。青い光が駄目なんです。寝る前はパソコンも早く閉じないといけない。

木下 僕がメールを打つのは、青い光かどうかわからんけど、眠くなるためにやるわけだから。それで、そういう時に限って、すごい妄想が起こってくるでしょう。そうやって文字化していると、なんとなく気持ちが落ち着いて眠れるんですよ。

村田 私、よく、考えていること……。明日の朝になったら忘れるなと思ったら、暗いまま隣の部屋に行って、そこらにある紙と鉛筆で何書いたか見えないけど、闇の中で書いて寝ます。それで安心する、明日の朝、この続きが書けるからとか思う。

木下 前に作家じゃなくて、ある人とラジオで、鉛筆というテーマで対談したのです。漫才のネタのこと、あるいはギャグとか、お笑い芸人にしてみればそれを考えるの大変なんですよ。彼女はどうしてたかっていうと、たとえば、寝ている近くにメモ用紙をぶら下げて置く。朝方、その時間って、結構いいネタが頭に浮かんでくることがある。

村田 そうですよ、そう。よくある、そんなこと。

木下　そうでしょう。それは作家であっても、僕らであってもそうだけど。ただ電気つけたら、ぱっと消えちゃう。だから電気つけるわけにはいかない。

村田　暗いまま、だから私は暗いまま書く。別に真っ暗だっていい。

木下　そう。暗いままで書く。じゃあ、彼女はどうするかというと、鉛筆の先にライトがちょこっと点くのがあるらしくて、その芸人が言うには、それで本当に鉛筆の先だけに電気が点く鉛筆で書く、それでネタを考えると。

村田　ちょっと人は絶望状態になって、もう駄目だとか思っても、脳科学の本を読むと、大体午前三時ぐらいから、八時までぐらい、そのあたりの時間が脳が一番活発に動いてるって。ご飯食べたら駄目なのよね、脳は。胃に消化のための血液が行くから。

木下　そうなんだよね。そうそう。ご飯食べたらだめ。電気がついたりすると、周りに意識がぱんと拡散して、やっぱりだめ。

村田　私も必ず、これはと思う時は朝の三時ぐらいに起きて、それは電気つけますよ、大丈夫なのよ。その時は電気つけても大丈夫。

木下　それは作家だからね。やはりプロだから、そうできる。

村田　そしたら三分の一の時間でできあがります。大体、朝の九時ぐらいになったら、その日の予定原稿は終わっているんですよ、書き終わってるの。

木下　僕は絵描きだから、文章書くのは、そこまでする必要はないんだけど。眠れない時は、いろいろ妄想が湧いて。そうすると目が冴えちゃうから、だれか犠牲になるのはいないかと、メールを、たまに打ってます。それで、メール打って眠くなると、寝る。

村田　ただ妄想は、本当に妄想の時があるんですよ。どうしようもないやつ。朝、もう一度、はっきり頭が覚めたら、ばかね、何、考えてたのよ、駄目だねって思う。削除。

木下　なんでもいいんですよ。もちろん送る時は、ぱっと客観的に見るから、そうか、思考の回路がおかしいと気づく。そこは、ちょっと人に見せても大丈夫なように修正はしますよ、もちろん。

村田　だけど、考え詰めるだけ考え詰めたらできるっていうのは、何ていうか、ポアンカレという有名な今世紀最大の数学者がこう言ったんです。これは私の短編小説に書きましたが、「とにかく日に夜を継いで考えて、考えて、はっと気が付いたら、自分は、ある鉱山に行って仕事をする約束があったんだっていうのを思い出して、急いで馬車の支度をして、荷物をまとめて、その馬車に乗って、馬車の踏み段に片足を掛けた時に、考え詰めていた数学の公理がパッと浮かんだ」と。有名な話です。ポアンカレは、それを学会で発表してるんですよ。

　そしたらまた別の何とかいう数学者は夢の中で、これも追い求めていた物質の分子構造が現れたそうです。そして、「その文字が全部、踊ってた」って言うんです、並んでぴこぴこ、ぴこぴこ。私、今も机の上にその新聞の切り抜きを置いているんですよ。

だから、人間って、脳を刺激して、何ぐずぐずしてるんだよ、しゃんとしろ、みたいに喝を入れることは要るんだと思う。「これ以上考えたら頭が痛くなるから駄目」なんて、その辺の馬鹿な人が言ってるんですよ。うちの娘たちなんですけどね、孫とか。「もうできん、ばあば、もうできん」とか言うんです。「もう、これ以上できない、頭が崩れる」なんて。そんな頭、崩れろって言うの。

木下 いや、わかります、それは。ちょっと絵とは違いますけど。絵っておもしろいもので、本当に、これ以上、描いててもしょうがないなっていう時もあるんですよ。あるけども、でも執着しちゃう。そういう時って、絵がものすごく冷たいんです。自分の描いた絵でありながら、自分に対しては。もうやめたらとか、いろんなこと言ってくるみたいな感じなのよ。こっちも本当に嫌になってくる。

ところが、光によって、いや、闇でもいいんだけど、すごく優しい時があるのよ、同じ絵で。まだ完成させたわけじゃないですよ。完成させたら、否も応もないけども。途中の段階で、「なんで俺、こんなもの描いてるんだろう」と思うこと、いくらでもあるんですよ。あっても、その時って、本当に執着して、集中していろいろやるわけ。でも結局、うまくいかない。でも、それも一つのプロセスとして大事だということが、なんとなく最近わかってきたんです。

その嫌になってきた段階で、それ以上やめる。それこそ周りからもうやめたらとか言われるくらいひどいんでしょう。ところが同じ状況で、今度、たとえば光とか自分の体、精神状態にもよるけど、絵がすごく優しい時がある。〝俺、これ、名作描いてるんじゃ〟とか思う。

村田 結局、脳の部位が違うんでしょうね、脳の使う、働く部位が。だって、同じ一所懸命、理詰めで考えてても、小説書く脳と、うちの主人みたいな機械のこと考える脳なんて、また違うと思う。右脳と左脳ってよく言うけどね。それと絵なんかも、また違うと思うのよね。

木下 そうなのよ。だから、本当にタイミングの問題で、ただ、一番難しいのは、筆をおく時です。

村田 そう。ここまででいいというふうに？　だっておけないじゃない、筆。なかなか、決められないでしょうよ。

木下 いや、自分で決めちゃ駄目なの。自分で感じなきゃ。だから、感じるんですよ。もうここまで描き終わったからいいやと。自分の意思で決めちゃったら駄目なの。後で終わって、描けばよかったな。そうじゃなくて、ひょっとしたらそれ、筆をおく時、そんなに意識はないのかもしれないね。もうこれでいいとか、まだ、これ描かなきゃいけないとか。ちょうどラグビーか何かで、もう時間ぎりぎりでも、ロスタイムで決まっちゃうことってあるでしょう。要するに、規定の時間内で試合が決まらなくても、ロスタイムなんかで。

とにかくあるんですよ、筆をおくタイミングって、それが難しいんですよね。もしタイミングを間違うと、それはそれで、ある種の完成度で出してしまうけど。何十年たっても、もう五十年前に描いた絵でも、それはそれとして記憶に残ってるんです。見たら、もう題名さえ自分で付けといて忘れてるのに、その時の気持が伝わってくる、というか。

村田　だから、絵と文章は違うなっていうのは感じる。あなたの話を聴いてると。いつか電話で話していて、野見山暁治さん、あの方、百二歳よね。「野見山さん、朝、仕事しようと思って、アトリエに入られるんですか？」ってお聞きしたら、「いや、起きてなんとなくアトリエに入って、筆とか持って、何かやってるうちに、だんだん描いていく」って言うの。だから最初、御自分ではよくわからないでやってるうちに絵になっていくって仰る。なんかわかる気がするの、今、あなたの話を聞いてても。もう一つの脳のところで、何かが動いていく？　形づくられるものがあるんじゃないかなと思う。

木下　なんでしょうね。それら何かが生じて、時に筆をおく、あるいは筆を入れる。

村田　入れる、そうそう、入れる時もよね。難しいね。

木下　その難しさっていうのはあります。だから、たとえば次の絵に向かってどこから描いて、いつから描いてって、場所ではなく、時間的なタイミングとも言えるけれど。

村田　そうだね。場所じゃない。確かに。

木下 それまでその葛藤、時間があれば描けばいいじゃないかという気もする。もう一週間ぐらい、ぼーっとしている、端から見れば、そう見えるだろうけど。そういう時間が、ものすごく僕の中では葛藤しています。

村田 それ、私たちでも、たった二時間ぐらいの間にできたよと思う時と、二日かけても結局、全部、消してしまうってこともありますね。

木下 だけど、なんかうまくいかんけど、でも、そのうまくいかなさがいいんだよね。それがなくなったら、機械と同じだから。

村田 いいとは思わないけどね……。

木下 いや、それ僕だって嫌ですよ、意識の上では。でも、そこがいいんで。

——梶山俊夫という絵描きさんが、キャンバスの絵が「もう、いい」と言う時がある、と仰ったことがあります。

木下 それはあるかもしれん。僕にも。

——キャンバスが「もう、いい」と言ってるのに、一筆でも色を付けると、その絵は駄目になってしまう。逆に、そう言ってないのに筆をおくと、それも駄目だという話を生前、してくれたのを思い出しました。だから、絵描きは文章も上手なのかと思ったものです。

木下 それ、すごくわかります。だから、自分次第なんですよ。キャンバスでなくても、たとえば売れっ子絵描きがバラを描く。たぶん、絵を売る画商にしてみれば、もうここでいいですよという場合もあるし、もう少し描いて下さいということもある。僕は売れっ子ではないから、そんな経験もあまりないけどね。とにかく、縛られるのは大変なことですよ。

僕がさっき村田さんに聞いたのは、介護と小説が違った行為だとすると、書けなくなったりするのではないかと思ったからです。

僕の場合は描けないというのは、時間の問題じゃなくて、多くは気持ちの問題です。だとすれば、変化が出てくる可能性もある。その辺をちょっと村田さんに聞きたかったわけです。さすがだと思いますよ、ああいうふうに答えられるなんて、すごい。

木下絵画は〝私小説〟

藤原　お二人とも、介護を経験しながら、表現者としてのお仕事をなさっています。

木下　僕の場合は何度も言ったように、別々に考えたら両方とも成り立たないわけですよ。確かに介護も、絵画を制作するのも大変だけど、ただ、あとは自分次第です。今まで、人を描いてる時は、僕はその人の中に入らないとわからない部分がある。で、入っていけばいくほど、絶対閉ざすんですよ、人は。当たり前のことですが。

小林ハルさんにしても。特に目の見えない人はしゃべりまくります。そのしゃべる量といったら圧倒的にすごいけれど、それが何なの?ということのほうが多いんですよ。それでも、どこかからその言葉の片鱗を取り出しては、自分の中で消化して、作品に落とし込んでいく。そういう行為ではあるんですが、そのために、ものすごいエネルギーを使います。

それで、散々描いて終わって帰ろうとすると、彼女は彼女で、一人、自分の部屋に帰った時のぐったりした顔は、本当に人間ってここまで疲れるものかと思うぐらいです。僕の目の前にいる時は、神様じゃないかと思うぐらい、物事をチョイスしてしゃべっている。それでもこっちはわからないから、その落差を埋める。そのエネルギーは大変なんです、実際は。物理的にも、時間的にも。

それから比べれば、女房を描く場合は彼女の症状はだんだんしんどくはなってきたけど、でも、それは難病だから、より手がかかるようになってくるという疲れじゃなくて、描くにつれて、もっと距離感っていうのは出てくるんです。だから、人間を描くっていうのは、エネルギーの使い方の形が違ってきても、いずれにしても大変。

村田　そうでしょうね。それが、もう私には、その相手がいなくなったんですよ。

木下　そうそう。問題はそこ。そこは違ったわけだね。大きな違いです。

村田　でも、小説は、好きなように書ける、それができるんですよ。まずは綿密な資料だけ、できる限り集め、完璧に読む。あとは知ったことじゃないんです、自分の、それは妄想か何か知りませんよ。想像力かインスピレーションか、そういうのをぶち込んで書くでしょう。そのあたりは、私はもう好き放題です。だから、私たちの仕事はある意味、発散できると思う、気兼ねがないから。

しかし、たぶん、木下さんの仕事って、もしかしたら、私たちの文学でいう「私小説」じゃないかと思うんです。

木下 なるほど、そうでしょうね。よくわからんけど、そうかもしれません。

村田 私も夫をモデルにした時は、「私小説」を書いてたんです。ちょっとこのあたり歯止めかけなきゃとか、思ったりしてね。

生前のうちの主人は、前にも言った通り、自分は何も読まない。読まないけど、できあがった本は全部、何々会社の社長さんに、とか言って、親しい方に自分で本屋に行って買ってきて、「あんた、これ、ハンコ押せ」っていうんで、落款印を押すでしょう。「ここに自分の名前書け」っていうんで書くでしょう。そしたら全部、それを主人が送るんですよ。自分は読まないのにですよ。もっとも、読んだら送れないと思うけどね。

木下 ご主人のことを書いてる本に限ってですか？

村田 いやいや。大体全ての私が書いた本。

木下 自分で読まないけど、僕の妻はこういうものを書いていると。

村田 なぜか、夫の会社の周りの社長さんたちは、みんな結構、本を読むんですよ。うちの主人だけ、読まないんです。まったくの機械オタク。

とにかく周りが読むもんだから、「いや、奥さん、今度、本出しましたね」とか、「新聞に出ていましたよ」とかいうと、すぐ、「はい、差し上げましょう」とか言って自分で買ってきて、渡すんですす。酒屋の配達みたいに。

木下 ご主人が。うれしかったんだね、きっと。

村田 本屋にないと、「あんたちょっと五冊ぐらい貸しとけ」っていうの。私が段ボールに一つ買ってるでしょう。著者割引で、二割引きの八掛け。そこから五冊持ち出して、先に注文した本屋にその本が入ったら、五冊を買ってきて私に返してくれる。律儀というか、A型人間だからね。生真面目。

木下 僕は、O型だけどね。僕は非常に……。

村田 あなたは、「私小説」書いてるのですよ。鉛筆の絵でね。私も今、それ初めてわかった、あなたの「私小説」よ。

だから、私も今度書こうと思ってるのは、私小説なんですよ。それでここのところ、どうしようかって、ずっと悩んでいるけど。やっぱり、亡くなった夫のこと書こうかなと。

木下 それは書いたほうが、いいと思うよ。

村田 いや、もう書かなきゃいけないんですよ。ある出版社に一つ決めた作品があったんです。でも、それは今の時代の状況として、ちょっと問題があるかな?という感じで、今はやめといたほうがいいんじゃないかと。そんなことも考えると、作品の代わりがないんですよ、もう来月には書かなきゃいけないのに。そうすると夫のことしかないから。

木下 その肝心のご主人がいないということを。まだ、半年も経っておられないけど……。

村田 それで、不在の夫のことを書こうかなと。

木下 ご主人がいなくても書けるわけでしょう。これまでと今の経験から、考えれば。

村田 いなくても書ける。だって、語るのは自分でしょう。だけど、ふつうの夫婦愛みたいなもの書いたってしょうがない。私はちょっと、なんでいなくなったのかと、死んだら、なぜいなくなるのか? というところを考えてみたいんです。死んだらどうしていなくなるの。うちの犬が死んでもいなくなったんですよ。消滅。

木下 そりゃそう、死んだらいなくなる。それ書いたら、おもしろい、というか、読みたい。

村田 死んだらいなくなるんですよね。朝なんて窓を開けるでしょう。そしたら、空を見ても、まさかあそこにいるとは思えないねと。西方浄土、そんな所は見たことがないしね、とか思うんですよ。じゃあ、どこに行ったの? 仕方がないから物理の本などを見ると、死体というか、物質は化学変化をして宇宙に元のように溶け込んでいくみたいね。
じゃあ、仏教ではどうかなと思って、お坊さんで作家の玄侑宗久さんの本などをまた見ると、「濡れてる洗濯物から水が蒸発して、きれいに乾いてしまった時が、成仏」みたいな感じです。

木下 そうか。そういうことか。おもしろい。

村田 あの方はもともと物理学などに興味を持っているから、何を仰ってもおもしろいんですよ。
そうか、濡れた洗濯物かと思う。じゃあ、亡くなった夫は、まだ半分ちょっと濡れてるよね、とか思うんです。そう言えば、うちの娘が時々家に来て、「今、お父さんの声がした」って言うわけ。
それで、連れ合いを亡くした友だちにも聞くと、結構、「声は聞こえる」って言うんですよ。うーん？　私は、何もないけどね。死んだ犬なんかでもワンワンって鳴くんですって。弟の嫁が言ってました。近所の人もその声を聞いたって言うのよ。

木下 ご主人の声を。

村田 いいえ、死んだハスキー犬の声を。夫の弟夫婦が大型犬ばかり好きで飼ってるんです、子どももいないから。そしたら、五匹ぐらい仔犬が産まれるのね、その一匹を、うちももらったんですけど。でも、そのハスキー犬がとうとう死んじゃったの。

そしたら、それまで朝二人で仕事に行く時に、いつも、「じゃあね、行ってくるね、マーク、行ってくるね、メリー、行って来るよ」とか言ってたのが、つい、忙しくて忘れたんですって。そして、そのまま車を出そうとしたら、ワンワン、ってものすごい声で吠えたんですって。近所でも聞いてるんですよ。亡くなった犬の声を。

木下 それで、宗久さんの話を思い出して、そうなの、じゃあ、まだ、犬も乾いてないんだねって思ったんですよ。

村田 なるほど。おもしろい。だんだん、村田ワールドに入って来たかな。

木下 そのあたりのことを少しまともに考えたいわけ。でも、この「私小説」、夫がまだ生乾きだったら、「俺のことそんなふうに書くな、商売に使うな」とか言うんじゃないかな、と思ったりもして。

村田 いや、だけど、それは心配しなくても、大丈夫だと思うよ。

木下 ただ、もう聞きようがないからね、今となっては、やはり。

村田 そう？　ほんとにそう思う？

木下 だって、今までもいろんなことあったわけだし、ふつうだったら考えられんような微妙な夫婦関係を長年やってきて、お互いに成就してるわけじゃないですか。だから、いまさらご主人が死んだからといって、作品でご主人の……文句言うわけでもないだろうし。

村田 死んだからといって、今更よね。それはないわね。

大体、「俺のこともう書くだけ書いたね」って言うのは、わかってるんですよ。だって、周りがみんな、友だちの社長さんたちが言うわけですから。「いや、こないだのあそこのところはよかったですね、あれ本当の話ですか?」とか言われたら、「嘘です。フィクションです」と答えたりしてたからね。

木下 知らぬは本人ばかりなりと言っても、いいかも。

村田 やがて、みんな、いずれ死ぬんです。それでもね。

木下 今ごろ、盛んに、奥さんの本、読んでおられますよ、たぶん。

村田 ともかく、私の夫が亡くなると、話がまたちょっと一つ変わってきて。未亡人ばかり友だちがいるんですよ、年齢のせいもあってか。そしたら、この間、聞いた未亡人の話は、「ちょっと困ったことがあった、あれがない、これがない、この登記簿がない」とか、そういうことが起きた時に、ご主人の写真に向かって「あれがないんだけどね」って、困り果てて言ったら、出てくるんですよとか。

木下 本当かね。

村田 それは、その彼女が今まで何回もあったって言うんですよ。そこで、うちも実は、非常に困っている書類が一通あるんです。これがないと会社がちょっとどうしようもないんですよ。それで、探すだけ探して、人も来て探してくれたけれど、ない。娘も娘婿もどうするかと言ってる時に、私が夫の写真に、「どうするんだよ、どこに持っていったんだよ、言ってみろ」って怒ったんですよ。

木下 ほんとに言ったの！ 真面目に？

村田 「こんなに困ってるんだから、知らんふりはないでしょう、あんた」って言ったんです。そしたら、何だか、後ろのサイドボードが気になってね。まさかと思ってもう一度、全部出して探すと、あったのよ。ガルシア＝マルケスの『百年の孤独』の横にあったんです。まだ、生乾きなのかしら。――こんなこと、私小説になるかしらね。でも、そういうおかしなことをいろいろ思い出すと、おもしろいから書こうかなとか。

木下 おもしろい。村田ワールドになるんじゃないんですか、それも。

村田 編集者にそれを言ってたら、編集者が別の編集者に伝えたみたいで、それは絶対におもしろいから本にしようって。だけど、やはり、ちょっと夫に聞いてみないといけないと思って。書いてもいいとか、まだ早すぎるとか。まだ乾いてないから嫌だとかね。夫のオーケーが出たら書きます。

「姨捨て山」から考える生と死

村田　未亡人の友だちの家に絵描きの娘さんがいるんです。その友だちも今は亡くなったけど、絵描きの娘さんのほうに聞いてみたら、うちの母もよく父に聞いていましたって。「あなた、あれがないけどどこにやったか知らない?」って写真の父に訊くと、大体、その日のうちに出てくるそうですよ。

それで、ついでに「どのぐらい続いた?」って聞いたら、「八年間は少なくとも続いた」って言うの。家長というか、男の人って責任感が強いのね。そのお母さんが亡くなった時、「お母さんの場合はどうだった?」って訊ねると、「うちの母の時は、何を聞いても全然出てこなかった」って。

木下　まだ、女房が生きていても、全然、聞いても何も答えてくれないしな——。

村田　でも、もう一つ思うことがあるんですよ。私の知り合いで、この人は五十歳、まだ若い奥さんです。ご主人が脳梗塞で倒れてもう八年ですよ。きついよね、彼女が一人で面倒みてるんです。勤めていたけど辞めて、全部、面倒みてる。

たとえば、文字盤があるでしょう、「あいうえお」の書いてある。今から痒み止めの薬を塗るから、「この文字盤見てね」って言って、〈あ〉からずっと、指していくわけ。そしたら、〔あいうえお、かきくけこ、さしすせそ〕、それで〈せ〉で目をぱちぱちっとする。次にまた、文字盤の〔あいうえお、かきくけこ、〜〜なにぬねの〕の、〈な〉のところで、目をぱちぱち。そんなふうにやって、「背中が痒い」とわかる。そして全身、薬を塗って。

冬の今の時期は乾燥が、特に酷くなるんです。「もう塗り残してるとこない?」って最後に聞くと、また、〔あいうえお、かきくけこ〕、から始まるんですよ。

もう、そんなだったら、私の場合は夫は亡くなったけど、彼女の介護は、まだまだまだまだ続く……。

木下 そうだよね。他人ごとじゃないけど。ある意味でエンドレス。

村田 その時、本当、私は「イチ、抜けた」という感じがして、申しわけなくて、その後も、なんか電話もかけにくい。お気の毒で。

だから、介護っていうものがどういうものかっていうのは、そこまでしたことはないけれど、私も去年、夫が倒れてから、何とか彼を家に連れて帰ろうと思ってたんで、介護は覚悟してたから、その夫が亡くなった時、彼女に対しては本当に申しわけないと思いました。私は自分が途中でイチ、抜けてしまったから、何とも言えないんですよ。だから、木下さんにもちょっと、私はなんか後ろめたい……。

木下 いやいや、そんなことはない。そんなふうに思わなくていいよ。

村田 ありがとう。最後は、介護はそういうところにきますよね。

木下 このことについては、どう考えておられるかわからんけど、昔は「姥捨て山」ってあったでしょう。一見、すごく残酷なように見えるけど。僕は、とにかく今の時代っていうのは、日本の歴史の最悪の時代だろうなと思ってるわけ。そう思わなきゃ、やってられないみたいな感じがある。つまり、これ以上、悪くはならないだろう、と。

村田 最悪。確かに、そう思う。少なくとも、そういう面がある。

木下 それで、今から百五十年前、江戸時代の終わり。「姥捨て山」っていうのはあったわけで、その死に向かう喪失のプロセスとして、あそこへ行けば、これは宗教的な面かもしれんけども、お釈迦さまがいるとか。息子は老いた母親を担いで、泣きながら「姥捨て山」まで行って、その母親を置いてくるのは、切なかったかもしれない。

でも、母親はハッピーだったかもしれない。なぜって、今は、病院で管みたいな物に繋がれて、死ぬ瞬間まで苦しむわけですよ、いろんな病気で。だけど、もっと精神的にということを考えれば、これは一宗教観に過ぎないのかもしれないけど、「姥捨て山」に行けば仏さまに包まれて眠る。仏さまであっても神さまでも、宇宙でもなんでもいいんです。要するに自分を委ね、自分の命と死を委ねる、その場所でもあったんじゃないかなと。

僕は非常に、日本は明治維新以後の近代に騙されちゃったなみたいな、そういう思いを抱いたんですよ。はっきり言って、日本の近代っていうのは、これは近代という言葉自体がいかがわしい言葉ではないかとさえ思う。戦争へと突き進んで、負けて、経済大国に至るまで。

村田 でも、平均寿命はみんな、世界中、延びてるわけでしょう。少しはね。

木下 それは延びたわけですよ。だけど、そのおかげで、また人類が追い詰められてるわけです。そうでしょう。日本だけのことじゃないと思う。

村田 日本だけのことではないですよね。確かに。

でも、どこか、スウェーデンかな、オランダかな？　安楽死が許されてるでしょう。ALSの人が海外に行って安楽死したりとかいうこともあるようです。今、私、お話を聞きながら、もしかしたら、医学っていうものも、安楽死する技術を開発する医学っていう面で考えれば、医学の進歩も決して悪くはないけれど、そこで微妙になってくるのは、どのあたりで線を引くかみたいなところになるから、必ずそこで問題が出てくるわけ。倫理的にもね。

木下 まあね。ただ、今、僕が過去のそういう先達から考えるに、要するに医学じゃないんですよ。たとえば、僕は今、最後の瞽女、小林ハルさんっていうのは本当に今も語りかけている神様なんです、僕にしてみれば。出会った時から今に至るまで、おそらくこれからもそうだろうと思う。その人たちというのは、決していわゆる近代文明とか現代文明の、なんら恩恵に浴した人たちじゃないんですよ。

三味線を手に歌いながら旅をする全盲の女芸人のハルさん。僕は、その波乱万丈の人生に圧倒され、衝撃を受けた。いや、だからといって貧しいからどうのこうのじゃなくて、彼女なりに、それは大変だっただろうけど、生まれて自分なりに生きられて、一〇六歳まで生きたわけですよ。そして死ぬ瞬間まで一所懸命生きたと、もう、すごくそれがわかるんです。

生まれた時、生まれて三か月目に全盲になったわけですからね。僕が出会ったのは彼女が八三歳なんですよ。僕はなんとか、そんな彼女を白黒の鉛筆画で表そうとした。

村田 ということは、人の手が加えられない、人の手を加えてもらわないで、〝己《おの》がじし〟で生きてこれるっていうことが一番幸せだということ。

木下 幸せか、それが幸せかどうか。それはまた――

村田 でも、その途中で、たとえばALSになったらどうするわけ。この病気は体が動かなくなる症状のうちでも最もひどいものじゃないですか。身体拘束の極み。

木下 だから結局、僕は、何というか、人にはそれぞれ寿命があって、一歳までで死ぬ子もいれば、あるいは生まれてくる前に死ぬ、そんな子も、いろいろいると思う。

村田 そうだね。それはそうだ。

木下 命っていうものを考えてみた時に、長く生きているからいいっていうもんでもない。

村田 絶対ないと思う、それは。

木下 でも、僕はたとえば小林ハルっていう人で、僕の人生が変わっちゃったようなところがあって。あの人が生きていてくれたから、今日の僕があるみたいな意識もあるんですよ。他にも、自分がいろんな生と死を見つめて来て言えることは、いわゆる近代文明っていうのは必ずしも人間を、人類っていうものを幸せにしたのかどうか。逆に、近代文明こそが人類を破滅に追いやってるんじゃないかと。

村田 現にそうですよね。これだけ温暖化になってるのもそうですしね。

木下 そうでしょう。だから、そういうことを考えると、その温暖化にしても僕は、実際は、逆に人間って、それほどのもんかと、この地球上を変えられるだけの力なんてあるかと。僕は人間なんてのは、この地球上に現れた一番、最悪の塵だとさえ思ってしまうんです。そうすると、それは宇宙とか大自然の意志というか、それらのなせるわざであって、人間の力で温暖化が起きたから、地球温暖化になったのか……果たして、どうなのか？

村田 そう簡単なものでもないよね。確かに。

木下 そう簡単なもんじゃない。だから、人間なんていうのはどうでもいいんですよ、ある意味、そういう点で。でも、自分はその人間だから、そんなことは言えないんだけど。ただ、それでも僕の中でやりたいのは、まだまだやらなきゃいけないことってあるなと思っているんですよ、正直言って。これは別に、人に命令されてやるわけでもなんでもなく、自分勝手に決めていることで。僕が思うに、たとえばミケランジェロにしろ、絵の世界では北斎にしろ、非常に自分を知るリアリストだったということ。

それが、日本人の、特に近代以降っていうのは、みんなミニチュアになっているんです。

村田 それ長生きだからでしょう、一つは。皮肉にもね。

木下 それは、そういうことなんですよね。そうだけども、ただ、どうなんだろうな。寿命というものに対して、あるいは与えられた役割に対して、それはいわゆる近代文明だけの中で一所懸命、医学的に、医学が発達したらこうだとか、ということではないような気がするんです。それと、みんなだれでも願う自分の居場所というか、死に場所も、それを近代文明がかなり壊したんじゃないか。よくはわからないけどね。どうも、今の日本を見ると、本当に救われないなという思いはあります。

木下 さっき言ったように、たとえば「姥捨て山」にしても、もし単純に宗教的に、あそこに行けば仏さまが、お釈迦さまがいると信じて、そのお釈迦さまの下で一人静かに死んで、そこが自分の死の居場所になるなら。それは癌に苦しむとか病院のベッドで管やパイプに繋がれて、生きたくもない所で生きて苦しむよりも、ずっといいかもしれない。

村田 しかし、ですよ、六十歳で元気な人が、何も身に覚えがないのに、六十歳でいきなりポンと捨てられて、食べるものもない、ここで死ねっていうのってどうなの。あの六十年、六十歳っていうのは、世界中の「姥捨ての地」がなぜか六十歳なんですよ。

木下 世界中にあるんですか？「姥捨て山」とか、そういうことがあるんですか。

村田 あるようです。中国の雲南省では、「爺捨て」です。

木下 なんで爺だけ捨てるの？ 婆は捨てない？

村田 ババは子守りや出産の手助けなど、役に立つから捨てない。ただし、年に一度、田植えの季節は、麓から息子たちが、ジジを迎えに山に上がってくるそうです。

木下 それはまた、なんで？

村田 田植えの手伝いがあるからです。それが終わったら、また山に帰って行くんだとか。私の小説『蕨野行』を映画化された映画監督の恩地日出夫さんが、雲南に行って、実際に見たそうです。世界には、そんな所がまだあったんですね。

ところで、姥捨ての六十歳、その六十年説の由来は、学者によると、六十年で、天から降った雨が山に注ぎ、地下水から海へ流れ込んで、それがまた空に戻っていく時間という説があるとか。

ともかく、そのくらい六十年っていうのは、世界中にあるそうですよ。

――ある整形外科のお医者さんが「人間の体は、骨格から考えると五〜六十年」と言われました。

木下 ピークはそうですよね、大体。無理がいく、骨のどっかに。そうだろうね。

村田 人間もこの自然というか宇宙が創り出したものですよね。その材料は結局、宇宙に飛び散ったビックバンの時の材料しかないんですよ。それが、星の形や人の形、自然を作り、たまたま知恵とか知識とか、そういうものを、変なものを膨らませていって、今のようになったけど、それも宇宙自身が持っていたものじゃないですか、材料はね。ということは、人類の悪の素も実は内包されていたんじゃないか。

木下 それはそうなんですよ。おそらくね。

村田 そうすると、それも想定内の運命、想定内の不幸っていうものじゃないかなと思った。じゃあ、私たちはどう思えばいいのか。結局、人間の現在を、この状態に甘んじなきゃいけないのか。

木下 結局、救うのは自分自身でしかないのではないか、自分を救うのは。だれかに依頼しても、変なものがいっぱい働くでしょう、政治的なものとか、宗教にしろ、特に宗教なんか酷いのも多いですよね。自分自身をどう認識するか、今、ビックバンが創り上げた宇宙の中においてでしかないけれども。それを認識して、自分はどうあるべきだということは自分自身でしか決められない。ただ、そうは言っても、それを表現するアートの役割とか文学の役割とかはあると思うんですよ。そう思いたいのかもしれないけど。

村田 そこには計算だけではできない、科学とは反対の文化、芸術面のインスピレーションが要りますね。

木下 そこなんですよ。だから――

村田 そこなんですよ、と言われても、それほどの、大したことは考えてないんだけど、私はね。

木下 たとえば全然違うかに見える理数系のご主人と、文学系の村田さんがいるわけだけど。でも、僕から見た、そして話を聞くだけの範囲ですが、お二人は一体化して見える、僕にはそう見えるんです。その一体化したものは何かということを、僕は言葉に出してなかなか言えないけれど、どういうことが一体化しているのかと言われると、僕のイメージの中でしかない、としか言えないんだけど。でも、そう見える。

村田 そうか、なるほど。うちの夫婦はそういう面の一体化ができているんですね。ケンカしながらも。木下さんの場合の一体化とは、また違うけど。

そうか、世界はオスとメスの良き特性が一つになればいいんじゃないか。でも、それが難しいのは、歴史が証明しているんだけどね。

木下　おそらく同病の方々もそうだと思いますが、妻を見ていると、まったく違った世界という気がする。違った世界と言っても、日本人同士なんです。今、その違いみたいなものを、ものすごく感じているんですよ。僕は、何か一つのフィクションみたいなものを創り上げてるんじゃないかと思うほど。

村田　あなたが？

木下　そういう気持ちもあるの。それで、僕は一生涯、妻を騙し続けるのかなと思ったりするわけ。いや、むしろ妻が騙されているふりをしているのか。つまり、何を言いたいかというと、妻が若い時はミニスカートはいて、男の友だちもいろいろいたりしてたけど、そういう時っていうのは、僕にとって妻はエロスの存在だし、そういう時代もあったわけですよ。

今の僕が現在の妻を見ると、まるっきり生活感覚的にも違う。寝返りさえ自分で打てないぐらいな感じだし。あるいは、排泄する時も自分の力ではできないわけです。時には男のヘルパーが来て、手を貸そうとするけれど、そんな時、絶対、妻は拒否するわね。

村田　そりゃそうよね。意識はしっかりしているわけだし。

木下　だから、ヘルパーに男性なんか、なぜ寄こすんだと言いたくなる。でも、それは現在の世の中の、いいか悪いかはともかく、そういうシステムの中で福祉関係は動いているわけだから、これも致し方ないことかもしれないけれど。でも、妻はどこか、変わらないものがあるわけですよ。本質は変わらないので、機能が変わったとしても。

すると、僕は、この妻を騙し続けなくてはいけないのかなと思ったりするわけ。それは、つまり、僕との関係性において、おまえがこの状態で病気と闘っている、それを僕は今、描いているんだと。

今、各美術館で作品を展示してくれています。今回、一番うれしかったのは、東京国立近代美術館で買ってもらったこと。しかも新作を——新作というのは、病んだ妻を描いた絵です。いずれ僕が死んで、おまえも僕も死んだ後に、美術館に絵は残される、と。

村田　ああ、すごい。絵は残る。

木下　百年後まで必ず残る、そういう装置の中に置かれる。戦争でも起きて、人より先にそういう美術館が焼かれることも、百年の中にはあるかもしれない。そういう時は、神しか頼るものはない。神は必ず、必要とした場合、これを残してくれる。この作品は、おそらく僕の伝説も、そういう形で残るだろうから。

そうすると今、おまえは何もできないかもしれないが、モデルというより、妻を、モデルでもなんでもない一人として、介護と一体化して描いてるわけだから。百年後も、救われたいと思ったら、その時はそう思った人が観に来るだろう、と。
今だって結構、二〇代、三〇代ぐらいの人、もっと若い子もいるけれど、観に来るんですよ。僕は単純だから、若いかわいい娘が来ると、妙な妄想を抱いたりもする。けれども、その人にしてみれば、僕に対して、あるいは僕の絵の世界に対して救いを求めて来るようです。それで、「生まれてきてくださって、ありがとうございます」などと言う。
ええっ、この僕にそういうこと言うの？って感じですよ。そんなの、若い母親がかわいい赤ちゃんを見て、「生まれてきてありがとう」と、それならわかりますよ。だけど、こんな僕の孫みたいな娘さんが、こんなじいさんを見て、「生まれてきてくださってありがとうございます」なんて、そんなこと言ってくれるのかと。すると僕は、そういう形で騙しているのか、と。

村田　なるほどね。心底、正直なのね、あなたは。

木下　しかし、そんな一ファンの彼女に対して、僕はおまえさんの裸を妄想してるような男なだけなんだと、心の中で想いを勝手に抱いているのだけれど、彼女が僕に見ているのは、まるで神のようなものなんだろうね。少しオーバーに言ってみれば。彼女自身にとって、少なくとも、このじいさんは自分の居場所を一時でも与えてくれたと感じてくれた。
だけど、そう言った子は、あともう少し成長すると、全然違う所へ行ってしまうかもしれないとも思う。もちろん、そういうことの虚しさを感じることも、しばしばあったわけです。するとと、絵を描くっていうのは、なんか、時空を超えた所で思いもよらず、人を騙しているのではないかと、そういう感じにも囚われることがある。

村田 絵を描くっていうことと、それから絵に描かれるっていうこと、自分が描かれているということ。それは人間関係として、そこで自分の全部を、自分の背中まで、自分の見えない所まで全部委ねるということだから、ある意味で信仰状態になるわね。だから、相手は神みたいなものとして在《あ》る、そういう関係は起こり得るでしょうね。

木下 僕はそんな立派な者じゃないし、かわいい子がいたら付いて行きたくなるような感覚も、今もってあるくらいだし。そういうとこで僕は封じ込められているような気もするわけね。逆に、開き直って、絵の中では僕は人を騙し続けるぞ、という気分にもなる。

村田 なるほどね。あなたは、誠実な人なんだね。

木下 それはもう、目の前にいる、妻はわかっているんだろうけど、あいつのすごいところは、僕とは全然違う人間なんですよ。だから、僕が興味があるのはそこなんです。違う人間なんだけれど、結局、それは妻と出会った時に、そんな糞まみれなんて、そんなことは想像したこともなかった。僕は、自分の娘が生まれた時は、便にまみれたオムツの処理に困ったり、そういうことをちらっと体験したけれども。だけど、まさか自分の妻がそんな対象になるとは、思ってもみなかったから。

村田　あなたの奥さん、若い時の写真を見たら、本当、キュートで、若い時の木下さんが魅かれたのはわかるって、思いましたよ。

木下　だから、言わば、やっと女から人間になってくれたんです。人間になって僕と対等なんだけど、でも、それでは、僕自身が救われない。だから、騙し続けるぞと。騙され続けてくれよと。そう想うばかりですよ。

村田　しかし、奥さんも、あなたがそのように精神的に成長なのか何かわかりませんけど、心の変化があるのと同じように、彼女もあなたに描かれながら、ずっと変遷してきたと思う、おそらく、その気持ちは。想像だけど。

木下　そうだね。少しは鈍感な僕にも、それは思い当たりますね。

村田　それは厳密には、あるいは実際には、ちょっと木下さんでもわからない、私もわからない。当人じゃないと、わからないところの軌跡をたどってると思うの。それは本当、知りたいなと思うんです。他の同病の方でも、知りたいと思いますね。人間の心の変遷って、どのようにたどっていくんだろうと。それはどこかで最終的に人間として、人間っていうのはどこかで折れ合う、折り合う、平安を得る、そういうところに行き着くんだったら、それはどういうふうな軌跡をたどるんだろうなと思う。

木下 僕は今、本当に妻を美しく見ようと、自分の感性を殺し続けていますよ。本当に実際、病気で苦しんだり、いろいろしてると、それはいろいろありますからね。だから、そんな現実感を殺し続けて、なんかこう、矛盾しているけど、壊れていく体の奥にある命のエッセンスだけを取り上げて、美に昇華させるという作品制作です。

村田 絵を描くっていうことは、今の現在の姿をそのまま写し込むわけだから、一つずつ彼女の今の病気を確認しているような感じがして。それは私にすると惨いし、きついだろうなと思うんですけど。でも一方で、そう私が思うくらいだから、あなたの奥さんは、どんなふうに思ってるか、それは想像にあまりある。

木下 いや、おそらく妻は現実に生きている状況だけで、対応も微弱なまま、今はそれで精一杯なのだと思います。

村田 しかし、描きながら夫婦だから、駄目押しをしながら、今の現在のおまえはこうだよ、おまえはこうだよと、ずっと確認していくところの、夫としての、絵描きであると同時に夫としての木下さんの気持ちの歩み方とか。なんかそれは、一筋縄ではいかないですよね。

木下 そう。だから、浅はかだけど僕は救いたいんだよ。それは命を救うということだけじゃなくて、それはあり得ない、あり得ないとわかってても、そんな彼女を救いたいんだよ。

村田 ええ、わかるわ。それで、あなたは自分も救いたいのよ。

木下　結局、自分を救うためにやってるのかもしれない。だけど、ただ日常的に壊れていく妻、徐々に壊れていく彼女を見てると、心底、救いたいなと思う。でも、僕にはそんな力は本当はないんです。だから、そういうふうに騙してやっているというわけです。

村田　共に生きていくためには、ある意味の口実もいりますよね。いや、それもきついよね。開き直るわけじゃないけど、芸術なんて、そんなものかなと思ったりもするんです。

木下　そう。ただ僕は……。ものすごく野心が大きくて、「絶対、今まで人間がやったことないことをやるんだ」と。ただ、その場合の才能を僕は宇宙から神から与えられてるのか？そういう葛藤はもちろんあります。だけど、それは自分に問うしかないんです。

藤原　木下さんは、ご自分の仕事と介護が一体化していると思います。ふつうの介護とは違う立場で、介護しておられると思うんです。

木下　いや、これも一つの現実なんです。僕にとっての。介護し始めて仕事ができなかったら駄目ですし。だから一緒にしてしまうのと、それと僕のような貧乏人は、たとえばケアマネが「奥さんを、施設に入れられたらいかがですか」みたいなことも言ってくるわけです。だけど、入れようとしても金がないから入れられないわけです。そういう現実問題もあるし。

ただ、お金のことだけではなく、今、自分に与えられた現実、妻を描くということと、その妻を傍に置いて面倒を看るという問題としての、これが解決の形です。

それしか僕は、生きられないですから。それが僕の現実です。

藤原　画家と作家という生業を持っておられるお二人ですが、大変な介護と、仕事を両立してこられました。介護というのは死に至る前の段階で、村田さんは、残念ながら昨年九月にご主人の死を迎えられました。

木下さんは、近代文明とは何かを問われています。村田さんは、木下さんに共感しつつも、超越している、という感じがいたします。村田さんは「自分の場合、フィクションでもって、現実を突き抜けることができる」とおっしゃいますが、ご自分の創作を、今、生きる梃子にしておられるのではないかと思いました。

変われない日本人——敗戦と占領、コロナ禍

藤原　先進国にいる現代人は、科学技術至上主義を選択し、人類のみならず、生類すべてを破滅させるようなものまで作ってしまいました。人類は、一日一日、滅亡へ向かっているのではないか。暗い話で終わりたくはないのですが、そう思わざるを得ないのです。
たとえば、十数年前に日本で起きた原発事故。日本には原発が五十四基もあります。同様の事故が、明日起きてもおかしくありません。そんなことを村田さんは思うから、現実を乗り超

えたような〝物語〟を、お書きになるのかもしれません。〝物語る〟というのは、非常に大事なことだと思います。

村田 今の時点では嫌な想像が付くから、話に熱が入らないですけどね。でも、つまり原子爆弾が作られた時から、これは何か一つの暗い予測としては、万一のことがあればお終い、であった。でも、この万一のこととは万に一つじゃなくて、いつ起きてもおかしくないようなことですよね。世界に原発があれだけの数あるわけですから。

そして、今もロシアとウクライナの戦争があります。私などは、ここまでくるともう考えられません。昔風に言えば、ただ筆一本の作家でしかない。木下さんが何をおっしゃるか、聞きたいです。木下さんも、筆一本に変わりはないですが。

木下 それは僕が聞きたいくらいですよ。本当です。村田さんこそ、どうかぜひ、何か語ってください。

藤原　若い人たちに申しわけないと思います。村田さんも、次世代の人たちに、今、われわれは何ができるのか、そういうことを考えることがあるのではないでしょうか。

村田 すごくありますね、その思いは強く感じています。今、ふと思ったのですけど、この次世代の人たちに申しわけない、というのが、ものすごくあるんですよ。でも、私が思うのは、うちの孫たちくらいまでです。うちの孫が十八歳で、今度、芸術大学が受かるかどうかの瀬戸際です。それより上の世代は私、なんか少しだけこっち側の、私たちの思いを引きずっているんじゃないかと思うんです。

私たちの息子や娘の世代を含めて、こういう時に彼らは何も言わないわけですから。実は言ってるとは思うんですよ、私たちだって言ってるんです、口酸っぱくなるほど。しかし、言ってはいても行動しないでしょう。少なくとも今、台湾の人たちは、香港の若い人たちなど切迫度が強いので、行動しているんですよ。それが日本には、あんまり見られないわけでしょう。

そうしたら、近代日本の大敗というところで言えば、日本人って、『江戸っ子は五月の鯉の吹き流し』と言って、腸《はらわた》がないという。これだけ原爆でやられて、この国だけが。他の国はやられてないんですよ。しかも、福島原発の事故が起きても、この原発を造ろうって言ってる人たちが第一党を取ってるんですよ、政治で。この気質が日本史を貫いている。

藤原　戦後と言っても、「終戦後」ではなく「敗戦後」です。敗戦後、日本は自立できなくなりました。「戦後を検証する」と毎年のように言われますが、「敗戦」をきちんと認識することだと思います。

村田　そうです。その通りですよ。その先までいくと、かつて戦後の一時期は東京にGHQという占領軍がいて、やがてマッカーサーがアメリカに帰るでしょう。あの時に東京の市民、みんな見送りに出て手を振って「松川《マッカワ》さん、さようなら、ご恩は忘れません」って叫んだそうですね、松川さんならぬマッカーサーに。そこからがおかしいですよ。敗戦と認めてないよね。歴史認識として。だから、子どもたちに教えて来なかった。

アメリカに負けたのは幸せなことだったと、こうなっているんですよ、なぜか。アメリカから、平和憲法も作ってもらうし、配給ももらう。私たちの学校には、脱脂粉乳の粉ミルクをくれた。それからコッペパンまで作ってくれていたということになるんです。

藤原　アメリカに都市という都市を焼き尽くされました。木下さんから、明治維新からの百五十年間、日本は駄目になったと言われましたが、そのとおりだと思います。日本人の目は明治になる少し前から欧米に向いていましたし、日清・日露の戦争で一応勝ち、第二次世界大戦に敗戦する一九四五年までは、それでも日本の形はあったと思います。しかし一九四五年以降、この七八年の間に、日本人が日本人の形を忘れていきました。体験していない人間が、思い出せるわけがない。それなのに、それ以前に生まれ育った人たちが書いたものもまったく読まれない現状です。

村田　そうですね。でも、その一九四五年の敗戦を招いたのは、まぎれもない日本人の愚かさではなかったでしょうか。軍人ばかりじゃない。国民も。敗戦前は立派な日本人で、戦後はダメになったわけはない。私たちも戦後っ子ですもんね。直接には、体験はしていないと言える。そして悲しいかな、日本民族ということから考えると、その『江戸っ子は五月《さつき》の鯉の吹き流し』でしょう。そういう現況は日本人の気質の中にある。

たとえば、私が有田焼のことを朝日新聞で連載小説にする時に、有田のことを相当調べたんです。今も渡来陶工の血を引く方々が、いっぱいいらっしゃるのですよ。その人たちは、朝鮮半島から、豊臣秀吉のころにはもう来ているんです。

古い資料を調べていると、昔、土地の者と渡来陶工が喧嘩しても日本人は怪我しない、朝鮮陶工は半死半生になるんですって。それは、韓国人は絶対に最後まで言い張る。日本人は、まあまあ、わかった、悪かったと、すぐ言うんですって。わしが悪かったと、すぐ謝る。韓国人は死んでも謝らない。だから最後は戸板に乗せられて、瀕死の態で家に運び込まれてくる。

日本人の陶工は、喧嘩しても全然傷もないんですって。何が違うかというと、その日本人の、ごめんなって、すぐ謝るところ。だから負け上手なんですよ。負け上手なのか、負け下手なのかわかりませんが、そういうところが、あるんじゃないかと思う。特攻で若い兵士をあれだけ死なせながら、何とか生きのびて帰還した者は、裏口から帰って来た、と。反省がない。

したたかなのか、根性なしなのかわかりませんけれど。いいかげんなとこがある。結局、ペリーが来た時でも、それからその後の修好条約とかいろいろ幕府がやって、あの時でもいいかげんな条約結んでいる。あとずっとその不平等条約が続くんです。

そのあたり、なあなあのところが、日本人の気質にあると思う。だから、いくら反省してもまた何かあった時には、また絶対、この気質が出るんじゃないかと思うんです。何の民族か知らないけど、韓国とは絶対違う気質だと思います。

藤原　日本人は変わらないだろうと。

村田　変わらないでしょうね。それは、おそらく。

藤原　新型コロナ対策も、日本人はお上の言うとおりマスクをしたり、密をさけたり、ワクチンをしました。政府は何回も緊急事態宣言を出しましたが、具体的に何が効果があるのか、追究されたのでしょうか。予算の組み方も、無責任だと思います。いわゆる専門家と称する人たち、政治家や官僚に、全体を見て、指揮を取っている者がいるのでしょうか。そういう主体が、感じられないんです。

村田　飲食店、ホテルが潰れかかっているから、急に、もう緩和するとか。ＪＲはどうするんだ、ＪＡＬもどうするんだと。だから、私たちも今回、六万七五〇〇円旅費がいるけど、今、旅行したら二万円戻ってきますよ、というので二万円返されました、お金が。しかも、ちゃんと二万円の応援プラス二千円の券がもらえた。帰るまでに二千円はただで使えますから、コンビニに行ってくださいと。――本当にそれでいいわけ？と思いますけど。

木下　よくないでしょう。だってその分、今まで以上に国債とかいろんな大赤字で、さらに今、こんなコロナになって経済は回らない。それに、最近、電気代をカバーするとか、五万円の支援金が出るんですよ、各家庭に、僕の棲む相模原市は。たとえば高度成長期の時でも経済危機というのは叫ばれているわけですよ。今、そんなこと言っているどころか、もうむちゃくちゃなわけですよ、国の財政は。予算の使い方がその場限りで。挙句に、国防費が増強されるとか。

村田 これは国難ですよ。いや、世界の難なのです。

木下 そう。疫病が今、流行っています。それで、だんだん経済状態が下降、悪くなってきて、悪くなってくるとナショナリズムが出てきて、ナショナリズムの先には、戦争ですから、案の定、ウクライナ戦争が起きたという。だから、この状態がここで止まるわけないわけで、コロナは止まっても、人類はかなり大変な状況になってくるんじゃないかと。第三次世界大戦とかも視野に入れて、いや、そんなレベルじゃない、もっと滅亡の淵に立たされるとか、いろんなことが起きてくるんだろうと思う。

そういった意味で今、コロナで最初から抑えても、抑えても、また変異をして出てくる。中国は、ゼロコロナの状態だったのが、九億って、もう、あの中国の国民の六割がコロナだったというんですよ。全員感染になっているでしょう、おそらく。本当はゼロコロナの以前にそうなってしまっていたんです。じゃあ、それでまた変異をしていくということになってくると、これ核戦争で滅びるよりも、コロナで滅ぼされるんじゃないかと。それをどうにかして生き延びる方法ってあるのかどうか。

僕らは仮にコロナに罹ったとしても生き延びるかもしれない、死ぬまでは生き延びる、大して生きてないでしょうけど。あと自分らの子どもとか、孫とかひ孫とか、いろいろずっと下がっていく命がどこまでつながるのか。

僕がさっきも言ったように、すごく、自分でも言ってること、矛盾しているんですよ。ただ、「国破れて山河あり」という句もあります。人間が勝手に動き回ったこの地球上が、人間が最後に一人だけ残って、そして滅びていくと。でも、地球という星がいつまで続くかわからないけど、はるかに人間よりは長く生きているわけです。そんなことを考えると、僕は近代っていうのは人類そのものに非常に、不幸をもたらしたんじゃないかと思う。

爆発的に人間が増えて、生物が急激に増えるってことは滅びるってことでもある。そういう最後の一人までになるほど、人類は追い込まれて滅びていくのか。あるいは、今までみたいにどこかで止まって、うまくなし崩ししていくのか、ちょっとわからない。

藤原 そういう近代文明社会に生きていて、幸せだと感じることは少ないと思います。近代というのは、まさにヨーロッパが生み出したものだと思うのです。西洋世界が、先住民を殺戮して、アメリカ大陸を征服しました。オーストラリア、アジアもそうです。

木下 そうだね。明らかにそうです。ヨーロッパ中心です。欧米中心。要するに白人社会ですよ、欧米の。

藤原　狭いヨーロッパでの勢力圏争いに、全世界が巻き込まれている。一八世紀半ばの産業革命について、プラスイメージで教えられたけれど、産業革命とは何だったのか、真剣に考えている科学者がいるのでしょうか。産業革命の行き着くところが、今の現状ではないでしょうか。そういうものに、我々が後からついていって、乗っかって、何になるのか。お二人に検証してもらいたいですね。

木下　あまりに大問題で、そんなこと、とてもとても。歴史家でも科学者でも経済学者でもないし。僕なんかにはできませんよ。

村田　しかもこれはそのまま地球の歴史であります。

人間の限界、文明のゆきづまり

木下　人類には、最初にホモサピエンスがいて、他にもいろいろあったでしょう。実は優れたものは先に滅びてるんです。今の人類は、そんな優れた人類じゃないそうですよ、肉体的にだろうけど。そういう摂理に基づいて言えば、遠からずヨーロッパ文明は、五百～六百年の間に生まれ栄えたそれが、やがて滅亡するだろうと。じゃあ、何が残るのかということは、これはアジアもアフリカも南米も巻き込まれていますから、一緒くたに滅びてしまう。

僕はたとえばアインシュタインなんか、今、二十世紀の英雄のように扱うのは、とんでもない、言わせてもらえば、あいつは悪魔の化身だと言いたい。何もアインシュタイン、一人の責任じゃないんだけど。結局、アメリカの原爆作りに手を出した。

村田　これは、人間というものが、知るということ、知を追い求める人たちだからなのです。大きな脳を持って生まれてきた人類は、もともとはそこが問題なのです。だから、アインシュタインを責めることはできなくて、マリー・キュリー夫人を責めることもできない。

核物理学は今や星の研究にも、パソコンにも、医療にも、あらゆる現代科学の研究の源流となっている。原子爆弾は、その中の一つの鬼子です。

藤原　ここ四、五十年、認識は変わってきたなと思います。最近、アイヌの方とお付き合いするのですが、人間以外のもの全て、神なんですよ。「八百万《やおよろず》の神」といいますが、日本の古い時代にも、そういう認識は民衆の信仰の中にあったのではないかと思います。

村田　そうですね。日本人は古くから汎生命主義ですね。ヒトと動物を分けない。神もどこかヒトに似ている。『古事記』とかを見るとね。

木下　日本だけじゃないですよ、アニミズムとか。白人社会、アフリカにしたって、人間が生活を営んでいる地球上はそうあったはずなんです。ところが近代とか、僕はキリスト教に対しても批判もあるけれど。そういうものを含めた近代になって、こういう矛盾がいっぱい出てきて、まさに危機に立っている。個人でも一人ひとり危機に立っている。それをどうするかというよりも、まず、その状態を認識しないと次が出てこないということですよ。その認識力があまりにも足りないから、だからこうなってくるわけです。

村田 昔、原住民の人たちの間では、ものすごく生命っていうのは尊ばれてきた。自然とか。

木下 そういうものを畏れた人たちもいた。そして、敬った。

村田 そしたら、そこへ白人が出現したのはいつか、どのようにして白人が出現したのかっていうことになるんじゃないかと思う。

木下 僕はそもそも白人が出てきたことが大きな間違いだったというふうにしか、言いようがない。でも、そんなことは、白人もまた人類の一つであるってことを考えたら、それを非難したり排除したりするんじゃなくて、今、共に歴史認識をもって歩んで行くこと。

村田 出現したっていうのは一応、どういう状況、プロセスで出現したのかっていう。その悪の育ち方ですよ。それは、検証したほうがいいんじゃないか、もっと。

木下 すごいね。そこまで言い切る。だから、検証した結果、何がどうなのかってことをまず認識して、それに対してどう対処していけばいいのかと、次の段階にいくわけ。少なくとも、自分らの段階ではある意味、ほとんど妄想であったりするかもしれないけれど、それを信じて、それでとにかく認識し直していかなきゃいけない。
今の若い人たちにも、恵まれているとか、貧しいとか、いろんな気持ちがあるかもしれない。なぜそうなのかっていうことをまず悪も善も含めて、それを認識した上で、じゃあ、自分は今後どうしていけばいいのか。そうすると悪の意味も善の意味も、いろんなことがわかってくるはずですよ。
そういう教育が今、まったくないでしょう。これは今の僕ら、自分らが生きている間に、それをやるのは非常に難しい。残念ながら。
村田 だって、明治維新以降の歴史さえも、ちゃんと教えられてないんです。教えなかった。
木下 テレビも、教育番組にしろ、ニュース報道番組にしろ、自分らの、その時の為政者の都合のいいものばかりだし。本にしても、なかなかちゃんとしたものは見つからない。
村田 縄文時代が一番、時間を費やしているの、学校で習うのは。あの時代は一万年もあったわけだから。
木下 あの縄文時代だって、そりゃ、いろいろあったはずなんです。縄文時代にだって、「合掌」があったんですから。それを表し記した物が出てくるということは、それだけ人類には、既にあの時代から不幸が始まっていたのかもしれないよね。「合掌」って大体、不幸や悲しみの象徴です。本当にこれは、人がどうにもならないので、合掌するわけだから。

村田　「合掌」ね。なるほど。あなたの絵にもあるものね、お寺の天井画にもなった。それから、ヨーロッパの森を壊したのだって、昔のキリスト教ですものね。森を壊して造った跡に、教会を建てた。だから、バロック形式は中に入ると、巨大な森の木立を連想させますね。

木下　都市を造るために森を壊して。木を伐って砂漠にした、人間は砂漠の中で育った。

村田　元は砂漠で育った宗教だからね。だから、ペストがあれだけ北上して行った。あれ、森を壊したからなんですってね。

藤原　西洋が力で世界を支配してきた五百年間の近代に、日本は追い付け、追い越せでやってきましたが、今後、どうするかですね。

それでも希望を未来へ

木下　仮想とか、現実、そういうものも含めて善と悪みたいなものとか、きちんと認識する。だけど、白人だけが悪いわけじゃない。それを受け入れたアメリカも、アジアも悪いし、全人類が危機に陥ったわけだ。じゃあ、全部滅ぼせばいいのか、そんなことじゃないですよ、もちろん。

人間として生まれた限りはすべて、西洋的に言うなら平等なわけで。その精神をどうこれから人間の未来、人類の未来に結び付けていくかということになってくるよね。

藤原　木下さん、絵画の世界でも、ヨーロッパ中心的なものに支配されたでしょう?

木下　支配されていますよ。完全に支配されている、今もだろうけれど。たとえば鉛筆っていうのはヨーロッパでできたものです。日本人の僕が書くなら、墨と筆を使えばいいじゃないですか。でも、僕は墨では下手で書けないし、描けない。だから、自分の中にも矛盾したものがいっぱいある。まず、その自分の中にある内的なものと外的なもの、それを認識しないと何も言えない。

アインシュタインが悪い、ピカソが悪い、さっき言ったデカルトも。それが悪いなんて言っても、これはしょうがないことで、それを受け入れてきた自分たちにも責任があるわけだから。その上で、まず善を考える。人間が生きていくかなり切実なところに追い込まれているわけだから、その状況をいかに認識して、その上で次世代がこれを認識するか。僕らのできることなんかは本当に限られたものですよ。

僕は、今や死にゆく妻を描いていて、そこで人間の命とは何かとか、それを僕は次の時代に訴えていきたい。理想を言えば、これからもっと酷い時代が来ると思うから、ここ百年、二百年は。そうすると滅びるかもしれないけども、もしそういう時に僕が今信じる絵をだれかが求めて来るなら、この絵を見てくれと言える、示せるものを描きたい、アーティストとして。それが救いになるかならないかは、これは、今の僕の段階では決められないですよ。ただ、とにかくそういう状況を、まず認識しなきゃ、何も始まらない。これをみんなが認識していないために、いろんなところで暴走している。飛躍した話のようだけど、今の習近平、プーチン、トランプもそうだし、バイデンもそうだし、みんな利権を争っている。

藤原　鉛筆は一九世紀末ぐらいに西洋で生まれたものですが、木下さんの鉛筆画は、鉛筆がなかったらどうでしょうか。

木下　別の画材を使っていると思う、それは仕方ないから。というか、たとえば文学にしろアートにしろ、いろんな人間がこれまでやってきたものはあると思うけど、それぞれ個々が選択した結果だよね。選択して見えてくるものってあるわけですよ。それをどう認識するか、そこからしか始まらない。

たとえば僕が平和だと言っても、僕の平和は、別の人にしてみれば不幸かもしれない。そういうこともあるでしょう。

村田　そうそう。それはあります。そこも大事なところですよ。

木下　そういうことも認識しないと、ただただ自分の利益だけを追っていると、今みたいな状況になるわけですよ、今、地球上を覆っている、人間の現実。

村田 だから善悪っていうことは、地球規模で考えるか宇宙規模で考えるかしかないですよ。

木下 そうなんですよ。まさに、そういうこと。

村田 キリスト教の人たちは、自分たちは善であると思っているかもしれないけど、キリスト教が、もともと酷いこともやってきてるわけですよ。十字軍の遠征とか魔女狩りとかね。

木下 あれは一神教で、仏教よりも愚かな宗教とも言えますよ、はっきり言わせてもらえば。

村田 だけど、そのあたりは何とも言えないですね。善と悪、両方人間は持ってるものなんです。だから、一概に、そう軽々しく単純には言えない。

――そういう中で、〝希望〟については考えられないのでしょうか。先日、生命誌研究者の中村桂子先生がお話しになっているのを聞きました。科学は役に立たない、立つべきでもないというのもわかるけれど、「今こそ生命誌を役に立てたい、社会を変えたい」とおっしゃるんです。中村先生は三十年前に生命誌研究館を創られましたが、「私はふつうの女の子だから、今のような仕事ができる」と。

木下 あれほどふつうじゃない人もいないですよ。すごい人だし。あの人、たとえば僕に対して、「あなた、いいわね、波乱万丈の人生で、私なんかふつうなので」。あなたふつうじゃないよ、ふつうはこのあたり、俺たちなんだよ、と言いたいけど。

――それはわかります。でも、この「ふつう」とは、「もし、世界にまだ希望というものが残されているとしたら、それは、ふつうの人びとの日々の営みにこそある」（アーシュラ・K・ル＝グウィン）という言葉にこめられたものと同じ「ふつう」だとおっしゃいました。

藤原　科学者の多くは、中村先生と違って、細分化された専門のなかで、自分の専門しか考えていない。そしてある時まで人間中心主義だった。そういう中で中村桂子さんは「人間は自然の一部、生き物の中の一部」だと、「生命誌」を提唱されました。

木下　そうそう。その人間中心主義が間違いだった。いくら民主主義とか言っても。

村田　でも、今、一部の科学者はすごく猛反省しているんですよ。今やすべての科学者と言っていいかも。

木下　要するに認識ですよ。どれだけ現実を、自然のことだとか、人間のこととか、そういう置かれた状況下で、脚色なしにどこまで切迫感のある、人間とはどうしょうもないという、そういう認識を持った上で、たとえば他の動物や自然観を学ぶとか、いろんなことが次の段階で来るんです。だから、その認識がまだ全然整ってないというのではないですか。

――西洋文化、文明が行き詰まってから、日本やアジアのものが見直され始めたということもあるでしょうか。

村田　そうですね、そういう一面もありますね。でも、どうでしょうね。

木下　それほど説得力がないとは思うけど。

村田 それほど見直されてなかった。そういうことかな。

木下 いや、戦国時代に結局、スペインが侵略して来るわけでしょう。日本はあのとき軍事国家なんです。それも戦場で直接戦っている。そんな所に入って行ったら危ない、駄目だと、だから彼らは手を引いたんです。そして江戸幕府ができた。ちょっとあそこに手を出すとやばいことになる。ヨーロッパの見方では、今は、手ごわいぞっていうことに。

だけど、それも日本が腐り果てて幕末になってくると、もうそんな軍事的な抵抗力もないだろうと。ただ文化はそれなりにあった。その後、明治以降は、アメリカにしてみれば完全に、アジア戦略の一つで、日本であれば島国だし、日清・日露の戦争に勝ったとはいえ、まだ当時は飛行機もそんなにないわけだからと、敵とみて戦争に入った。そして日本の敗戦で、占領軍が来て、基地を置いた。でも、もう、完全には今だったら植民地にしないでしょうね、日本を。

——お二人は文学・絵画の担い手として、武力ではなく、その芸術、文化の力で、未来への希望はもてないでしょうか。

木下 いや、僕は、いいんですよ、もう。さっきも言ったように、若い女性が自分の居場所がなくて、何をどうやって調べたのか知らんけど、僕の個展会場に来た。その時に、この僕に「生まれてきてくださり、ありがとうございました」って言った。僕は、その言葉を信じるほかない。

——素敵なお話ですね。

木下 だから、こういう僕にでも、僕の絵でも、そういうふうに思ってくれる人が一人でもいるんだとすれば、それに対して責任は感じるなと。そして、その言葉を信じて描いていく。

——その人は「ふつうの人」だったんでしょうか。

木下 ふつうの人ですよ。

——そういう「ふつうの人」にこそ希望があるのでしょうね。

木下 かもしれないね。

藤原 後藤新平最晩年の「自治三訣」——「人のおせわにならぬよう、人のおせわをするよう、そしてむくいをもとめぬよう」——を貫くものは、「無私の精神」です。またイバン・イリイチが亡くなる前に友人の質問に答えた『生きる希望』の中で、現代の問題の一つは「無償性の喪失」だと言っています。無私の精神で、無償で社会や人に働きかける、それが欠落したのが一番の問題だと。『『最善の堕落』は最悪だ」とも言っていますが、彼は希望を失っていないんです。

村田 〝最善の堕落〟ですか。

藤原 現代の高度産業社会における三つのサービス制度——教育、医療、交通——は、人間にとっては善です。ただ、それらが制度化、システム化することによって、自立性を欠いた、依存したものに転化する。そして人間が機械化する。素晴らしいものでも、制度化によって堕落する。そしてイリイチはキリスト教や西洋近代の最深部に批判を向けています。そこに、命を回復する唯一の可能性を探ったわけです。

村田 そうだね。なるほど、この解決法って「無償」ですか……。だから、経済効率とか言っていたら、またおかしくなるんですよね。

木下 そういう事だよね。お金の事しか考えなくなる。

藤原 でも、無償の行為というのは、ふつうの民衆の中に実はいっぱいある。

村田 だって、人間の歴史は、効率を考えて、どんどん進んでいった。縄文から弥生に移った時でも、多くの人たちの人手が要った。そして米を作るとか、農業をやるとか、そういうことで大きくなっていくわけですよね。

小さい国がたくさんできてきて、長者みたいな人たちがでてくる。だから最初から、もともとが効率を目指してるんですよ、人間は。どう効率化、能率化するか、そこからやっているので、確かに「無償」っていうのは本当、そこに一撃を食わせる思想なんですね。

藤原 アナキストのクロポトキンも「相互扶助」と言いました。日本にも民衆の中に「もやい」という助け合いの仕組みがありました。そういうものが、何かの大きな力、合理主義などで絡め取られていきました。

村田 そうですね。国家があるっていうことは、そういうふうになるんですね。それで権力者が出てくる。しかし、庶民のそういうものは制度化できませんね。そこに、まだ、希望があるのかもしれません。「もやい」、なんてね。

藤原　三回にわたって長時間、楽しいお話をありがとうございました。

対談を終えて

村田喜代子

子どものころから絵を描くことは好きだった。得意だったとは言わない。なぜなら人間の片方の眼だけを描くとか、唇だけを描くとか、それしか出来ない。上手だからもう片方の眼も描けと言われても、それは出来ない。唇の上にある鼻も描いてみろと言われても、それも出来ない。構図が苦手なのだ。空間認識が下手くそで、上下左右均一に描けない。

だがたまにうちの犬の眼など見ていると、思わず紙と鉛筆を取って来て、座り込んで描いてみたりする。私は一点を凝視する癖がある。ものを凝視する。木下さんの描くあんな老人の手を、私も凝視して描き写したい。

だが私は絶対に絵描きにはなれないので、せめて木下さんと友達になることにする。彼の絵を見ると、そうだ、そうだと頷きたくなる。「この世も人も、まさに今あなたの鉛筆が描くように、そのように存在するのだ」とつぶやくのである。

対談を終えて

木下　晋

人を傷つけないと、生きられない。その分もちろん自分も傷つけられる。守ってくれる人のいなかった私にとって、それが、そこでしか生きようのない、普通の生き方だった。そんな中で、運良く生き延びて来た。

村田さんも、幼少期から大変な人生だったようだ。ところが彼女は私と違い、人間を「恨み」でなく「受け容れ」、そして「寄り添う」。それは、生まれながらに村田さんの持つ存在の大きさであり、強さでもある。ご主人との関係も、失礼な言い方だが、尋常ではない。ところが彼女はご主人と別れず、寄り添い、〝生まれ変わっても彼でいい〟と言う。奇跡である。

美術でも文学でも音楽でも、前衛だの何だのと言われる、人間の頭の中だけで作り上げたものを、私は全く信用しない。観念だけの創作は、百年後、千年後には消え去っているだろう。天才は、宇宙からの力、地球からの力を謙虚に、素直に受けとめ、かつ自分の力を信じて立ち向かう。そのような力を、私は村田さんに感じる。

木下　晋（きのした・すすむ）

1947 年、富山市生れ。画家。東京大学工学部建築学科講師、武蔵野美術大学客員教授、金沢美術工芸大学大学院教授などを歴任。17 歳の時、自由美術協会展に最年少で入選。81 年渡米、荒川修作に出会う。帰国後、鉛筆による表現に取り組む。“最後の瞽女”小林ハル、谷崎潤一郎『痴人の愛』モデルの和嶋せい、元ハンセン病患者の詩人桜井哲夫、パーキンソン病の妻らをモデルに創作。画文集『祈りの心』（求龍堂）『生の深い淵から』（里文出版）、絵本『ハルばあちゃんの手』『はじめての旅』（福音館書店）『森のパンダ』（講談社）、自伝『いのちを刻む』（城島徹編著、藤原書店）他。

村田喜代子（むらた・きよこ）

1945年、福岡県北九州市八幡生れ。作家。1985年、自身のタイプ印刷による個人誌『発表』を創刊。1987年『鍋の中』で芥川賞、1990年『白い山』で女流文学賞、1992年『真夜中の自転車』で平林たい子賞、1998年『望潮』で川端康成賞、2014年『ゆうじょこう』で読売文学賞、2019年『飛族』で谷崎潤一郎賞をそれぞれ受賞。その他の作品に『花野』『蟹女』『龍秘御天歌』『八幡炎炎記』『屋根屋』『故郷のわが家』『耳の叔母』『人の樹』他。小説以外の作品に『偏愛ムラタ美術館』『偏愛ムラタ美術館 発掘篇』『偏愛ムラタ美術館 展開篇』他。

〈編集後記〉

すばらしいエクセレントな対談だった。

木下さんとは、彼の自伝『いのちを刻む』を出版したこともあり、およその人となりは分ってはいたが、村田さんのことは殆んど無知に近い状態で、対談の当日を迎えた。最愛の夫を亡くされ、四十九日を済まされてからまだ日が浅い時であった。

木下さんの個展が熊本で催される時に、一石二鳥で段取らせていただいた。問題は、どこでやるか、場所の設定である。これが問題で少し頭を悩ませたが、ホテルではどうにもならぬ。やはり庭が見える静かな地となると簡単ではない。旧知の島田美術館館長、松下純一郎氏のお世話になった。氏のご協力がなければ、こんな本音を語り合う対話は決して生まれなかったであろう。氏に感謝したい。

村田文学は、村田喜代子でないと絶対に生まれないことが、読者は本書を読めばおわかり戴けるだろう。又、木下絵画も、木下晋の人生あってこそ、生まれるのだ、ということを確信していただけたことと思う。

このお二人の対談を、企画し実行に移した者が、最高の贅沢を味わわせていただいたことは言うまでもない。

一人でも多くの読者に、この本が読まれることを願ってやまない。ありがとうございました。

令和五年七月吉日　藤原良雄

存在《そんざい》を抱《いだ》く

2023年 7月30日　初版第 1 刷発行©

著　者　村田喜代子
　　　　木下　晋

発行者　藤原良雄

発行所　株式会社　藤原書店

〒 162-0041　東京都新宿区早稲田鶴巻町 523
電　話　03（5272）0301
ＦＡＸ　03（5272）0450
振　替　00160 - 4 - 17013
info@fujiwara-shoten.co.jp

印刷・製本　中央精版印刷

Printed in Japan
ISBN978-4-86578-393-3

渾身の往復書簡

言魂《ことだま》

石牟礼道子＋多田富雄

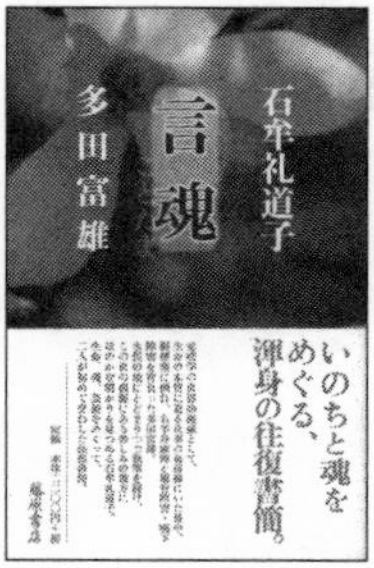

免疫学の世界的権威として、生命の本質に迫る仕事の最前線にいた最中、脳梗塞に倒れ、右半身麻痺と構音障害・嚥下障害を背負った多田富雄。水俣の地に踏みとどまりつつ執筆を続け、この世の根源にある苦しみの彼方にほのかな明かりを見つめる石牟礼道子。生命、魂、芸術をめぐって、二人が初めて交わした往復書簡。『環』誌大好評連載。

Ｂ6変上製　二一六頁　**二二〇〇円**
（二〇〇八年六月刊）
品切◇978-4-89434-632-1

韓国と日本を代表する知の両巨人

詩　魂

高銀《コウン》＋石牟礼道子

石牟礼「人と人の間だけでなく、草木とも風とも一体感を感じる時があって、そういう時に詩が生まれます」。

高銀「亡くなった漁師たちの魂に、もっと海の神様たちの歌を歌ってくれと言われて、詩人になったような気がします」。

韓国を代表する詩人・高銀と、日本を代表する作家・詩人の石牟礼道子が、魂を交歓させ語り尽くした三日間。

四六変上製　一六〇頁　**一六〇〇円**
（二〇一五年一月刊）
◇978-4-86578-011-6

作家・詩人と植物生態学者の夢の対談

水俣の海辺に「いのちの森」を

宮脇昭＋石牟礼道子

「私の夢は、『大廻《うまわ》りの塘《とも》』の再生です」――石牟礼道子の最後の夢、子ども時代に遊んだ、水俣の海岸の再生。そこは有機水銀などの毒に冒され、埋め立てられている。アコウや椿の木、魚たち……かつて美しい自然にあふれていたふるさとの再生はできるのか？　水俣は生まれ変われるか？　「森の匠」宮脇昭の提言とは？

Ｂ6変上製　二一六頁　**二〇〇〇円**
（二〇一六年一〇月刊）
◇978-4-86578-092-5

水俣の再生と希望を描く詩集

坂本直充詩集
光り海

坂本直充

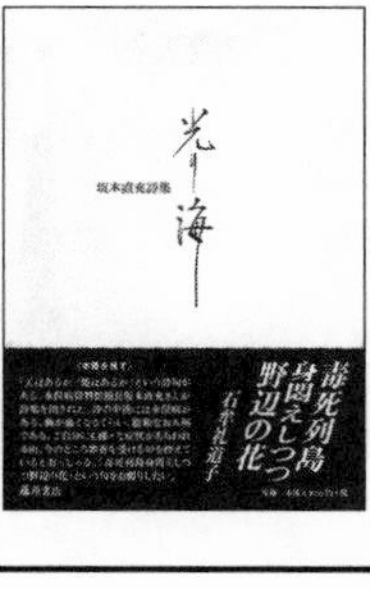

推薦＝石牟礼道子
特別寄稿＝柳田邦男　解説＝細谷孝

「水俣病資料館館長坂本直充さんが詩集を出された。胸が痛くなるくらい、穏和なお人柄である。「毒死列島身悶えしつつ野辺の花」という句をお贈りしたい。」（石牟礼道子）

Ａ5上製　一七六頁　**二八〇〇円**
（二〇一三年四月刊）
第35回熊日出版文化賞受賞
◇978-4-89434-911-7

"玄洋社"生みの親は女性だった！

新版 凛（近代日本の女魁・高場乱）

永畑道子

新版序文＝小林よしのり
解説＝石瀧豊美

胎動期近代日本の主役の一翼を担った玄洋社は、どのように生まれ、戦後の日本史の中で、なぜ抹殺されたのか？　玄洋社生みの親である女医・高場乱の壮絶な生涯を描き切る名作を、新たに解説を加え刊行！

四六上製　二六二頁　**二二〇〇円**
（一九九七年三月／二〇一七年六月刊）
◇978-4-86578-129-8

知られざる逸枝の精髄

わが道はつねに吹雪けり（十五年戦争前夜）

高群逸枝著
永畑道子編著

満州事変勃発前夜、日本の女たちは自らの自由と権利のために、文字通り命懸けで論争を交わした。山川菊栄・生田長江・神近市子らを相手に論陣を張った若き逸枝の、粗削りながらその思想が生々しく凝縮したこの時期の、『全集』未収録作品を中心に編集。

Ａ５上製　五六八頁　**六六〇二円**
（一九九五年一〇月刊）
◇978-4-89434-025-1

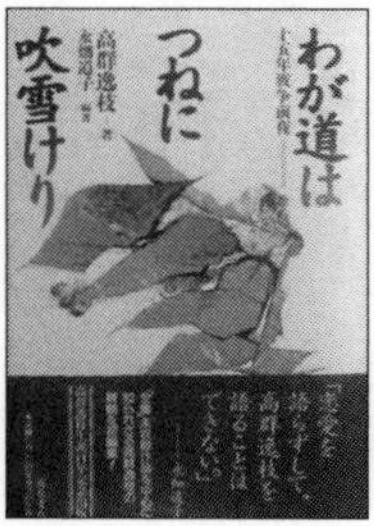

長谷川時雨、初の全体像

長谷川時雨作品集

尾形明子編＝解説

日本初の〈女性歌舞伎作家〉にして〈現代女性文学の母〉、長谷川時雨。七冊の〈美人伝〉の著者にして、雑誌「女人芸術」を主宰、林芙美子・円地文子・尾崎翠……数々の才能を世に送り出した女性がいた。

口絵八頁
四六上製特装貼函入
五四四頁　**六八〇〇円**
（二〇〇九年一一月刊）
◇978-4-89434-717-5

林芙美子の真実に迫る

華やかな孤独 作家 林芙美子

尾形明子

誰よりも自由で、誰よりも身勝手で、誰からも嫌われ、そして誰よりも才能に溢れた作家がいた。同時代を生きた女性作家を取材し、戦争の最中、また戦後占領期、林芙美子がどう生きたか、新たな芙美子像を浮彫りにする。『環』好評連載の単行本化。

口絵四頁
四六上製　二九六頁　**二八〇〇円**
（二〇一二年一〇月刊）
◇978-4-89434-878-3